검신 5

청산 新무협 판타지 소설

초판 1쇄 찍은 날 § 2004년 4월 2일
초판 1쇄 펴낸 날 § 2004년 4월 12일

지은이 § 청산
펴낸이 § 서경석

편집장 § 문혜영
편집 § 장상수 · 서지현
마케팅 § 정필 · 강양원 · 이선구 · 김규진 · 홍현경

펴낸곳 § 도서출판 청어람
등록번호 § 제1081-1-89호
등록일자 § 1999. 5. 31
어람번호 § 제2-0353호

주소 § 경기도 부천시 원미구 심곡1동 350-1 남성B/D 3F (우) 420-011
전화 § 032-656-4452 팩스 § 032-656-4453
http://www.chungeoram.com
E-mail § eoram99@chollian.net

ⓒ 청산, 2003

ISBN 89-5831-063-4 04810
ISBN 89-5505-930-2 (SET)

청산 新무협 판타지 소설

5

새로운 깨달음

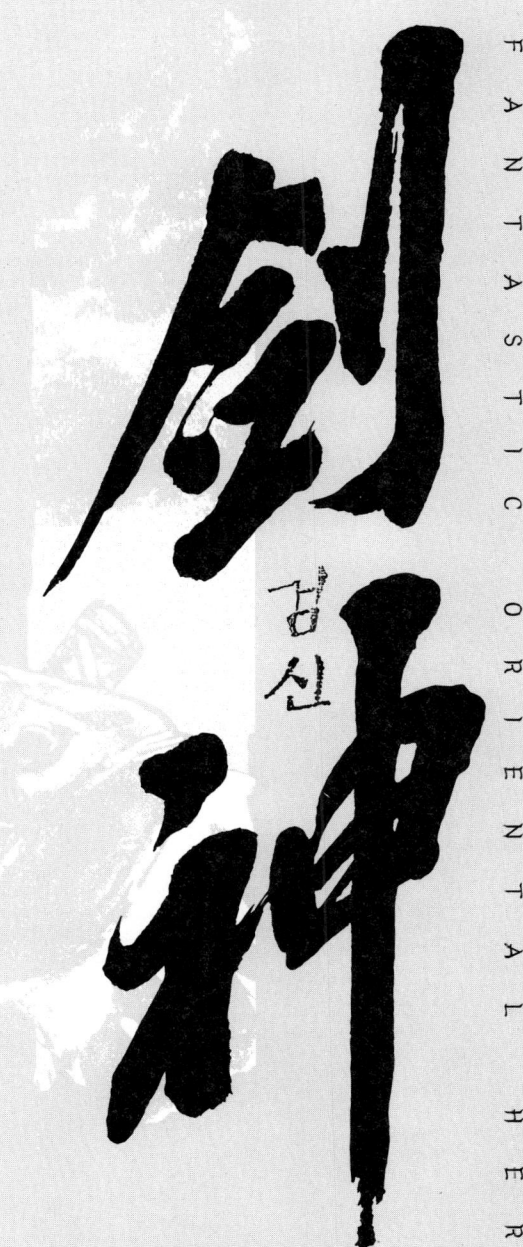

劍神

검신

FANTASTIC ORIENTAL HEROES

도서출판 청어람

■ 제41장
금지된 마공 지옥마겁풍

1

작렬하는 서른여섯 개의 잔황강살은 활화산 속에서 터져 오르는 불덩이처럼 지상을 강타했다. 지표를 강타한 강기에 대지는 요동치고 녹색의 불꽃이 사위를 휩쓴다. 그 안에 존재하는 어떤 것도 살아남지 못하리라.

환유성은 너무도 강렬한 열기와 중압감에 일순 마비되고 말았다. 호흡마저 정지돼 손가락 하나 까딱할 수가 없었다.

전대의 살인마광이 펼쳐 내는 마공은 가히 절대적이었다. 쾌검으로 상대할 수 있는 무공이 아니었다. 물론 그의 쾌검으로 서른여섯 개의 잔황강살을 모두 벨 수 있겠지만 그 폭발 속에 그는 녹아버리고 말 것이다.

생각할 수 있는 유일한 해결책은 만상백변식이었다.

그러나 그가 터득한 만상백변식의 심오한 요결은 아직 사성 정도에 불과하다.

십이지신상을 통해 단 한 번 그 변화를 보았을 뿐이기에 그 위력이 어떠한지는 그도 아직 모른다. 고작 사성의 만상백변식으로 과연 귀명마공의 가공할 마공을 막아낼 수 있는지 그 자신도 장담할 수 없는 일이었다.

환유성은 만상심법을 운기해 만상백변식에 전념했다.

묘신결(卯神訣), 유신결, 자신결, 오신결······.

각 요결마다 아홉 개의 변화를 담고 있으니 네 개의 요결로 펼쳐 낼 수 있는 변화는 모두 서른여섯 가지다. 공교롭게도 서른여섯 개의 귀환분신술과 같은 변화였다.

"묘유자오!"

환유성은 만상백변식에 심취한 채 네 개의 방위로 걸음을 내디디며 반검을 휘둘렀다.

보법은 경쾌했고 검식은 화려했다. 서른여섯 개의 검형이 일시에 퍼져 나갔다. 마치 하나의 검이 폭발하며 서른여섯 개의 검편으로 화한 듯한 형상이었다. 줄기줄기 퍼져 나가는 찬란한 검형은 동시에 삼십육 방을 점했다.

콰콰콰쾅―!

경천동지의 굉음이 잇달아 터져 오르며 격전장 주변은 녹색의 불꽃으로 뒤덮였다. 관전하는 자들은 모두 삼십 장 밖으로 피신해야 했다.

"크으윽!"

답답한 신음과 함께 귀명마공이 허공 높이 튕겨져 올랐다. 몸을 말아 아홉 바퀴를 회전하며 간신히 내려섰지만 그의 몰골은 말이 아니었다.

비녀는 뽑혀져 머리카락이 귀신처럼 산발로 흩어졌고, 화려한 장신구는 모두 날아가 버렸다.

질 좋은 비단이 조각조각 베어진 그는 하나의 혈인이 되고 말았다. 안면과 몸 전체에 수많은 혈흔이 그물망처럼 그어진 것이다. 만일 그가 강시철포공을 수련하지 않았다면 그의 몸은 수백 조각으로 베어졌을 것이다.

환유성은 검을 꽂으며 주변을 쓸어보았다.

극렬한 잔황강살은 그의 주변 삼 장 밖에서 이글거리며 타오르고 있었다. 전대 살인마왕의 가공할 마공을 거뜬히 막아낸 것이다. 귀명마공이 상당한 부상을 당한 것과는 달리 그는 옷자락 하나 상하지 않았다.

"와아—!"

"오, 반검무적의 승리다!"

태양천 제자들은 감동에 찬 환호성을 외쳤다. 환유성이 귀명마공의 성명절학까지 격파할 줄은 예상치 못한 것이다.

벽소군도 만상백변식에 어느 정도 터득하고 있었지만 그 엄청난 위력 앞에 감탄하고 말았다.

'아, 과연 만상존자께서 스스로 고금제일의 절학이라고 자부할 만한 절기야. 만일 환랑이 어장검으로 만상백변식을 펼쳤다면 귀명마공의 강시철포공도 소용없었을 거야. 그 예기 앞에 이미 산산이 조각났을 테니까.'

금검수들이 서둘러 다가서자 귀명마공은 신경질적으로 손을 내저었다.

"꺼져라!"

금검수들을 물린 귀명마공은 천천히 걸음을 내디뎌 환유성을 향해 다가섰다. 그의 전신은 분노와 수치로 활활 타오르고 있었다. 한 걸음 한 걸음을 디딜 때마다 돌 바닥이 으석으석 분쇄되었다.

그의 외눈에 불똥이 튀겼다.

"으으… 네놈이 지금 펼친 수법은 대체 무엇이냐?"

환유성은 권태로운 표정으로 응수했다.

"알 필요 없어."

"빠드득. 이, 이놈이!"

격분한 귀명마공의 머리카락이 철사줄처럼 뻣뻣하게 치솟아올랐다. 그 평생 이런 수모는 처음이었던 것이다. 무공 수위에는 관계없이 새까만 후배에게 받은 모멸감에 그는 허연 거품까지 뿜어냈다.

벽소군은 날렵한 신법으로 환유성 옆에 내려섰다. 비록 일초의 격돌에서 그가 우위를 점한 것은 확실하지만 상대는 노회한 전대 마왕이다. 게다가 상대는 여간해서 파괴되지 않는 강시철포공을 익힌 이상 다시 맞붙는다면 환유성이 위험해질 수도 있는 일이었다.

그녀는 귀명마공을 향해 정중히 포권지례를 취했다.

"귀명마공, 이쯤 해서 돌아가시지요. 백도무림은 암흑마국과 건곤일척의 승부를 벌일 수밖에 없으니 그때 다시 만납시다."

"크크, 젖비린내나는 어린 계집이 감히 누구한테 이래라저래라냐?"

귀명마공은 외눈을 번득이며 양손을 가슴 앞에 모았다.

"본좌가 잠시 방심한 것은 인정한다. 이제 본좌의 진정한 위력을 보여주리라!"

슈아아아……!

그의 전신에서 검붉은 기류가 급속도로 피어올랐다. 구슬을 감싸듯 움켜쥔 양손의 손가락 사이로 눈부신 광채가 폭출해 올랐다. 그의 모습에 섬뜩한 악마지상이 겹쳐진다.

"허억! 설마……?"

벽소군은 화들짝 놀라며 환유성의 손목을 쥐었다.

"무, 물러서요, 환랑."

환유성은 그녀의 손을 탁 뿌리쳤다.

"소군이나 물러서 있어. 이 늙은이는 내가 끝장내지."

귀명마공의 표정이 흉측하게 변모하였다.

잔뜩 충혈된 눈알에서 금세라도 피가 터질 듯하다. 전신 피부가 투명한 붉은색을 띠며 심하게 전율한다. 뼈마디가 어긋나는 소리가 우득우득 들려온다.

"카카카… 모두 죽이리라!"

귀명마공은 한 마리 악귀가 되었다. 쩍 벌린 아가리에서 뾰족한 송곳니가 돋아 나왔고, 전신 모공에서 붉은 연기가 자욱하게 뿜어져 나왔다. 도저히 인간의 형상이 아니었다.

벽소군은 공포에 젖어 와들와들 떨었다.

"오, 맙소사! 지옥마겁풍!"

순간, 좌냉선과 탕마수좌를 비롯한 태양천 제자들은 일제히 몸을 날렸다.

"모두 피해라!"

"악마지공이다!"

실로 통천경악할 일이 아닐 수 없었다.

무림사 이래 흑백무림 모두가 경원시하는 다섯 가지 절대마공이 있다. 그 위력은 너무도 악랄하고 끔찍해 악마지공이라 하여 그 수련이 금지되었다. 그 마공을 수련한 자들은 인성이 상실돼 모든 것을 말살하기 때문이다.

일명 악마의 숨결이라는 지옥마겁풍(地獄魔劫風)!

이 금지된 악마지공은 스치기만 해도 오장육부가 녹아내린다. 한번 적중되면 장기가 토막토막 끊어지기에 극도의 고통 속에 죽음을 맞게 된다. 백 년 이래 절전된 악마지공이 귀명마공에 의해 전개되는 순간이었다.

악마의 형상으로 변한 귀명마공은 괴성과 함께 가슴 앞에 모은 양손을 홱 뒤집었다.

"카카, 뒈져라!"

콰류류류—!

검붉은 폭풍이 휘몰아쳐 왔다. 그것은 단순한 폭풍이 아니었다. 수천 수만 마리의 악귀들이 아우성을 치며 노도처럼 달려드는 형상이었다.

"허억!"

벽소군은 지독한 두려움에 휩싸여 환유성을 놔둔 채 먼저 달아났다.

환유성은 핏빛의 바람 속에서 역한 피비린내를 느꼈다. 웬만큼 비위가 강한 그였지만 그만 속이 뒤집히고 말았다. 눈앞으로 몰려드는 악귀들의 사나운 형상은 그의 부동지심마저 흔들었다. 그 평생 이토록 공포스러운 광경은 처음이었다.

'세상에 이런 마공도 있단 말인가?'

환유성은 이를 악물며 만상심법을 운기했다. 그의 전신으로 두 자 두께의 희뿌연 강기막이 형성되었다. 겨우 마음을 안정시킨 그는 반검을 양손으로 쥐며 만상백변식을 떠올렸다.

그의 신형이 삽시간에 여섯 방위를 따라 이동한다. 동시에 여섯 방위에서 각기 아홉 가지의 변화가 서린 검형이 치솟아올랐다. 무려 오십사 개의 검형이 폭발하였다.

결정적인 순간에 그는 만상백변 십이식 중 여섯 번째 검결까지 깨우친 것이다.

콰― 콰쾅―!

어마어마한 대폭발 속에서 검붉은 폭풍이 벼랑을 강타하며 유명협안을 휩쓸고 지나갔다. 순식간에 제단이 박살나며 오금석 비석마저 부서졌다. 오십 장 밖의 수림까지 불길에 휩싸였고, 굽이치는 계곡물마저 순식간에 말라 버렸다.

대결의 현장에는 마치 수만 근의 화약이 터진 듯 십 장 넓이의 거대한 구덩이가 패었다.

"우욱!"

환유성은 한 모금 선혈을 토하며 비틀비틀 물러섰다. 얼마나 강력한 격돌이었는지 그의 반검이 요동치며 검극에서 연이어 불꽃이 피어올랐다.

"캐애액!"

귀기 서린 비명성과 함께 귀명마공은 십 장 밖으로 퉁겨지고 있었다. 형체를 알아볼 수 없을 만큼 피투성이로 변한 것이다. 교자를 받쳐든 거한들이 서둘러 이동하는 바람에 귀명마공은 겨우 교자 위로 내려앉을 수 있었다.

그는 손가락 끝이 모두 베어진 자신의 손을 내려다보며 부들부들 떨었다.

"크르르… 이놈, 다음번에는 반드시 찢어 죽이리라!"

거한들이 교자를 메고 달리자 네 명의 금의무사들이 교자를 호위하며 따랐다.

땡땡땡……!

종소리와 함께 실혼인들도 껑충껑충 뛰며 교자의 뒤를 따라 사라져 갔다.

비로소 숨 막히던 대치 형국이 해소되었다. 하지만 악마의 숨결이 스쳐 간 유명협 입구는 여전히 긴장감에 사로잡혀 있었다.

악마지공에 놀라 삼백 장이나 멀리 달아난 벽소군과 태양천 제자들은 여전히 접근할 생각을 못했다. 그들은 두려움에 젖은 채 환유성을 응시하고 있었다.

금지된 악마지공 중 지옥마겁풍의 영향력은 최소 백 장 반경이다. 그 안에 발을 들여놓았다가는 겉은 멀쩡해도 오장육부가 녹아 그대로 절명하기 때문이다.

환유성은 소매로 입가를 닦으며 천천히 걸음을 옮겼다.

빙잠으로 만든 장삼 여러 곳이 그슬렸고 안색이 창백했다. 악마의 숨결은 외상보다는 내장을 상하게 하기에 외견상 그의 부상 정도가 얼마나 심한지는 분간할 수가 없었다.

좌냉선은 마른침을 꿀꺽 삼켰다.

"이, 이럴 수가! 지옥마겁풍과 맞서고도 살아 있다니?!"

탕마수좌와 태양천 제자들은 너무도 놀라 탄성조차 발하지 못했다.

벽소군이 주저하는 사이 소추가 먼저 긴 울음을 터뜨리며 환유성에게로 달려갔다.

환유성은 소추에게 기대선 채 가슴을 쓸었다.

"젠장… 대체 무슨 마공이기에 내장이 탈 듯 뜨겁지?"

그제야 벽소군이 잔뜩 겁에 질린 표정으로 다가섰다. 그녀는 그의 안색을 살피며 조심스레 물었다.

"환랑… 괜찮은 거예요?"

"왜, 이 정도로 죽을 것 같아?"

"운공을 해봐요. 진기의 흐름은 어떤가요?"

"당신을 청상과부로 만들지는 않을 테니 걱정 마."

환유성이 소추의 안장으로 오르려 하자 벽소군은 얼른 다가서며 그의 등을 와락 끌어안았다.

"흑… 미안해요. 정말 미안해요."

"뭐가?"

"미안해요… 악마지공이 무서워 소녀 혼자 달아났잖아요?"

환유성은 피식 실소를 지었다.

"괜찮아. 소군이 있어봤자 오히려 방해만 됐어."

"아니에요. 환랑을 믿고 함께 있었어야 했어……. 소녀는 정말 부끄러워요. 백년가약을 맹세한 당신을 저버린 몹쓸 계집이에요. 당신과 함께 있었어야 했는데… 너무 후회스러워요."

벽소군이 그의 등에 얼굴을 묻으며 흐느끼자 그는 천천히 돌아섰다.

"그만 해. 내가 또 당신을 울린 줄 알잖아?"

곧 이어 탕마수좌와 좌냉선을 비롯한 태양천 제자들이 우르르 다가서자 벽소군은 그에게서 약간 떨어졌다.

탕마수좌는 환유성 앞에 털썩 무릎을 꿇었다.

"죽여주십시오, 환 대협. 마국의 악적을 눈앞에 두고 도망쳤으니 이는 태양천 제자로서 불충이며 수치입니다."

나머지 제자들도 모두 그 앞에 부복하며 용서를 빌었다.

"죽여주십시오, 대협!"

환유성은 그들을 쓸어보며 덤덤하게 한마디 던졌다.

"난 당신들이 무엇을 잘못했는지 모르겠소."

벽소군이 대신 그들을 위로했다.

"누가 악마지공을 두려워하지 않겠습니다. 소녀 역시 같은 심정이니 일어들 나세요."

그녀가 거듭 청하자 태양천 제자들은 얼굴 가득 부끄러운 빛을 띠며 몸을 일으켰다. 그녀는 탕마수좌에게 말했다.

"나와 반검무적이 살아 있으니 탕마수좌는 더 이상 제단을 지킬 필요가 없어요. 속히 태양천으로 돌아가 이번 사태에 대해 천주께 보고하세요. 난 검각으로 돌아가 사부님을 뵌 후 천주를 찾아뵙겠어요."

"알겠습니다, 만박옥혜."

탕마수좌와 좌냉선은 각기 수하들에게 죽은 제자들의 시신을 수습토록 명했다. 볼썽사나운 실혼인들은 모두 묻어버리고 동료들의 시신은 손가락 하나까지 모두 회수했다.

참혹한 현장이 다소 정리되자 그들은 유명협을 내려갔다.

2

벽소군은 환유성의 손목을 쥐고 진맥했다. 그녀는 진맥을 통해 그의 상세를 확인하고는 거우 안도했다.

"만상심법 덕분에 악마지기가 침입하지 않았어요. 하지만 마화(魔

火)에 의해 다소 내상을 입었으니 속히 치유해야 해요."

그녀는 목에 건 구룡신주 목걸이에서 정령주를 꺼내 들었다.

"정령주를 입에 물고 운공을 하면 금세 회복될 수 있을 겁니다."

"됐어."

"제발 한 번만이라도 소녀의 말에 따라주세요. 어서요."

벽소군이 억지로 그를 눌러 앉히자 환유성은 어쩔 수 없이 가부좌를 틀고 앉았다.

그녀가 정령주를 입에 물려주자 그는 정령주를 입 안에 머금은 채 운기조식을 취했다. 보기에는 빛깔 고운 구슬이었지만 침에 닿자 달콤한 향기를 뿜어내는 영단이 되었다.

과연 정령주의 효험은 아주 뛰어났다. 그가 진기를 몇 주천 회전시키자 창백했던 얼굴에 혈색이 피어올랐다.

환유성은 정령주를 뱉어 그녀에게 건넸다.

"좋군."

"소녀가 호법을 서드릴 테니 조금 더 운공을 하세요."

"됐으니까 그만 하자고."

환유성이 몸을 일으키자 벽소군도 더는 어쩔 수 없었다. 그녀는 정령주를 닦아 구룡신주 목걸이에 끼우고는 그에게 건넸다.

"소녀보다는 환랑에게 더 필요할 거예요. 지니고 계시면 많은 화를 피할 수 있어요."

"소군이 가져온 것이니 소군이 가져."

환유성이 소추의 안장에 올라앉자 소군도 훌쩍 뛰어올라 그의 등 뒤로 내려앉았다. 그녀는 그의 허리에 팔을 둘렀다.

"장자산을 내려갈 때까지만 함께 가요."

"소추가 힘들어할 텐데."

환유성이 떨떠름한 표정을 짓자 벽소군은 예쁘게 눈을 흘겼다.

"그렇게 소추가 걱정되면 환랑이 내려서 말고삐를 잡으면 되잖아요? 설마 나처럼 연약한 여인한테 말고삐를 잡으라고 하지는 않겠죠?"

"알았어. 산을 내려갈 때까지만 함께 가지 뭐."

그가 크게 인심을 쓰듯 말하자 그녀는 그의 탄탄한 등에 바싹 붙어 앉았다.

소추는 두 사람을 태우고도 전혀 힘겨워하는 기색이 없었다. 느릿한 걸음걸이는 주인을 닮아 나태해서였지 결코 힘에 부쳐서가 아니었다.

벽소군은 그의 등에 볼을 기대며 다소 불안한 표정으로 말머리를 꺼냈다.

"암흑마국의 존재가 점점 두려워져요. 현재 드러난 전력만으로도 과거 백마성을 능가할 정도예요. 잔황혈신 같은 살인마왕을 수하로 거둔 국왕이란 자는 대체 누구일까요? 그런 전대 마왕이 겨우 팔대마공 중 하나라니."

"조금 센 놈이기는 하더군."

환유성의 시큰둥한 말투에 그녀는 기가 막힌 듯 몸을 세워 바로 앉았다.

"그런 살인마왕을 조금 센 놈이라고요? 더군다나 악마지공까지 익힌 끔찍한 마왕이었다고요."

"악마지공이 대체 뭐야?"

환유성이 관심을 보이자 벽소군은 신중한 표정으로 대답해 주었다.

"악마지공은 무림사 이래 금지된 다섯 가지 마공을 말하는 거예요. 너무도 끔찍하고 잔악해 흑백도 모두가 경원시하죠. 그 마공을 익힌 자는 무림의 공적이 되고 맙니다. 지옥마겁풍은 일명 악마의 숨결로 불리는데, 극한에 이르면 반경 백 장 이내의 모든 생명체가 소멸되죠."

"뭐, 그 정도는 아닌 것 같은데?"

"환랑의 만상심법이 워낙 독특해 악마지기의 침해를 받지 않은 거예요. 또한 귀명마공에게 아직 인성이 남아 있는 것으로 보아 지옥마겁풍은 삼사성의 경지에 불과했을 뿐이에요. 지옥마겁풍을 대성하려면 동남동녀 백 명의 피를 마시고, 칠대성약 중 세 가지, 오대독약 중 두 가지를 흡입해야 한다 들었어요."

벽소군은 뭔가 파악한 듯 고개를 돌려 유명협을 돌아보았다.

"이제야 알 것 같아요. 귀명마공이 귀심동을 찾아온 이유도 지옥마겁풍을 강화시키기 위해 독중지무 일부를 흡수하려 한 것이 분명해요. 정말 다행한 일이죠. 만일 그가 독중지무를 흡수해 지옥마겁풍을 강화시켰다면 정말 끔찍한 일이 벌어졌을 거예요."

"소군은 모르는 것이 없군."

환유성이 처음으로 그녀를 칭찬하자 그녀는 이 인간이 갑자기 왜 이러나 싶었지만 마음은 기쁘기만 했다. 그녀는 그의 허리를 더욱 바싹 감으며 몸을 밀착시켰다.

"소녀가 판단하기에 암흑마국은 천마제국보다 더 무서운 집마궁이 아닌가 싶어요."

"신경 쓰지 마. 우리만 건드리지 않으면 놈들과 싸울 이유가 없어."

"그런 소리 말아요. 이미 환랑도 저들의 표적이 되었어요. 비연을 구해 저들의 음모를 방해한 이후 금검총령을 죽였고, 이번에는 팔대마공 중 하나인 귀명마공마저 격파했잖아요? 암흑마국에서는 절대 환랑을 그냥 놔두지 않을 겁니다."

"귀찮군. 잠시 중원을 떠나 있을까?"

환유성이 권태로운 표정을 짓자 벽소군은 내심 한숨을 쉬며 무거운 어조로 말을 받았다.

"환랑, 불의를 보고 지나치는 것은 의(義)가 아니며 도움을 요청하는 사람을 무시하는 건 협(俠)이 아닙니다. 또한 악을 방조하는 건 정(正)이 아니죠."

"소군, 난……."

"알아요. 의협이 아니라는 말씀이시죠. 또한 정사(正邪)를 구분하지도 않는다는 것도 알고 있어요. 하지만 이제는 바뀌어야 합니다. 조금은 정의로워지고 조금은 의협심을 가져주세요. 자신이 색깔을 가져야 한다는 겁니다."

"……."

환유성이 별다른 반응을 보이지 않자 그녀는 그의 어깨를 양손으로 감싸 쥐었다.

"환랑, 천하에 명성을 떨치는 의협이 아니어도 좋습니다. 다만 불의를 보면 징계하시고, 누군가 도움을 청한다면 구해주세요. 이것은 선악과 정사에 관계없는 인간으로서 마땅히 해야 할 일입니다."

한 식경이 지나 두 남녀는 장자산 기슭까지 내려서게 되었다. 수림 사이로 넓지 않은 관도가 보였다.

소추가 관도로 내려서자 환유성은 그녀에게로 고개를 돌렸다.

"이제 헤어지자고."

그녀는 몹시 서운한 표정을 지었다.

"그렇게 소녀를 떨쳐 내고 싶으세요?"

"그게 아니야. 소군은 검각으로 속히 달려가 사부를 구해야 한다면서? 그러기 위해 위험을 무릅쓰고 만상석부를 나선 거잖아."

"환랑, 소녀는 함께 가고 싶어요. 사부님께서도 환랑을 보게 되면 정말 기뻐하실 거예요. 사부님 앞에서 정식으로 우리들의 혼례를 인정받고 싶어요."

"난 안 가."

환유성이 워낙 단호하게 잘라 말하자 벽소군은 더는 말을 붙일 수가 없었다.

그녀는 한숨을 쉬며 소추의 등에서 내려섰다. 그녀는 소추의 목덜미를 쓸어주고 코를 마주치며 애교스럽게 말했다.

"소추, 서방님을 잘 부탁해. 내 체향을 잘 기억했다가 무슨 일이 생기면 반드시 내게로 달려와야 돼. 예전처럼 옥잠화를 찾아갔다가는 단단히 혼내줄 거야. 알았지?"

그녀의 말을 알아들은 듯 소추는 그녀의 어깨에 턱을 문지르며 이별을 아쉬워했다.

그녀는 환유성을 올려다보며 물었다.

"이제 어디로 가실 생각이세요?"

"얘기했잖아? 월영검법과 맞붙어볼 생각이야."

그녀는 그늘진 표정을 지으며 잔뜩 미간을 찌푸렸다.

"월영서시는 당대 최강의 여류 고수입니다. 삼천공의 절학을 한 몸에 익힌 절세적 재녀죠. 그런 고수와 비무를 한다는 건 목숨을 건 승부가 될 겁니다."

"상관없어. 난 내가 결정한 검의 길을 가야 하니까."

"그래요. 당신의 고집을 누가 말리겠어요."

벽소군은 손을 뻗어 그의 손을 쥐었다.

"한 가지 부탁이 있어요. 월영궁까지 가려면 청해성을 거쳐야 합니다. 급한 길은 아니니 강 공자와 비연 동생을 찾아봐 주세요."

"그들은 왜?"

"탕마수좌의 말에 의하면 환랑과 소녀가 귀심동에 갇혔다는 소문을 듣고 독중지무를 해소하기 위해 의독성수를 찾아갔다더군요. 독중지무를 해소해 우리들의 시신이라도 찾으려 했대요. 하지만 청해성은 중원에서 쫓겨난 사중악의 잔당들과 중원무림과는 원수지간인 관외무림의 터전이에요. 그들이 떠난 지 수개월이 되었는데 연락이 없다 하니 몹시 걱정이 됩니다."

환유성은 잠시 생각에 잠기더니 그답지 않게 흔쾌하게 고개를 끄덕였다.

"지난번에도 강 형의 도움을 받았는데 이번에 또 나 때문에 고초를 겪는군. 그들을 만나게 되면 소군과 내가 무사하니 속히 중원으로 돌아가라고 말해야겠어."

"그래요. 꼭 만나셔야 해요."

"알았어."

환유성은 그녀의 손을 풀고는 소추를 몰아 달려갔다.

그녀는 그가 멀리 석양 속으로 사라질 때까지 지켜보았지만 그는 단한 번도 돌아보거나 소추를 멈춰 세우지 않았다. 무정한 바람 속에 그는 지평선 너머로 사라졌다.

벽소군은 그의 모습을 조금이라도 더 보기 위해 벼랑 위로 올라섰지만 이미 그의 흔적은 찾아볼 수가 없었다.

그녀는 절로 쏟아지는 눈물을 참을 수 없었다. 마치 살 한 덩이가 베어져 나간 기분이었다. 삼백여 일 가깝게 폐쇄된 공간에서 둘만이 지

내오면서 그는 그녀의 몸 일부가 되어 있었던 것이다.

"환랑의 성격상 월영서시에게 패한 수모 때문에 반드시 도전을 하겠지. 나로서는 막을 수 없지만 강 공자와 연아라면 어떻게든 그 대결을 막으려 할 거야."

벽소군의 총명함은 최후까지 빛을 발했다.

그녀가 환유성을 강무영과 조우하게 유도한 이유는 월영서시와의 대결에 대한 우려 때문이었다.

남에게 빚을 지기 싫어하는 환유성의 성격상 강무영과 단목비연을 찾아갈 것은 확실하다. 단목비연은 월영서시의 제자이기에 만일 환유성의 의도를 알게 된다면 반드시 대결을 막으려 할 것이다. 강무영 또한 어떻게든 대결을 무산시킬 방법을 모색할 것이다.

이것이 지금 그녀가 취할 수 있는 최선의 방안이었다.

"환랑의 검은 천하를 위해 쓰여져야 돼. 사악한 무리들을 소탕하면서 자연스럽게 검신의 경지에 오르는 거야. 환랑이 모든 악적들을 격파해 최고의 경지에 오르게 되면 굳이 월영검법과 의천검법을 격파하지 않고도 검신이 될 수 있어. 월영서시와 태양천주조차 패배를 자인하고 대결을 회피할 테니까."

그녀는 그가 걸어야 할 길에 대한 만반의 배려를 해두었다. 그 길의 끝에 이르면 그가 원하던 검신의 경지에 이를 것이다. 하지만 그녀가 아무리 철저히 안배를 해두어도 안심할 수가 없었다.

그의 행보는 한 치 앞도 헤아릴 수 없고, 그의 무심함은 그 깊이를 알 수 없기 때문이다.

　난주(蘭州)는 감숙성의 성도다. 장안에서 시작된 비단길은 난주를 거쳐 옥문관에 이르고 수만 리에 이르는 서역대장정이 펼쳐지게 된다.

　난주는 중원에 속하되 다소 멀리 떨어져 있는 관계로 태양천의 영향력은 그다지 크지 않다. 태양천의 감숙지부를 강화시키면 공연히 관외 무림과 서북방의 견융과 토번족을 자극할 우려가 있기 때문이다.

　난주는 요새 도시라 성내 곳곳은 순시하는 군병들로 인해 항상 긴장감이 감돈다. 그럴 수밖에 없는 것이 난주에 상주하는 한족은 절반도 채 되지 않는다. 시전에서도 길 하나를 사이에 두고 한족과 융족, 토번족, 강족 등이 대치해 있고 거주 지역도 서로 정해져 있다.

　이들 종족 간의 갈등으로 잦은 다툼이 벌어져 군병들이 수시로 출동하지만 웬만한 큰 싸움은 난주성 밖에서 이루어진다. 난주를 지나는 엄청난 수효의 대상들에게 불안감을 주지 않기 위해서다.

　대상들을 약탈하는 비적들에게도 어느 정도의 규칙은 있다.

　가급적 살인은 금하고 물품도 적당히 빼앗아간다. 오가는 대상들마다 쪽박을 차게 만든다면 군병들의 대대적인 토벌을 당할 위험이 있기 때문이다.

　난주는 이렇듯 적당한 긴장과 위험, 그리고 막대한 이문을 꿈꾸는 교역상들이 어우러지는 복잡한 성도이다.

　순풍객잔(順風客棧)은 난주에서도 손에 꼽히는 호화로운 객점이다.

　객잔에서 대상들이 머무는 동안 무공이 뛰어난 호위 무사들이 교역품을 철저히 지켜주기에 단 한 번도 약탈을 당한 적이 없다. 또한 숱한 나라의 진귀한 음식과 술이 풍족하기에 거금을 아끼지 않는 대상들은 오가는 길에 순풍객잔에 들어 피로를 씻고 체력을 비축한다.

서역으로 떠나는 대상들은 앞으로 닥칠 모진 어려움을 감안해 질펀하게 은자를 풀고, 중원으로 돌아오는 대상들은 낙타와 나귀 등에 가득 실린 진귀한 물자로 인해 벌어들일 이문을 생각하며 극치에 달한 호사를 부린다.

하기에 객잔의 이름도 모든 일이 수월하게 풀리라는 순풍이 아닌가.

난주의 구월은 가을빛이 완연해 순풍객잔의 담장에 둘러진 나무마다 단풍으로 갈아입은 나뭇잎들이 고운 자색을 드러낸다. 날이 저물자 손님을 맞기 위한 화려한 홍등과 황등이 담장을 따라 훤히 밝혀진다.

객잔 입구에는 경비 무사들이 지켜선 채 잡스런 사람들을 출입을 막고 있었다. 주머니가 가벼운 자들이 들어 공연히 순풍객잔의 호화로운 분위기를 해칠 수 있기 때문이다. 호안을 번득이는 그들을 보면 어지간한 사람들은 발길을 돌리게 된다.

한데 추레한 옷차림의 노인 하나가 붉은 융단이 깔린 계단을 따라 올라오고 있었다.

푸른빛의 머리카락과 수염이 특이했고, 어깨는 꾸부정해 큰 키임에도 불구하고 그다지 장신처럼 느껴지지 않았다. 먼 길을 온 듯 먼지로 가득한 옷에는 수많은 주머니가 다닥다닥 붙어 있었다.

한눈에도 불청객임을 간파한 경비 무사들이 노인 앞을 떡하니 막아섰다.

노인은 그들을 쓸어보고는 버럭 소리를 질렀다.

"네 이놈들, 썩 길을 비키지 못하겠느냐!"

경비조장으로 보이는 중년인이 퉁명스레 응수했다.

"늙은이, 시전으로 가면 값싼 객잔들이 늘어서 있으니 그리로 가보게."

"이런 쳐 죽일 놈을 봤나! 태양천 소천주의 귀빈을 이리 대해도 되는 것이냐!"

노인이 워낙 기세등등하게 나오자 경비조장은 미심쩍은 표정이 되어 되물었다.

"지금 뭐라 하셨소?"

"이놈아, 귓구멍에 못을 박았느냐? 노부의 모든 숙식은 태양천의 감숙성 지부에서 해결할 테니 어서 지부장 되는 놈을 불러오너라. 니들은 속히 이 어르신을 귀빈석으로 모시렷다!"

난주에 위치한 태양천 감숙지부는 순풍객잔의 고객이자 최대 후원자였다.

순풍객잔 자체적으로 해결하기 어려운 일을 만나면 감숙지부의 도움을 받곤 했기 때문이다. 더군다나 노인이 태양천의 소천주까지 들먹이자 경비조장은 더는 막을 수가 없었다. 행색이 추레하다 하여 그를 박대했다가 무슨 뒤탈이 생길 수도 있는 일이었다.

"알겠소. 일단 들어가시지요."

"네 이놈, 당장 귀빈석으로 안내하지 못할까!"

노인은 경비 무사들이 주춤하자 더욱 호기를 부렸다.

3층 누각의 상층부에 위치한 귀빈실은 상당히 넓고 호화로웠다. 귀빈실로 들어선 노인은 먼저 시중들 계집부터 들이게 하고는 총관을 불러 단단히 일렀다.

"술은 울금향이다. 만일 물 한 방울이라도 섞었다가는 네놈 목을 비틀어놓겠다. 음식은 팔진미를 순서대로 내오되 향신료는 조금만 섞어라. 만일 노부의 비위에 맞지 않으면 순풍객잔의 문을 닫게 만들겠다. 알겠느냐!"

"명심하겠습니다, 대인."

총관은 노인의 추레한 옷차림에 몹시 기분이 상했지만 태양천의 입장을 봐서 꾹 눌러 참았다.

시중드는 시비들은 노인의 신발을 벗기고 발을 씻겨주었다. 얼마나 악취가 심한지 시비들이 독한 향유를 한 동이나 갖다 부었지만 고약한 냄새는 쉽게 사라지지 않았다.

"킬킬, 냄새가 좋지?"

노인이 시비들을 상대로 희학질을 벌일 때 감숙지부장인 번천신장(飜天神掌) 조자웅이 귀빈실로 들어섰다.

긴장감이 흐르는 요새 도시답게 그는 갑주와 호심경으로 무장하고 있었다. 장대한 체구의 조자웅은 강력한 번천장법으로 명성이 높다. 그는 위험스런 지역인 감숙지부장을 자처할 만큼 담력과 패기가 뛰어난 자였다.

호위들을 대동하고 들어선 조자웅은 일단 노인을 향해 포권을 취하며 신분을 물었다.

"이 사람이 태양천의 감숙지부장 조자웅이라 하오. 귀하는 대체 뉘신데 소천주의 귀빈임을 자처하시오?"

"노부가 누구인 줄 알면 뒤로 자빠질 테니 신분은 밝히지 않겠다. 노부는 청해성 서녕에서 소천주와 소공녀를 만나 구해준 사람이다. 이곳에서 사례를 받기로 했으니 넌 노부를 극진히 섬겨야 할 것이다."

조자웅의 입가에 싸늘한 냉소가 흐른다.

"두 분께서 청해성 서녕을 거쳐 오시고 있다는 통문을 받기는 했소. 하지만 그분들이 어떤 분들이신데 노인장 같은 사람이 구해드릴 수 있단 말이오?"

"이런 멍청한 놈, 노부가 아니었다면 그 아이들은 백마성의 삼대마왕에 의해 큰 곤욕을 치렀을 것이다. 아무리 중원과 떨어져 있기로 노부를 몰라본단 말이냐?"

노인은 시비들이 씻겨준 발을 탁자에 턱 올렸다.

조자웅은 뭔가 떠오르는 생각에 노인의 행색을 살피고는 주춤 한 걸음 물러섰다. 그는 노인의 옷에 다닥다닥 붙어 있는 주머니를 유심히 살폈다.

"하… 하오면 노인장, 아니, 노선배께서 바로 의독성수란 말입니까?"

"킬킬, 아주 멍청한 놈은 아니군."

노인은 듬성듬성 빠진 이를 드러내며 장난스럽게 웃었다. 그러했다. 노인은 바로 천하삼대명의 중 하나인 의독성수였다.

조자웅은 안색이 하얗게 질려 털썩 무릎을 꿇었다.

"요, 용서하십시오, 노선배."

"킬킬, 노부가 널 용서하지 않았다면 이미 독을 써서 죽였을 것이다. 소천주가 올 때까지 이곳에서 유할 테니 그리 알아라."

"정성을 다해 모시겠소이다, 노선배."

호위들을 대동하고 나선 조자웅은 총관의 손을 잡고는 단단히 일러두었다.

"노 총관, 저분의 뜻에 거슬리면 순풍객잔과 우리 감숙지부는 쥐새끼 한 마리 살아남지 못할 것이네. 정성을 다해 모시게나."

총관은 퍼렇게 질린 그를 보며 고개를 갸웃거렸다.

"그리 대단한 분이시오, 조 지부장?"

"저 늙은이가 두려운 건 독 때문일세. 의독성수는 천하제일의 의술과 독술을 지녔다고 할 수 있지. 원하는 모든 것을 마련해 주게. 모든 비용은 감숙지부에서 대겠네."

4

순풍객잔을 찾은 세 사람은 워낙 호화로운 옷차림과 값진 장신구로 치장했기에 대문을 지키는 호위 무사들과 별 시비 없이 귀빈실 2층을 차지할 수 있었다.

그들은 값진 음식과 술을 주문하고는 시중드는 시비나 점소이도 들이지 않고 그들만의 은밀한 술좌석을 벌였다.

독특한 생김새를 호화로운 의복과 패물로 가린 그들은 바로 악인궁 오대악인 중 악중뇌, 악중요, 악중잔 셋이었다. 오랫동안 의독성수를 수소문하던 삼대악인이 난주에서 그를 만나게 된 건 정말 예기치 못한 우연이었다.

주름진 머리통을 모자로 눌러쓴 악중뇌는 음식도 먹지 않은 채 깊은 생각에 잠겨 있었다.

화리탕을 맛있게 먹던 악중요가 물었다.

"뭘 고민해, 뇌 오라버니? 의독 늙은이의 약점을 쥐고 있어 만나기만 하면 제압할 수 있다 했잖아?"

"놈의 약점을 쥐고 있는 건 확실해. 하지만 놈을 제압한 후에야 협박할 수 있지 않겠느냐?"

악중잔이 넓은 도포로 가린 허리춤의 낫을 움켜쥐었다.

"고민할 필요 뭐 있겠소? 내 당장 놈의 사지를 끊어 끌고 오겠소."

"막내야, 넌 성격이 급해 탈이야. 귀심신의가 죽은 이상 의독 늙은이가 당대 최고의 독인이다. 놈의 목에 낫을 들이대기도 전에 넌 중독되고 말 게다."

악중뇌가 손을 젓자 악중요가 자신의 풍만한 젖가슴을 어루만지며 교태를 부렸다.

"호호, 내게 맡게. 미인계로 그 늙은이를 녹여 버리지 뭐. 듣자니 그 늙은이가 워낙 좋은 약을 많이 처먹어 정력이 죽인다면서?"

악중뇌는 술잔에 술을 따르며 혀를 찼다.

"쯧쯧, 네 나이를 생각해라, 요매. 네 방중술이야 아직 쓸 만하겠지만 너도 나이가 들어 예전만큼의 매력은 없어. 게다가 의독 늙은이는 네 얼굴을 기억하고 있을 게다. 우리가 접근하는 줄 알면 바싹 경계할 테니 어떤 계략도 쓸모가 없게 돼."

"쳇, 날 뭘로 보는 거야? 난주 거리를 지날 때 못 봤어? 아직도 젊은 놈들이 내 미색에 취해 침을 흘리고 있었다고."

악중잔이 시큰둥하게 말을 받았다.

"그건 누님의 잘난 미색 때문이 아니고 우리가 걸친 패물 때문이었소."

악중요는 그를 쏘아보며 이를 빠득 갈았다.

"막내야, 너까지 꼭 말을 그렇게 해야겠어?"

"현실을 바로 보란 뜻이오. 세상에서 가장 추한 게 노파가 젊은 놈들한테 꼬리를 치는 짓거리요."

"뭐, 뭐야, 노파?"

벌떡 일어선 악중요는 손에 열두 가지 암기를 뽑아 들었다.

"이제 너까지 날 무시해!"

악중뇌가 잔뜩 인상을 긁으며 그녀를 끌어 앉혔다.

"그만 해! 악 형님과 드잡이하는 것도 지겨운데 이제 너희들까지 다투는 게냐!"

심통난 악중요가 술병을 들어 벌컥벌컥 들이키자 악중뇌는 언성을 낮추며 음침한 웃음을 흘렸다.

"그래, 이제 생각났다. 놈은 이제 우리 손아귀에 들어왔어."

■ 제42장
난주성의 대살성

1

총관은 손수 술 단지를 안고 3층 귀빈실로 들어섰다.

의독성수는 시중드는 두 계집을 거의 벗겨놓은 채 질펀하게 퍼마시고 있었다. 그는 총관이 들어서든 말든 아랑곳하지 않은 채 계집들의 젖가슴과 다리 사이를 주물럭거리며 음탕한 짓거리를 벌이고 있었다.

총관은 탁자 위에 술 단지를 내려놓으며 정중히 머리를 조아렸다.

"헤헤, 소인이 진작에 알아뵙지 못해 송구스럽습니다요. 사죄의 뜻으로 올리는 설향로입니다."

"설향로? 천산에서만 난다는 설연실로 빚은 술이란 말이냐?"

"그렇습죠. 백 년을 넘게 묵혀둔 보물입니다요."

"오, 그래?"

의독성수는 두 계집을 밀쳐 내고는 술 단지를 받아 들었다. 밀봉된 덮개를 열자 그윽하면서도 독한 취향이 실내에 가득 퍼졌다.

"으음!"

"흐윽!"

얼마나 독한 취향인지 두 시비는 향기만으로도 취해 이내 쓰러지고 말았다.

의독성수는 술 향기를 한껏 들이키고는 황홀한 표정을 지었다. 술 단지를 쥔 그의 손이 와들와들 떨린다.

"마, 맞아. 틀림없는 설향로다!"

"워낙 독한 술이니 천천히 음미하십시오. 대인 말씀대로 물 한 방울 섞지 않아 주정 그 자체입니다요."

"이놈아, 노부는 열 말 술을 마시고도 취하지 않는 대주가다. 또한 취하면 어떠하냐? 세상에 노부를 취하게 만들 수 있는 술이 있다면 그것만으로 행복할 수 있느니라."

이미 독한 울금향에 흠뻑 젖어 있던 의독성수는 술 단지를 기울여 설향로를 벌컥벌컥 들이켰다.

독한 술 향기를 막으려 소매로 코를 가리고 있던 총관은 의독성수의 엄청난 주량에 질려 버리고 말았다.

'맙소사! 어지간한 술꾼도 한 잔 술에 인사불성이 되거늘!'

단숨에 단지의 절반이나 비운 의독성수는 혀로 입가를 핥으며 눈을 게슴츠레 떴다.

"크으… 좋아. 정말 좋구나!"

그는 총관을 힐끔 살피고는 주머니를 뒤져 작은 약병을 하나 꺼내 들었다.

"네놈의 안색을 보니 아랫도리가 상당히 부실하구나. 아마 여편네 때문에 밤이 무서울 게야."

"예, 성수 대인. 소, 소인은······."

"받아라. 극락단 한 알만 먹어도 계집 열을 밤새도록 만족시킬 만큼 강해질 것이다."

"아이구, 고맙습니다요, 대인."

총관은 감격에 젖어 무릎을 꿇고 약병을 받아 쥐었다. 그는 기사회생의 영단을 손에 쥔 듯 눈물까지 글썽이며 연신 머리를 조아렸다.

의독성수는 입맛을 다시고는 설향로를 입으로 가져갔다.

"이놈, 내일 또 설향로를 대령하렷다. 알겠느냐?"

"물론입니다요, 대인."

총관은 극락단을 소중히 감싸 쥐고는 연신 허리를 굽실거렸다.

의독성수가 간파한 대로 부실한 아랫도리 때문에 남편 구실을 제대로 하지 못한 그에게 있어 극락단은 세상에 다시없는 보물이었다. 토끼처럼 빨리 끝나는 방사 때문에 여편네를 볼 때마다 주눅이 들어왔던 것이다.

'그래, 오늘 밤 모처럼 여편네한테 큰소리를 칠 수 있겠군.'

그는 당장이라도 집으로 돌아가 당당히 여편네의 옷을 벗기고 싶었다.

털썩―!

설향로 한 단지를 말끔히 비운 의독성수는 그대로 쓰러지고 말았다. 취해 혼절한 상태에서도 몹시 황홀한 표정이었다.

잠시 후 방으로 들어선 삼대악인은 쓰러진 의독성수를 보고는 만족스런 미소를 지었다.

악중뇌가 총관에게 금덩이를 하나 건넸다.

"애썼다."

"헤헤, 됐습니다요. 소인은 성수 어른께 극락단을 받았으니 그것으로 충분합니다요."

총관이 희희낙락한 표정으로 돌아서려 하자 악중요가 눈웃음을 치며 그를 불러 세웠다.

"잠깐."

총관이 돌아서는 순간 상아 젓가락이 날아들며 총관의 목젖에 꽂혔다. 얼마나 빠른 수법이었는지 총관은 비명 소리 한 번 내지 못한 채 절명하고 말았다.

악중요가 총관의 손에 쥐어진 약병을 집어 들자 악중뇌가 눈살을 찌푸렸다.

"무슨 짓이냐, 요매?"

악중요는 약병을 품에 넣으며 배시시 웃었다.

"호호, 극락단이라잖아? 훗날 단목휘를 붙잡게 되면 이걸 먹여서라도 꼭 한 번 방사를 치르고 싶어."

"그렇다고 이놈을 죽이면 어떻게 하나? 공연히 소란만 피운 꼴이 되잖아."

악중요는 애교스럽게 콧등에 주름을 잡았다.

"모르는 소리 마. 의독성수가 실종됐다면 감숙지부가 발칵 뒤집혀 대거 수색에 나설 거잖아? 우리가 아무리 변장을 했어도 웬만한 놈들은 우리 모습만 듣고도 정체를 알아낼 거야. 우리를 본 이놈을 죽여야 뒤끝이 깨끗하지."

악중잔은 준비해 둔 마대에 의독성수를 처넣었다.

"누님이 달리 악중요겠어? 어서 떠납시다."

2

    난주로 뻗은 관도를 따라 백 명도 넘는 대상 행렬이 지나가고 있었다.

    낙타와 나귀 등에는 서역에 팔 비단과 약재, 금은 세공품, 동방의 진귀한 패물이 가득했다. 낙타를 모는 바리꾼과 짐꾼 외에도 대상들을 호위하는 경호 무사들이 서른 명은 족히 되었다.

    상인들은 낙타 등에 편안히 기대앉은 채 장부와 물품 목록을 대조하며 연신 주판알을 퉁기고 있었다.

    이들이 장안을 떠나 난주성에 거의 이를 때까지 비적 떼 한 번 만나지 않은 건 행운이며 길운의 조짐이었다. 상인들은 저마다 이번 교역으로 한밑천 잡게 될 꿈에 부풀어 있었다.

    해가 뉘엿뉘엿 지고 있었지만 대상 행렬은 야영을 준비하기보다 갈 길을 서두르고 있었다. 난주성에 입성하기만 하면 편안한 잠자리와 질펀한 술좌석이 그들을 기다리고 있기에 새벽부터 달려온 피로감도 느껴지지 않았다.

    대상 행렬이 뿌연 먼지를 일으키며 관도를 점유한 채 몰려가자 앞서 가던 나그네 하나가 관도 옆으로 비켜섰다.

    본래는 흰 비단옷이 그슬리고 먼지에 찌들어 회색으로 보였다. 머리를 끈으로 질끈 동여맨 검사는 다름 아닌 환유성이었다.

    그가 사천성 장자산을 떠나 감숙으로 들어선 지도 벌써 스무 날이 넘었다.

그는 본래 월영서시와 비검을 할 목적으로 곤륜산 은영곡에 위치한 월영궁을 찾아가는 길이었다. 물론 벽소군의 부탁으로 갈 길을 약간 돌려 난주를 들러 서녕을 거치기로 정했다. 자신 때문에 청해성으로 떠난 강무영과 단목비연을 만나본 후 곧장 월영궁으로 간다는 것이 그의 생각이었다.

마음속의 친구인 강무영을 만나 술을 한잔 나눌 수 있다는 것이 그의 즐거움이었다.

대상 행렬이 일으키는 흙먼지는 오래도록 가라앉지 않았다.

한 식경이 지난 후에야 겨우 먼지가 가라앉자 그는 소추를 몰아 난주로 향했다. 그는 앞서 멀어지는 대상 행렬을 응시하며 한해에서 만난 대상들을 떠올렸다.

'상인들만큼 용감한 부류도 없는 것 같아. 백 명이 떠나 한 명만 살아남는다 해도 저들은 주저하지 않고 교역을 위해 나설 것이다. 나머지 백 사람 몫의 이득을 취할 수 있으니까. 아마 저들의 내심에는 자신을 제외한 다른 모든 교역상들이 죽기를 바라겠지. 그래야 더 많은 황금을 취할 수 있을 테니까.'

넓은 들판에서는 방목된 가축들을 몰아 거주지로 가려는 목동들이 고함을 치며 말을 달리고 있었다.

난주까지 이르면서 그는 드물게 외로움에 젖곤 했다.

그는 무의식적으로 고개를 돌려 누군가를 찾기도 했다. 물론 주변에는 아무도 없다. 그와 소추만 있을 뿐이다. 그래도 어디선가 시원스런 목소리가 들려올 것만 같았다.

듣기만 해도 가슴까지 상쾌해지는 청아한 음성의 소유자는 그와 백년가약을 맺은 벽소군이다.

그는 여인의 용모를 별로 따지지 않지만 그녀의 절세적 미모는 언제 보아도 질리지 않았다. 미색으로만 논하자면 화옥군주 용화령과 옥잠화가 조금 나을 수 있겠지만 총명함과 심성을 감안한다면 단연 그녀가 최고다.

천하인 모두가 흠모하는 선망의 대상인 벽소군이 그의 아내다.

때로는 그를 귀찮게 하지만 그녀가 곁에 없으니 조금은 허전한 마음을 지울 수 없었다. 본능적인 욕정을 풀기 위해 오는 길에 유곽에 두세 번 들르기도 했지만 그녀만큼 따뜻하고 편안한 기분을 느끼게 해주는 여인은 없었다.

객점에서 술을 마시고 요기를 할 때는 예전에 없는 어색함에 젖기도 했다. 평생토록 혼자였던 그였지만 이제는 혼자 식사를 한다는 게 따분하기까지 했다.

'소군이 날 바꾸어놓았군. 그녀를 간간이 울리는 게 재미도 있었는데……'

그는 보조개를 깊이 패며 상큼 미소 짓는 벽소군을 떠올리며 난생처음 그리움에 젖었다. 세상에 대해 냉소적인 그의 성격이 애써 그것을 부인하려 했지만 그의 마음 깊이 젖어드는 그리움은 쉽게 떨쳐 낼 수가 없었다.

그는 갑자기 말고삐를 돌리고 싶은 충동에 사로잡혔다. 그녀를 좇아 황산으로 달려가고 싶었다. 소추에게 힘껏 달릴 것을 명한다면 아마 황산에서 그녀를 따라잡을 수도 있을 것이다.

'젠장, 내가 지금 무슨 생각을 하는 건가.'

잠깐 동안의 상념에서 깨어난 환유성은 자신의 혼란스러움을 질책하며 공연히 소추의 엉덩이를 때렸다.

"좀 서둘러라, 굼벵아!"

고개를 숙인 채 평소처럼 느릿느릿 걷던 소추는 깜짝 놀라 고개를 쳐들며 주인을 돌아보았다.

환유성은 자신이 생각해도 우스운지 실소를 지었다.

"아니다. 네 방식대로 가. 그게 너나 내가 살아온 방식이니까."

순간, 그는 지평선 너머에서 들려오는 함성과 말발굽 소리에 검미를 가볍게 찌푸렸다. 간간이 들려오는 병장기 소리와 비명 소리는 어떤 상황이 전개되는지를 짐작게 해주었다.

"조금 더 천천히 가자. 귀찮은 일이 생길 것 같아."

3

두두두—!

백여 필의 말이 커다랗게 원을 그리며 앞서 떠난 대상 행렬을 포위하고 있었다.

낙타 바리꾼들은 급히 낙타들을 이끌어 둥그렇게 원형진을 형성했다. 상인들은 원형진 안으로 피신하고 서른 명의 호위 무사들이 외곽에 포진했다.

대상 행렬을 가로막은 자들은 단순한 비적들이 아니었다. 복장은 단정했고 움직임도 일사불란했다. 함부로 살상을 벌이지도 않았으며 여덟 개 방위를 점유한 채 대상 행렬을 포위하기만 했다.

몇몇은 커다란 깃발을 쳐들고 있는데, 황색 깃발에는 붉은 글씨로 이렇게 씌어져 있었다.

赤風沙.

일명 붉은 모래폭풍으로 불리는 이들은 바로 새황무림의 사대천왕 중 하나인 적풍사 소속 무사들이었다. 청해, 감숙, 대막을 아우르는 막강한 세력을 형성한 그들은 뛰어난 기마술과 전투력을 지녀 군병들도 감히 당해내지 못한다.

그들은 거대한 방파의 수하들답게 함부로 살상을 벌이지는 않는다. 오히려 비적 떼들이 그들에 의해 제거되기도 한다. 그들은 대상들을 상대로 적당한 상납을 받을 뿐이다.

조끼 하나만 걸쳐 입은 구레나룻거한이 수하들을 대동하고 대상 행렬로 다가섰다. 머리에는 똬리형의 모자를 썼는데 드러난 피부에는 무수한 문신이 새겨져 있었다. 그의 말안장에는 보기에도 육중한 철퇴가 꽂혀 있었다.

비적들이 아닌 것이 대상들에게는 오히려 다행이었다.

대상 행렬의 수장인 늙은 상인이 호위 무사들과 함께 거한을 맞이했다.

"소인은 만금상단(萬金商團)의 주인인 하후상이라 하오이다. 적풍사 전사들께서 어인 일로 행렬을 막는지 알고 싶소이다."

문신이 가득한 구레나룻거한은 거만스레 턱을 치켜들었다.

"난 적풍사 순찰단주로 있는 초래문이다. 금번 사주의 고희를 맞아 너희에게 약간의 진상품을 받고자 함이니 기쁜 마음으로 바치기 바란다."

하후상은 속이 쓰렸지만 적풍사의 요구를 거부한다면 한바탕 피바람이 불 것을 알기에 순순히 응할 수밖에 없었다.

"사주의 고희라니 기꺼이 황금 백 냥과 은 삼백 근, 비단 백 필과 다소의 패물을 진상하겠소."

하후상은 만금상단의 주인답게 선뜻 상당한 금액을 제시했다. 하지만 초래문은 가당치 않다는 표정으로 눈을 가늘게 뜨며 그를 쏘아보았다.

"사주의 고희라고 말했다. 이번만큼은 너희가 지닌 교역품의 절반을 바쳐야겠다."

"다, 단주, 그것은 너무 가혹하외다."

"길게 말하지 않겠다. 우리의 요구를 거부한다면 죽음뿐이다."

"단주, 재고해 주시오. 교역품의 절반을 바치게 되면 우리는 엄청난 손해만 입고 돌아가야 할 상황이외다."

초래문은 육중한 철퇴를 집어 들었다.

"닥쳐라. 사주를 위한 진상품이 네놈들 목숨보다 소중하다면 어쩔 수 없지."

그러자 호위 무사들을 관장하는 호위대장이 나섰다. 청수한 면모의 중년인은 초래문과 마주 섰다.

"이 사람은 만금상단의 호위를 책임지는 관운평이라 하오. 무당파의 속가제자요."

초래문은 가소롭다는 듯 냉소를 쳤다.

"큭, 감히 적풍사 앞에서 하찮은 무당 따위의 이름을 들먹인단 말이냐?"

"말 삼가시오. 나라에는 황법이 있고 무림에는 공법(公法)이 있소.

당신의 부당한 요구는 비적과 다를 바가 뭐 있겠소?"

"이놈!"

초래문은 냅다 철퇴를 휘둘렀다.

수백 근 무게의 철퇴는 웅후한 파공성과 함께 관운평의 머리 위로 떨어져 내렸다. 관운평은 급히 검을 휘둘러 무당의 절학인 태극혜검법을 펼쳤다.

차앙—!

긴 금속성과 함께 관운평은 철퇴의 위력에 밀려 마상에서 튕겨지며 뒤로 날아갔다. 하지만 그도 녹록치 않은 무당의 고수였다. 몸을 말아 바닥을 찍은 그는 제운종 신법으로 치솟으며 반격을 펼쳤다.

"태청선회!"

그는 무당파 속가제자 중 가장 뛰어나다는 평가를 받을 만큼 절정급 고수다. 그의 검초는 신속하면서도 정교했다.

"큭, 제법이군."

초래문은 마상에 앉은 채로 철퇴를 휘둘렀다. 수백 근에 달하는 철퇴를 가볍게 다루는 그는 놀라운 괴력으로 관운평의 공세를 간단히 막아냈다.

"적풍혈강!"

그는 좌장을 쭉 뻗으며 적풍사의 독문절기를 펼쳤다. 관운평이 태청신공을 채 운기하기 전에 붉은 강기가 그대로 그를 가슴을 강타했다.

"크윽!"

관운평은 한줄기 피를 토하고는 뒤로 미끄러졌다.

하후상은 믿었던 관운평이 패퇴하자 질겁을 하며 급히 낙타로 형성된 원형진을 향해 달아났다. 그는 낙타의 고삐를 움켜쥐고 있는 바리꾼들을 향해 외쳤다.

"모두 난주를 향해 달려라!"

바리꾼들은 일제히 낙타를 일으켜 세우며 달아날 준비를 했다.

관운평은 호위 무사들을 향해 급히 명했다.

"제일대는 포위망을 뚫고 제이대는 행렬을 보호하라. 제삼대는 나와 함께 후미를 막는다!"

호위 무사들은 비적들의 기습에 대비해 숱한 훈련을 받았기에 일사불란하게 움직였다.

초래문은 번쩍 철퇴를 치켜들었다.

"적풍사에 대항한 놈들에게는 죽음뿐이다!"

"와아아—!"

일백여 적풍사 전사들은 일제히 함성을 터뜨리며 공세를 펼쳐 왔다.

그들은 말을 몰아오면서 화살을 쏘아댔다. 붉은 깃을 단 화살이 메뚜기처럼 허공을 뒤덮으며 대상 행렬 위로 떨어져 내렸다. 호위 무사들 일부가 몸을 날려 화살을 쳐냈지만 스무 명의 바리꾼과 짐꾼이 화살에 꿰인 채 나가동그라졌다.

곳곳에서 피비린내나는 전투가 전개되었다.

관운평은 호위 무사들과 함께 대상의 후미를 막으며 물러서고 있었지만 적풍사 전사들의 공세는 워낙 강맹했다. 죽음을 두려워하지 않고 달려드는 그들의 저돌적인 공세에 호위 무사들은 모골이 송연해질 수밖에 없었다.

적풍사 전사들의 난입에 행렬은 순식간에 흩어지고 말았다.

하후상은 다시 장안 쪽으로 달아나고 있었다. 목숨보다 소중한 황금이었지만 막상 죽음에 임하게 되면 목숨보다 소중한 것은 없다. 이 순간 그는 산더미 같은 교역품을 모두 내주고서라도 자신의 목숨을 구하고 싶었다.

"죽여라!"

"감히 적풍사를 거부하고 살아남을 수 있을 것 같으냐!"

적풍사 전사 네 명이 하후상을 추격해 왔다. 그들의 기마술은 극히 뛰어나 하후상은 이내 그들의 손에 잡힐 지경이었다.

이 순간 하후상은 구릉 위로 모습을 드러내는 한 사람을 보게 되자 다급히 구원을 요청했다.

"살려주시오─ 제발 살려주시오!"

소추를 타고 구릉 위로 올라선 환유성은 들판 곳곳에서 벌어지고 있는 살육전을 둘러보고는 쓴 입맛을 다셨다.

"이 녀석아, 이래서 조금 천천히 가자고 했잖아?"

하후상은 지푸라기라도 붙잡고 싶은 심정이었기에 환유성 앞에 이르자 마상에서 몸을 던졌다. 그는 소추의 고삐를 움켜쥐고는 간절하게 애원했다.

"살려주십시오, 대협! 제발 살려주시오. 이 늙은이를 구해준다면 황금 천 냥을 드리리다."

적풍사의 네 전사는 삽시간에 환유성을 에워쌌다. 그들은 거친 음성으로 외쳤다.

"우리는 적풍사의 전사들이다! 네놈은 관여하지 마라. 순순히 물러선다면 죽이지는 않겠다."

환유성은 하후상을 내려다보며 권태롭게 말했다.

"고삐를 놓으시오."

하후상은 절망에 젖어 눈물을 뚝뚝 흘리며 말고삐를 쥔 채 털썩 무릎을 꿇었다.

"크으, 대협. 이 늙은 것이 불쌍하지도 않으시오? 사례는 충분히 할 테니 제발 구해주시오."

환유성은 권태로운 표정으로 고삐를 잡아채려다 문득 벽소군의 간절한 청을 떠올렸다.

"환랑, 천하에 명성을 떨치는 의협이 아니어도 좋습니다. 다만 불의를 보면 징계하시고, 누군가 도움을 청한다면 구해주세요. 이것은 선악과 정사에 관계없는 인간으로서 마땅히 해야 할 일입니다."

그는 쓴 입맛을 다시다 짜증스럽게 중얼거렸다.

"소군의 부탁이니 한 번은 들어줘야겠군."

그는 장창과 반월도를 들고 위협하는 적풍사 전사들을 쓸어보며 한마디 던졌다.

"꺼져."

네 전사들은 어처구니가 없는 듯 서로를 보더니 키득거렸다.

"뭐, 뭐야? 꺼지라고?"

"미친놈!"

"단단히 돌았군. 감히 적풍사 앞에서 객기를 부린단 말이냐?"

네 전사는 반월도와 장창을 휘두르며 환유성을 향해 득달같이 달려들었다.

"아이구!"

하후상은 털썩 주저앉으며 손으로 얼굴을 가렸다.

이제는 꼼짝없이 죽었다고 생각한 것이다. 황금을 벌기 위해 악착같이 살아온 지난 세월이 너무도 허무하게만 여겨졌다. 무수한 상념과 과거의 일들이 주마등처럼 뇌리를 스쳐 갔다.

한데 주변이 너무도 조용했다.

잔뜩 두려움에 젖어 고개를 든 하후상은 눈앞에 펼쳐진 네 구의 주검에 기겁하고 말았다.

"허억!"

적풍사의 전사들 넷은 이미 목과 몸뚱이가 분리된 시체가 되어 있었다. 하후상으로서는 대체 그들이 어떻게 죽었는지 알 수가 없었다. 확실한 건 자신이 살아 있다는 사실이었다.

환유성은 격전장을 향해 서서히 다가서고 있었다.

하후상은 비로소 깨닫게 되었다.

'그, 그래! 절세고수다!'

그는 자신의 말을 찾아 올라타고는 서둘러 환유성의 뒤를 따랐다. 이대로 달아나기보다 그와 함께 있으면 죽을 우려는 없을 것 같다는 확신에서였다.

초래문은 대상 행렬의 호위 무사들을 압박하는 부하들을 응시하며 목을 꿈적거렸다. 달려온 전사 하나가 다급히 보고를 올렸다.

"단주, 전사 넷이 저놈에게 당했습니다."

"뭐야?"

초래문은 환유성 쪽으로 고개를 돌렸다. 소추를 탄 채 느릿느릿 이동하는 환유성의 모습은 멀리서 보아도 추레하기 짝이 없었다.

"저놈한테 말이냐?"

"예, 단주. 속하가 지켜보고 있었는데 상단의 늙은이를 쫓던 전사들이 저놈과 맞서다 갑자기 쓰러졌습니다."

"그럴 리가 있느냐!"

"분명히 보았습니다. 한줄기 섬광이 번득였을 뿐인데 전사 넷이 마상에서 떨어졌습니다."

"하면 전사 다섯을 대동하고 확인해 보아라."

초래문의 지시에 수하는 전사들 몇을 불러 환유성 쪽으로 달려갔다. 그들은 냅다 환유성을 향해 공격을 펼쳤다. 잠깐 섬광이 번득였을 뿐 별다른 변화는 없었다.

그러나 수하의 보고는 틀리지 않았다. 전사 여섯이 목이 달아난 채 마상에서 굴러 떨어진 것이다.

초래문의 표정이 딱딱하게 굳어졌다.

"으음, 굉장한 쾌검이군."

그가 깃발을 든 전사에게 신호를 보내자 들판 가득 요란한 징 소리가 울려 퍼졌다.

징― 지징―!

호위 무사들과 겨루며 약탈을 자행하던 적풍사 전사들은 일제히 물러서며 초래문의 뒤로 말을 몰아갔다.

심한 부상을 당한 관운평과 호위 무사들은 죽음 직전에서 안도의 한숨을 쉴 수 있었다.

"대체 어떻게 된 거지? 혹시 난주성에서 관병이나 태양천 무사들이 출병한 것이 아닐까?"

관운평은 난주성 쪽으로 시선을 집중했지만 구원의 조짐은 전혀 보이지 않았다.

"가만, 하후 단주께서는?"

그는 흐트러진 행렬 속에서 하후상의 모습이 보이지 않자 가슴이 철렁 내려앉았다.

물자를 잃는 것은 어쩔 수 없어도 만금상단의 총수는 반드시 지켜야 하는 것이 그의 임무였다. 그를 지키지 못하면 그의 명예는 물론이며 무당의 명성마저 땅에 떨어지고 만다.

호위 무사 하나가 환유성 뒤로 바싹 붙어 따라오는 하후상을 가리켰다.

"단주께서는 저기 계십니다."

"오, 다행히 무사하셨군."

관운평은 짐꾼과 바리꾼들에게 부상자를 돌보게 하고는 겨우 열 명 남짓 남은 호위 무사들을 대동한 채 대상 행렬을 지켰다.

초래문이 신호를 보내자 적풍사 전사들은 환유성의 후방과 좌우로 흩어지며 반원형으로 포위망을 형성했다.

초래문은 심복 예닐곱을 대동해 환유성을 막아섰다. 비록 먼 거리였지만 환유성의 놀라운 쾌검을 견식했기에 그는 약간의 거리를 두고 멈춰 섰다.

그는 눈을 가늘게 뜨며 환유성을 훑어보았다.

"네놈은 누구냐?"

환유성은 다소 짜증스런 표정으로 응수했다.

"알 것 없어."

"큭, 네놈이 정녕 죽기를 작정했구나. 감히 적풍사 전사들을 해치고도 살기를 바라느냐!"

"귀찮게 하지 말고 꺼져."

"크크, 꺼지라고? 단단히 미친놈이군."

초래문은 철퇴를 비껴 들고는 적풍혈강을 운기했다. 불꽃 같은 강기가 철퇴를 통해 화르륵 뿜어진다.

"이놈―!"

마상에서 튀어 오른 초래문은 양손으로 철퇴를 움켜쥔 채 힘껏 내려
쳤다.

"뒈져라!"

콰아아―!

새황무림의 절정급 고수로서 명성을 떨치고 있는 초래문의 공세는
실로 엄청났다.

수백 근 철퇴에 실린 적풍혈강의 위력은 가히 성곽 하나를 박살 낼
정도였다. 철퇴가 날아들기도 전에 주변으로 세찬 강풍이 휘몰아쳤다.

지켜보던 관운평은 하얗게 질리고 말았다. 자신으로서는 도저히 감
당치 못할 엄청난 공격에 놀라 다급히 부르짖었다.

"어서 피하시오!"

환유성은 불덩이로 화해 날아드는 철퇴를 멀뚱하게 바라보고만 있
었다.

그의 눈에 보이는 초래문의 공격은 답답하리만치 느렸다. 적풍혈강
의 기운이 피부에 조금 와 닿는 정도였다. 그는 따분한 표정으로 반검
의 손잡이를 쥐었다.

번― 쩍―!

현란한 섬광이 폭발하는 순간 초래문의 공세는 급격히 위축되었다.

"캐애액!"

처절한 비명과 함께 초래문의 몸뚱이는 어깨서부터 반대 편 옆구리
까지 베어진 채 두 동강이 나고 말았다.

환유성은 흩어진 머리카락을 가볍게 쓸어 넘기고 있었다.

그가 언제 검을 뽑고 회수했는지 제대로 본 사람은 아무도 없었다. 적풍사 전사들은 자신들의 상전이 왜 갑자기 동강 난 채 죽었는지 알 수가 없었다.

관운평은 눈앞에 펼쳐진 믿을 수 없는 쾌검 절기에 문득 한 사람을 떠올리며 전신을 부르르 떨었다.

"허억! 저, 절대쾌검?"

초래문의 참혹한 죽음을 내려다본 심복들은 괴성을 지르며 분노를 폭발시켰다.

"죽여라―!"

심복들이 일제히 말을 몰아 쇄도하자 칠십여 명에 달하는 적풍사 전사들도 괴성과 함께 달려들었다.

환유성을 중심으로 조여드는 적풍사의 공세는 가히 질풍노도와 같았다. 하후상은 체면도 잊은 채 말에서 내려 소추의 다리 사이로 뛰어들어 몸을 숨겼다.

두두두두―!

요란한 말발굽 소리에 지축이 흔들린다. 흙먼지가 자욱하게 하늘을 가린다.

물샐틈없는 포위망은 급격히 좁혀들었다. 환유성을 가운데 두고 십장 거리까지 접근한 적풍사 전사들은 일제히 화살을 쏘아대고 창검을 날렸다.

수십 발의 화살과 수십 자루의 창, 그리고 회전하며 날아드는 수십 개의 반월도!

무려 칠십여 개에 달하는 병기의 표적은 오직 하나, 환유성이었다.

이것이 바로 적풍사가 자랑하는 비격파멸진(飛擊破滅陣)이었다. 어떤 강적도 그들의 비격파멸진 앞에서는 무너질 수밖에 없었다. 절세고 수라 하여도 이 모든 공격을 동시에 막아낼 수는 없는 일이었다.

"오, 맙소사!"

"하후 단주!"

만금상단 사람들은 절망하고 말았다. 그들은 차마 환유성과 상단의 총수인 하후상의 최후를 볼 수 없어 고개를 돌렸다.

이 엄청난 공세 속에서도 환유성의 표정은 권태롭기만 했다. 만상심법을 운기해 호신강기를 펼친 그는 반검의 손잡이를 불끈 쥐었다. 그의 미간에 드물게 살기가 배어 나왔다.

"만상백변!"

희뿌연 기운과 함께 그의 형상이 사라졌다. 순간 여든한 개의 검형이 동시에 비산되었다.

피피피핑─!

빛살 같은 검형이 폭출하자 사위는 눈부신 광휘에 휩싸였다. 세상의 모든 어둠과 소리마저 묻어버릴 강렬한 빛이었다. 빛에 의해 얼어붙은 시공으로 인해 일순간 흐르는 시간마저 멈춰 버렸다.

정적……!

이어 온천지를 뒤덮을 어마어마한 굉음이 뒤를 이었다.

콰콰콰쾅─!

동심원을 이루며 퍼져 나가는 파문처럼 지표면이 연이어 폭발하였다. 환유성을 중심으로 퍼져 나간 대폭발은 반경 이십 장을 휘감았다. 자욱하게 피어오르는 먼지는 순식간에 거대한 먹구름을 형성했다.

가히 하늘과 땅이 뒤집히는 천지조화였다.

비로소 전장을 확인한 관운평과 만금상단의 사람들은 너무도 참혹한 광경에 넋을 잃고 말았다.

전멸이었다. 환유성을 공격하던 적풍사 전사들 모두가 죽어버린 것이다. 말과 사람이 한데 피로 범벅된 거대한 참상은 도저히 눈을 뜨고는 볼 수 없는 지옥도였다.

정적 속에 환유성을 태운 소추만이 움직이고 있었다.

느릿느릿 움직이는 소추가 난주성을 향해 멀어진 후에야 사람들은 제정신을 차릴 수 있었다. 오랫동안 숨을 멈춰서인지 그들의 심장이 세차게 요동친다.

관운평은 다리가 풀려 털썩 주저앉고 말았다.

"으으… 대살성이다!"

제43장

일 대 삼천(三千)의 대혈전

1

난주성 전체에 비상경계령이 선포되었다. 난주 태수는 전 군병을 소
집해 성곽을 보수하고 성문 주변으로 경계를 강화해 불의의 사태에 대
비했다.

새황무림의 사대천왕 중 하나인 적풍사의 전사들이 떼죽음을 당했
다는 것은 실로 엄청난 사건이었다. 물론 문파 간의 충돌로 인해 다수
가 죽거나 다칠 수 있지만 이번 경우는 예외였다.

단 한 사람에 의해 팔십여 명에 달하는 전사들이 단 일 초에 죽었다
는 건 모든 사람에게 있어 상상도 할 수 없는 충격이었다.

적풍사에서 이를 묵과할 리 없기에 반드시 대대적인 보복을 취해올
것이다. 적풍사가 두려운 건 어떤 희생이 따르더라도 열 배의 보복을
가해온다는 데 있다.

전사 한 명이 죽으면 상대방의 열 명을 죽이고, 열 명이 죽으면 백

명을 죽여서 철저하게 복수한다.

적풍사 순찰단이 몰살되었다는 소문이 파문처럼 퍼져 나가자 난주로 향하던 모든 대상들은 우회하거나 교역을 중단했다. 공연히 불에 덴 적풍사의 분노에 희생양이 될 수 있기 때문이다.

난데없는 난주의 풍운에 감숙성의 서북방은 숨 막히는 긴장의 도가니로 빠져들게 되었다.

2

청해성을 떠나온 강무영과 단목비연 일행이 난주성으로 들어선 것은 서녕을 떠난 지 한 달이 넘어서였다. 정상적인 행보라면 열흘도 안 걸릴 거리였지만 강무영의 위중한 상세로 인해 오래 걸릴 수밖에 없었다.

강무영은 겨우 숨만 쉬고 있는 시체와 다를 바 없었다. 극검마왕과의 대결에서 입은 내상으로 오장육부가 이탈하고 경맥이 뒤엉켜 회생이 거의 불가능해 보였다.

충격을 최소화하기 위해 그는 가마에 눕혀진 채 옮겨져 왔다.

조자웅은 감숙지부의 전 무사들을 동원해 잡인의 출입을 엄중히 금했다. 그는 난주성에서 가장 용한 의원들을 서둘러 불러들이고 태양천을 향해 전서구를 날렸다.

소천주의 목숨이 경각에 달려 있다는 건 중원무림계에 있어 엄청난 비보가 아닐 수 없었다.

얼마나 울었는지 단목비연은 눈이 퉁퉁 부어 앞이 보이지 않을 정도였다. 그녀는 내실 침상 위에 눕혀진 강무영의 손을 감싸 쥐고 볼에 비볐다.

"사형… 죽으면 안 돼요. 사형이 죽으면 나도 죽어버릴 거야."

그녀는 가슴이 찢어지는 듯 아팠다. 강무영이 자신을 보호하기 위해 극검마왕의 공격을 혼자서 막으려 했기에 이런 비극이 벌어졌기 때문이다.

한쪽에서 지켜보고 있던 조자웅은 몸둘 바를 몰라 했다.

'이 일을 어찌한단 말인가! 의독성수라도 있었다면 소천주를 회생시킬 수 있겠지만 갑작스레 실종되어 찾을 수도 없고.'

사실 그는 순풍객잔에서 의독성수가 사라졌다는 보고를 받고 오히려 다행으로 생각했다. 까다로운 전대 고인의 비위를 맞춰야 하는 번거로움이 없어졌기 때문이다.

한데 막상 소천주의 위급한 상황을 대하자 그는 불안하기만 했다. 어쨌거나 소천주와 만날 약조가 돼 있는 의독성수를 제대로 보호하지 못했으니 그의 커다란 실책이었던 것이다.

단목비연은 조자웅을 향해 신경질적으로 소리쳤다.

"그렇게 멀뚱하게 서 있지만 말고 당장 의독성수를 찾아와요! 성수 어른만이 사형을 회생시킬 수 있단 말이에요!"

"소공녀, 일단 의원들을 들여 소천주를 진맥케 하겠소."

"그런 돌팔이들이 뭘 할 줄 안다고? 사형의 부상은 의독성수가 아니면 못 고쳐요!"

"아, 알겠소, 소공녀."

조자웅이 진땀을 흘리며 돌아설 때였다. 문밖에서 무장의 음성이 들려왔다.

"지부장, 반검무적께서 방문하셨소이다."

"환 대협이?"

의아한 표정의 조자웅이 문을 열기도 전에 단목비연이 그를 밀치며 튀어 나갔다.

"환 가가!"

그녀는 호위 무장 앞에 서 있는 환유성을 보고는 왈칵 눈물을 터뜨렸다.

"오, 정말 살아 있었군요."

그녀는 환유성의 품에 안기며 와락 끌어안았다. 그녀는 그를 여기저기 만지며 그의 생존을 손끝으로 확신했다.

"꿈은 아니죠? 가가와 소군 언니가 귀심동에 갇혀 죽은 줄만 알고 얼마나 슬퍼했는 줄 알아요? 사형과 난 독중지무를 해소해서라도 귀심동 안으로 들어가려 했다고요."

환유성은 그녀의 어깨를 쥐고 떼어놓았다.

"알아. 그래서 내가 여기까지 찾아온 거야. 한데 강 형이 많이 다쳤다면서?"

"다친 정도가 아니에요. 죽을지도 몰라요."

"안 죽어. 나보다 먼저 죽을 사람은 아니야."

그는 그녀와 함께 내실로 들어섰다.

강무영은 뼈와 가죽만 남은 상태였다. 예전의 수려한 용모는 찾아볼 수가 없었다. 안색은 창백하고 전신 피부는 새까맣게 변색돼 있었다. 간간이 호흡마저 끊겨 언제 숨을 거둘지도 모를 위급한 상황이었다.

"……."

침상 옆에 서서 그를 내려다보는 환유성의 눈빛이 가볍게 흔들렸다.

그는 강무영의 부상을 진심으로 안타까워했다. 강무영과의 대면은 두 번에 불과했지만 그의 마음속 친구라 할 수 있는 유일한 사람이 바로 강무영이다.

그는 몸을 굽혀 강무영의 손을 쥐었다.

뼈만 앙상한 손은 나무껍질처럼 거칠었다. 살아 있는 사람의 손이라고는 생각되지 않을 만큼 차가웠다. 그의 가슴으로 소리없는 분노가 조용히 피어올랐다.

"어떻게 된 거지? 누가 강 형을 이렇게 만든 거냐?"

"백마성의 마두인 극검마왕과 대결하다 이리됐어요. 흑, 날 보호하기 위해 사형이 극검마왕의 강력한 마검을 혼자 막아낸 거죠."

환유성이 단목비연을 보며 미간을 찌푸렸다.

"넌 언제나 골칫덩이야."

"그래요. 난 그런 계집이라구요!"

단목비연이 강짜를 부리며 훌쩍이자 환유성은 짜증스런 표정을 지으며 손을 저었다.

"됐어. 강 형을 구할 방법만 얘기해 봐. 나 때문에 이리된 거니 내가 해결해야지."

단목비연은 강무영의 참담한 몰골을 바라보며 다시금 눈물을 글썽였다.

"의독성수밖에 없어요. 사실 삼대마왕에게 쫓기는 그를 도와주느라 이렇게 된 거예요. 독중지무를 해소하기 위한 조건으로 그를 도와주게 되었는데, 극검마왕을 만나게 된 거죠. 그를 찾아야만 사형을 치료할 수 있어요."

"그 늙은이는 어디에 있지?"

환유성이 몸을 일으키자 단목비연도 따라 일어섰다.

"앞서 도착해 순풍객잔에서 우리를 기다리고 있었는데 갑자기 실종됐대요. 총관이 죽은 것으로 봐서 납치된 것 같아요."

"납치?"

환유성은 내실을 나서며 고개를 갸웃거렸다.

"그 늙은이와는 나도 만난 적 있어. 독술과 무공에 모두 능해 그를 납치하기는 아주 어려운 일인데?"

"함께 가요. 순풍객잔에 가서 단서를 찾아보죠."

두 남녀는 십 보 간격으로 경계를 서고 있는 무사들 사이를 가로질렀다. 무사들은 소공녀를 대하자 차례로 허리를 굽혔다.

그들은 삼엄한 경비망이 펼쳐진 감숙지부를 나섰다. 적풍사의 위협 때문에 거리의 분위기는 몹시 무거웠다. 군마를 탄 군병들이 다급히 이동하고 있었다

단목비연이 갑자기 표정을 굳히며 그를 막아섰다.

"참, 지부장한테 들었는데 소군 언니와 백년가약을 맺었다면서요?"

"맞아."

"함께 귀심동에 갇혔을 때 설마… 강제로 소군 언니를 겁탈한 건 아니죠?"

환유성은 피식 실소를 지었다.

"뭘 알고 싶은 건데?"

"만일 소군 언니한테 억지 결혼을 강요했다면 내가 가만두지 않겠다는 말이에요."

그녀가 그에게 작은 주먹을 불끈 쥐어 보이자 그는 권태로운 모습으로 응수했다.

"그녀도 원했어."

단목비연은 그제야 백합 같은 미소를 활짝 지었다.

"호호, 그러면 다행이고요. 사실 환 가가에 비하면 소군 언니가 아깝지만 그래도 조금은 어울리는 한 쌍이에요. 늦었지만 진심으로 축하드려요."

"들어가."

"무슨 소리예요. 함께 찾아봐야죠."

"넌 골칫덩이야. 방해만 돼."

환유성은 다가서는 소추의 등에 훌쩍 올라앉았다. 단목비연은 소추를 보자 아주 반가워했다.

"와아, 소추. 오랜만이야. 날 알아보겠어?"

소추가 그녀의 어깨에 턱을 문지르며 아는 체를 하자 그녀는 소추의 안면에 대고 볼을 비볐다.

"그래, 소추는 참 영특해. 나도 태워줄 거지?"

소추가 그녀의 얼굴을 혀로 핥자 그녀는 간지러운 듯 키득거렸다. 그녀는 가볍게 몸을 놀려 환유성의 등 뒤로 내려앉았다.

"가요."

"내려."

단목비연은 스스럼없이 그의 허리에 팔을 둘렀다.

"형부, 이제 처제가 됐는데 좀 부드럽게 대할 수 없어요?"

"처제?"

"그래요. 난 소군 언니와 의자매를 맺었어요. 환 가가가 소군 언니의 낭군이 됐으니 당연히 형부죠. 이제 소매한테도 처제라고 불러봐요, 형부."

환유성은 그녀의 호칭에 소름이 돋았다. 혈혈단신인 그에겐 그런 호칭이 너무도 거북하기만 했다.

"차라리 가가라고 불러. 듣기 끔찍하다."

"호호, 좋아요. 나도 가가라는 호칭이 편해."

단목비연은 그의 등을 턱으로 쿡쿡 찔렀다.

그녀는 감수성이 풍부해 희로애락의 반응이 아주 빠르다. 구르는 돌만 보아도 웃고, 힘겨워하는 노인을 보면 슬퍼한다. 그녀는 환유성과 함께라면 쉽게 의독성수를 찾을 것만 같아 표정이 밝았다.

"환 가가, 사형이 완쾌되면 함께 극검마왕을 찾아가 혼내줘요. 둘이 힘을 합치면 극검마왕도 못 당해낼 거야."

"그 마왕은 내가 해결한다. 친구를 다치게 만든 놈이니 내 손으로 죽여 버리겠어."

단목비연은 깜짝 놀라 그의 어깨를 감싸 쥐었다.

"그런 소리 말아요. 아버님이 아니면 당해내지 못할 만큼 무서운 마왕이에요. 절대 혼자 맞서서는 안 돼요. 알았죠?"

"……."

"약속해요. 혼자서는 싸우지 않겠다고 말이에요. 어서요!"

그녀가 막무가내로 밀어붙이자 환유성은 잔뜩 짜증스런 표정을 지었다.

"알았으니 그만 해."

"훗, 진작 그럴 것이지."

단목비연은 그의 고집을 꺾은 것이 즐거운 듯 그의 넓은 등에 볼을 기대며 편안히 붙어 앉았다.

환유성은 등으로부터 성숙한 여인의 뭉클한 체온을 느꼈지만 본능적인 충동은 전혀 느껴지지 않았다.

그녀를 만나면 이상하게도 친숙감에 젖게 된다. 산동에서 하룻밤을 보낸 후 헤어진 지 일 년이 다 되어갔지만 수삼 일 만에 다시 만난 듯 반갑기만 하다.

그녀는 그의 고집을 꺾을 수 있는 유일한 여인이었다.

3

순풍객잔의 주인은 호호백발의 노인이었다. 그는 아들처럼 아끼던 총관이 졸지에 횡사를 당해 깊은 슬픔에 잠겨 있었다. 그는 말귀도 잘 알아듣지 못해 전혀 얘기가 되지 않았다.

대상들의 발길이 끊기고 총관마저 죽은 상황이라 순풍객잔은 개점 휴업 상태였다. 경비 무사들은 연신 주변을 순찰하고 점소이들은 청소를 하면서 어서 난주의 풍운이 해소되기만을 기다렸다.

단목비연은 사건이 벌어졌던 귀빈실 2, 3층을 오르내리며 한 가닥 단서라도 찾으려 애썼다.

환유성은 창가에 기대서 있다 나직이 중얼거렸다.

"소군이 있었으면 쉽게 해결했을 텐데……."

단목비연은 별다른 실마리를 찾지 못하자 신경질적으로 탁자와 의자를 걷어찼다.

"대체 어떻게 된 거야? 대체 어떤 놈이 의독성수를 납치해 갔지?"

바깥이 어수선해지며 당시 의독성수를 시중들던 계집 둘과 정문 경비를 담당하던 경비조장이 들어섰다.

경비조장은 환유성을 힐끔 보고는 진저리를 쳤다. 일검에 적풍사의 사나운 전사 팔십여 명을 몰살시킨 환유성의 존재는 무서운 살성으로 부각된 것이다.

"의독성수의 행방을 수소문하신단 들었소이다. 생각해 보니 당시 조금 수상쩍은 세 사람이 찾아온 것 같습니다."

경비조장은 단목비연의 신분을 알고 왔기에 공손한 어조로 말을 이었다.

"저희 순풍객잔을 찾는 사람은 대다수 호화로운 의복과 장신구로 치장한 부호들이지만 그들은 상인들도 아니고 화려함이 조금은 요란했습니다. 사건 직후 사라진 것도 다소 의문스럽기는 합니다."

그가 대동한 시녀 둘을 턱짓으로 가리키자 그녀들은 달달 떨면서 아뢰었다.

"저, 저희는 아무것도 모릅니다. 총관께서 술을 한 단지 가져오셨는데 얼마나 독한 술인지 술 향기를 맡는 순간 저희 둘은 쓰러지고 말았습니다. 깨어나 보니 의독성수라는 분은 사라졌고 총관께서도 돌아가신 겁니다."

"예, 그게 전부입니다."

단목비연이 경비조장에게 물었다.

"수상쩍다는 세 사람은 어떻게 생겼어요?"

"이남일녀인데, 노인은 키가 작고 머리통이 유난히 컸습니다. 보석이 박힌 모자를 쓰고 있었지요. 중년인은 외팔이인데 눈빛이 아주 날카로웠습니다. 널찍한 장포 안에 병기를 한 자루 숨기고 있었는데 언뜻 보아 낫 같았습니다. 여인은 삼십 대 후반으로 보였는데 색기가 철철 넘칠 만큼 요사했습니다."

"쳇, 무림에 그런 자들이 얼마나 많은데."

단목비연은 잔뜩 기대했다가 특별한 단서를 찾지 못하자 탁자를 탁 내려쳤다. 그녀의 말대로 그 정도 인상착의로는 낙엽 속에서 바늘 찾기였다.

묵묵히 듣고 있던 환유성이 물었다.

"그들은 언제 나갔소."

"그것까지는 잘 기억이 나지 않습니다. 경비를 섰던 자들의 말에 의하면 들어온 건 확실한데 나간 것은 보지 못했다 합니다."

"그들의 인상착의에 대해 좀 더 상세히 말해 보시오."

경비조장은 환유성을 잔뜩 두려워하고 있었기에 애써 기억을 떠올렸다.

"노인과 외팔이는 잘 기억나지 않지만 여인은 분명히 기억합니다. 다소 쌀쌀한 날씨인데도 불구하고 얇은 나삼을 입어 몸매가 그대로 드러났죠. 솔직히 너무도 육감적이라… 범하고 싶은 충동을 느낄 정도였습니다."

"요녀……?"

"아, 또 있습니다. 왼쪽 볼에 길게 상처를 입었더군요. 화장으로 가렸지만 완전히 지울 수는 없었습니다."

경비조장과 시녀 둘은 연신 허리를 굽실거리며 방을 나갔다.

환유성은 찻잔을 손에 들고 차를 마시며 골똘히 생각에 잠겼다. 본래 그는 이런 일에 머리 쓰는 것을 아주 싫어한다. 하지만 벽소군과 함께 지내다 보니 자신도 모르게 그녀의 습성을 한 가지 배우게 되었다.

그것은 작은 단서를 가지고 사건을 해결하는 추리력이었다.

"역시 이런 일은 소군 언니가 적격이야."

단목비연은 자포자기한 심정으로 몸을 일으켰다.

"가요."

"그래, 가야지. 비연은 지부에 돌아가거든 악인궁 삼대악인이 난주성에 들어왔었는지 확인해 봐."

"삼대악인이요?"

단목비연이 눈을 동그랗게 뜨자 환유성은 가볍게 고개를 끄덕였다.

"확실치는 않지만 놈들일 가능성이 높아. 작은 키에 대가리가 큰 놈은 악중뇌, 팔이 한쪽 잘린 놈은 악중잔, 볼에 상처를 입은 요사스런 계집은 악중요가 아닌가 싶군."

"왜 그렇게 생각하죠?"

"내 검에 악중잔은 팔이 베어졌고, 악중요는 볼에 상처를 입었어. 시녀들의 말에 의하면 워낙 독한 술이라 냄새만으로 취해 쓰러졌다고 했어. 그런 술이라면 의독성수도 취하지 않을 수 없겠지. 악중뇌의 교활한 대가리라면 능히 그런 술책으로 의독성수를 납치할 수 있어."

"와아, 그리고 보니 소매도 기억이 나요. 그 악적들이 소매를 노릴 때 분명히 봤거든요. 맞아. 가가의 말을 들으니 정말 흡사한데?"

단목비연은 환유성의 팔에 팔짱을 끼며 매달렸다.

"이제 보니 가가도 머리를 쓸 줄 아네? 사람 목 베는 데에만 능한 줄 알았는데."

그들이 주루에서 나서자 갑주와 투구를 쓴 군병들을 대동한 무장이 달려와 그들을 막아섰다. 난주성에 소속된 군병들이었다.

무장은 환유성을 훑어보고는 거친 음성으로 물었다.

"귀하가 반검무적 환유성이오?"

"그렇소."

"태수께서 귀하를 찾으니 같이 좀 가야겠소."

무장이 턱짓을 하자 군병들이 포승을 들고 다가서며 환유성을 결박
지으려 했다.

단목비연이 서슬이 퍼렇게 되어 그들을 막아섰다.

"대체 무슨 짓들이냐!"

무장이 눈을 부릅뜨며 호통을 쳤다.

"어린 계집이 어디서 함부로 나서는 게냐! 태수의 영을 받고 공무를
수행하는 중이니 썩 꺼지지 못할까!"

단목비연은 냅다 그의 뺨을 후려쳤다.

"닥쳐!"

졸지에 한 방을 맞은 무장은 휘청거리며 뒤로 물러섰다. 깨진 이가
섞인 피를 뱉어낸 무장은 군병들에게 명했다.

"당장 저년을 포박해라!"

"예, 장군!"

군병들이 장창을 들이대자 단목비연은 나서려는 환유성을 가로막으
며 냉소를 쳤다.

"홍, 용무가 있거든 난주 태수에게 직접 찾아오라 전해라! 난 태양천
주의 딸 단목비연이다."

그녀가 자신의 신분을 밝히자 무장이 사색이 되어 한쪽 무릎을 꿇고
군례를 올렸다.

"요, 용서하십시오, 소공녀. 호국공(護國公)의 따님이신 줄 몰랐소

이다.”

그가 군례를 올리자 군병들도 일제히 부복했다.

“무례를 용서하십시오, 소공녀.”

태양천주는 금상황이 친히 작위를 제수한 구국의 영웅이다.

무림계뿐만 아니라 황실에서도 인정하는 존엄한 신분이며, 금상황과 형제의 연을 맺은 것은 널리 알려진 사실이다. 군병들에게 있어 그의 존재는 군왕과도 같다. 하기에 그의 딸인 단목비연은 군주로서 대접을 받는 것이다.

무장이 군병들을 대동하고 서둘러 물러나자 환유성은 단목비연을 물끄러미 바라보았다.

“제법이군. 물렁하게만 봤는데 이런 면이 다 있어.”

“훗, 가가나 그렇게 생각하지 소매 앞에서 무례를 범하는 사람은 없어요.”

단목비연은 모처럼 실력 발휘를 했다 싶은지 어깨를 으쓱해 보였다.

그들은 순풍객잔을 나섰다.

대상들로 붐비던 거리는 한산했다. 군마를 탄 군병들이 요란하게 질주할 뿐 양민들과 상인들은 눈을 씻고도 찾아볼 수 없었다.

“가가, 삼대악인이 의독성수를 납치했다 해도 어떻게 그들을 찾지요?”

“나도 몰라.”

단목비연은 그의 가슴을 가볍게 쥐어박았다.

“그런 대답이 어디 있어요? 사형의 목숨이 걸린 일이라고요.”

“어떻게든 찾아볼게. 비연은 지부로 돌아가 강 형을 정성껏 간호하고 있어. 반드시 의독성수를 데리고 올 테니 기다려.”

“알았어요.”

단목비연은 그와 동행하고 싶었지만 언제 죽을지 모르는 강무영이 마음에 걸렸다. 그 곁에는 자신이 있어야만 했다.

환유성이 마상에 오르자 단목비연은 잔뜩 아쉬운 표정을 지었다.

"가가, 사형이 완쾌되면 소군 언니와 함께 천하를 주유해요. 정말 근사한 여행이 될 거야."

환유성은 아무런 대꾸도 하지 않고 소추를 몰아 달려갔다.

단목비연은 멀어져 가는 그를 바라보다 입술을 깨물며 아미를 찌푸렸다.

"쳇, 성격은 정말 밥맛이야."

4

성문으로 향하던 환유성은 앞을 가로막는 상인들 때문에 소추를 멈춰 세워야 했다. 상인들은 마치 군왕이라도 대한 듯 깊숙이 허리를 굽혔다.

만금상단의 주인인 하후상이 마상의 환유성을 향해 정중히 예를 올렸다.

"대협의 구명지은에 만금상단을 대표해 깊이 감사드리오. 이 은혜 백골난망이외다."

"됐소. 길이나 비키시오."

"대협 덕분에 많은 사람들이 살았고, 귀한 물자도 보존할 수 있게 되었소. 약소하나마 성의를 표하니 받아주시오."

하후상이 짐꾼들에게 명하자 귀한 패물을 가득 실은 수레가 환유성 옆으로 옮겨졌다.

"황금으로 삼천 냥은 될 것이외다."

엄청난 거금이었지만 환유성은 정색을 하며 사양했다.

"난 노인장을 구하고 싶어 구한 것이 아니니 사례는 받지 않겠소. 날 죽이려 한 자들을 응징했을 뿐이오."

"받아주시오, 대협. 이는 만금상단의 명예와도 직결되는 일이외다. 이 늙은이가 은혜도 모르는 자로 매도된다면 더 이상 상단을 꾸려 나갈 수가 없소. 아무리 이문을 탐하는 상인이라지만 이 늙은이는 신의를 지켜야 하오."

호위대장인 관운평도 간곡하게 권했다.

"받아주십시오, 대협. 한번 내놓은 황금은 거둬들일 수 없는 게 상인들의 법입니다. 물론 황금으로 구명지은을 모두 갚을 수는 없지만 최소한의 성의외다."

호위 무사들과 만금상단의 상인들 모두가 무릎을 꿇으며 소리 높여 청했다.

"받아주십시오, 대협! 이는 만금상단을 살리시는 일이외다!"

"대협께서 받아주셔야만 저희들도 살 수 있소이다."

환유성은 잠시 생각하다 소추의 등에서 내려섰다.

"잠시 둘이서만 얘기하고 싶소."

"알겠소, 대협."

하후상이 눈짓을 보내자 관운평은 호위들과 상인들을 대동한 채 한쪽으로 물러섰다.

환유성은 팔짱을 낀 채 텅 빈 관도를 응시했다.

"내가 예전에 원앙각에 빚을 좀 진 게 있소."

"원앙각이라 하시면 장안에 있는 기루 말씀이오?"

"그렇소. 내 대신 벽향원에 전해주시오."

하후상은 눈치가 빨라 그의 심중을 헤아릴 수 있었다.

"알겠소. 벽향원이라면 이 늙은이도 찾아간 적이 있지요. 틀림없이 옥잠화에게 전달하겠소."

"빚을 갚는다면 안 받을 테니 선금이라고 말해 주시오. 그러면 받을 것이오."

할 말을 마친 환유성은 소추의 등에 훌쩍 올라 성문을 향해 달려갔다.

하후상은 자신의 성의가 받아들여지자 마음이 후련했다. 그는 노인답지 않게 호쾌한 웃음을 터뜨렸다.

"허허, 영웅호색이라. 하기는 아무리 장안제일의 기녀라도 저런 영웅한테는 연정을 품지 않을 수 없지."

성문 앞에 이른 환유성은 또다시 군병들의 저지로 더는 갈 수가 없었다. 군병들은 성문을 막아선 채 장창을 서로 교차시켰다.

"돌아가시오. 성을 나서면 적풍사 무리들의 손에 죽게 되오."

"비키시오."

"허어, 이 사람 보게? 죽는다 하지 않았소?"

"그것도 내 일이오."

환유성이 완강하게 버티자 장대한 체구의 수문장이 다가섰다. 그는 도끼가 박힌 긴 자루를 바닥에 찍으며 외쳤다.

"웬 소란이냐!"

"장군, 이자가 굳이 성문을 열고 나가려 합니다."

군병 하나가 아뢰자 수문장은 환유성을 쏘아보며 손을 내저었다.

"썩 물러가라. 태수의 허락이 없으면 누구도 출입할 수 없다."

"내가 적풍사 전사들을 죽인 사람이오."

"허억!"

수문장과 군병들은 기겁을 하며 주춤주춤 물러섰다. 그들은 바싹 긴장한 채 서로의 눈치를 살폈다.

수문장은 바싹 마른 입술을 혀로 핥으며 물었다.

"저, 정말 적풍사 놈들을 해치운 반검무적 환유성 대협이시오?"

"그렇소."

"그러면 더욱 나가실 수 없소. 수천에 달하는 적풍사 무리들이 난주성을 포위한 채 대협을 기다리고 있소."

"상관없소. 누구든 날 막는 자는 죽을 것이오."

환유성이 성문 앞에 버티고 서자 수문장은 잔뜩 이맛살을 찌푸리다 그에게 다가섰다.

"이렇게 하십시다. 환 대협은 스스로 나간 것이오. 우리가 적풍사의 협박을 받아 대협을 성에서 쫓아낸 것이 아니란 말씀이오."

"사실이잖소? 어서 문이나 여시오."

환유성의 권태 어린 표정도 수문장에게는 커다란 공포였다. 단 일검에 적풍사 전사들을 팔십여 명이나 몰살시킨 그의 가공할 무공은 모두에게 있어 경외의 대상이었던 것이다.

그그긍―!

육중한 성문이 열리며 소추를 탄 환유성이 나섰다. 이어 성문은 다시 굳게 닫혔다.

환유성은 막상 성을 나섰지만 어디서부터 삼대악인을 찾아야 할지

막막하기만 했다.

삼대악인이 의독성수를 납치한 이상 난주성을 벗어난 것은 확실했다. 하루 전의 일이니 방향만 확실하다면 소추의 주력으로는 충분히 쫓아갈 수 있는 일이다.

"옥문관 쪽은 아닐 것이다. 아직 중원에 악인궁의 터전이 남아 있으니 장안 쪽일까, 아니면 청해성 쪽?"

그는 일단 소추의 고삐를 느슨하게 풀어 달리도록 만들었다. 주변의 마을을 찾아가 단서를 찾아볼 요량이었다.

소추가 경쾌한 발걸음으로 들판을 가로지를 때였다.

두두두—!

지평선 저편에서 무수한 인마가 달려들었다. 여러 개의 깃발을 높이 쳐든 자들은 적풍사의 전사들이었다.

자욱한 흙먼지를 이끌고 서서히 포위망을 좁혀오는 적풍사 전사들은 얼마나 많은 숫자인지 끝이 보이지 않았다. 무수한 말발굽 소리에 지축이 흔들렸다.

환유성은 그들이 몇 명이든 관심 밖이었다.

그의 생각은 오로지 삼대악인을 찾는 데 있었다. 그가 일단 장안 쪽으로 방향을 정하고 달려가자 적풍사 전사들이 좌우로 벌려 선 채 보조를 맞추어 쫓아왔다.

환유성은 그들의 의도를 알 것 같았다.

아무래도 난주성 부근에서 싸움을 벌이는 건 이롭지 않다. 자칫 군병들을 자극해 그들과 격돌할 우려가 있기 때문이다. 적풍사가 아무리 강해도 군병과 맞서는 것은 무리다. 싸움이 확대돼 침략전으로 몰리게 되면 황명에 의해 수만의 토벌군이 조직될 수도 있는 일이기 때문이다.

그들은 환유성이 난주성에서 멀어지기를 기다리며 포위망만 형성하고 있었다.

난주성에서 오십여 리 정도 멀어지자 적풍사 전사들은 거대한 방원진을 펼치며 환유성을 포위했다. 수천에 달하는 기마 전사들은 일 장 간격을 유지한 채 수십 겹으로 환유성을 에워쌌다. 실로 엄청난 위세였다.

일 대 삼천의 대결!

도저히 이루어질 수 없는 한판의 격돌이 감숙의 대평원에서 펼쳐지기 직전이었다.

둥… 둥… 둥……!

묵직한 북소리와 함께 적풍사의 삼천 전사들이 대오를 맞춘 채 멈춰 섰다. 그들의 한복판에서 환유성이 소추를 멈춰 세우자 일 수유의 정적이 흘렀다.

지평선 너머에서 불어오는 바람으로 인해 자욱한 먼지가 허공으로 피어올라 흩어진다.

환유성은 눈을 반개한 채 나른한 표정으로 그들과의 대치 상태를 유지했다.

천하의 어떤 고수도 이토록 엄청난 적을 앞에 둔다면 위축감에 젖지 않을 수 없을 것이다. 지상에서 보여지는 삼천의 기마 전사들은 그 자체가 거대한 인간 장벽이었다. 그들이 일시에 말을 몰아 달려온다면 말발굽에 짓밟혀 흔적도 남지 않을 것이다.

하건만 환유성의 무심한 태도에 적풍사 전사들은 바싹 긴장했다. 자신들을 철저히 무시하는 자의 오만함에 질려 버린 것이다.

다각다각……!

적풍사 깃발을 앞세운 십여 명이 환유성 앞으로 달려왔다.

그들은 환유성과 오 장 거리를 두고 멈춰 섰다. 수뇌로 보이는 자는 털 갖옷을 덧대 입은 중년인으로 매부리코와 연갈색 눈망울이 한족과는 여실히 비교되었다.

그는 긴 쇠사슬을 가슴 앞으로 교차해 메고 있었다. 두 눈에서 뿜어지는 안광은 칼날처럼 예리했다. 불룩 튀어나온 태양혈과 전신 가득 풍기는 당당한 위기로 미루어 초절정급 내가고수임을 알 수 있었다.

그는 오만한 말투로 한마디 던졌다.

"난 적풍사의 총호법 가패륵이다. 세상에는 철환무적(鐵環無敵)이란 별호로 널리 알려져 있다."

환유성은 나른한 표정으로 응수했다.

"못 들어봤어."

"이, 이런 발칙한 놈!"

가패륵이 차갑게 외치자 환유성의 주변으로 연이어 폭음이 터져 올랐다. 음성에 공력을 실어 음공을 펼친 것이다. 환유성을 직접 겨냥한 것은 아니지만 상대를 위협할 만큼 걸출한 내공이었다.

주변이 터져 올랐지만 환유성은 눈썹 하나 까딱하지 않은 채 물었다.

"왜 날 찾아왔느냐? 이 많은 조무래기들은 또 뭐고?"

"네놈이 본 적풍사의 전사들을 수십 명이나 해치고도 무사할 줄 알았느냐!"

"놈들이 날 귀찮게 하더군."

"네놈이 호랑이 간이라도 삶아 먹은 것이냐, 아니면 삶이 권태로운 것이냐? 죽음 따위는 전혀 두렵지 않다는 태도구나!"

가패륵은 대동한 기마 무장들을 스윽 둘러보고는 거만하게 말을 이었다.

"네놈을 당장 짓밟아 버려야겠지만 사주이신 적풍무존(赤風武尊)의 명이 있어 한 가지를 확인한 후 죽여주겠다."

"……."

"무존께서는 네놈이 단 일 초 검법으로 팔십여 명이나 되는 전사들을 살해한 수법에 대해 관심을 표명하셨다. 만일 그것이 세상에서 금지된 악마지공의 하나라면 친히 나서겠다고 하셨다."

환유성은 다소 짜증스런 표정으로 응수했다.

"그게 정 궁금하면 그놈이 직접 오면 되잖아?"

순간, 무장 둘이 솟구치며 환유성을 향해 날아들었다.

"무엄한 놈!"

"감히 존엄하신 무존을 모욕하다니 용서할 수 없다!"

무장 하나는 칼등이 휜 반월도를 휘둘렀고, 다른 하나는 장창으로 찔러왔다. 환유성의 좌우에서 동시에 날아드는 그들의 공세는 쾌속하면서도 독랄했다. 순찰단주인 초래문보다 훨씬 강한 자들이었다.

환유성이 반검을 쥐는 순간 일초 이식의 쾌검이 발출되었다.

차— 창—!

섬광과 함께 두 가닥 금속성이 터져 나왔다.

놀랍게도 두 무장은 공세를 전환해 환유성을 쾌검을 막아냈다. 그러나 환유성의 쾌검은 이미 최고조에 올라 있었다. 두 줄기로 뻗어낸 섬광은 그들의 병기와 함께 그들의 몸뚱이마저 그대로 베어버렸다.

"캑!"

"컥!"

답답한 단말마와 함께 두 무장은 마상에서 고꾸라졌다.

어느새 반검을 회수한 환유성은 천천히 손을 내리고 있었다. 숨결 하나 흩어지지 않은 차분한 모습이었다.

가패륵의 눈 밑 근육이 가볍게 씰룩거렸다.

"과연… 소문대로 경이적인 쾌검이로군."

그는 동료들의 죽음에 분노하며 공격 태세를 갖추는 무장들에게 명했다.

"무존의 영을 수행 중이니 함부로 나서지 마라!"

무장들이 병장기를 내리고 약간 물러서자 가패륵은 환유성을 향해 약간 다가섰다.

"네놈은 아직 대답하지 않았다. 악마지공이 아니고서는 그토록 가공할 위력을 펼칠 수 없지. 네놈이 악마지공을 수련한 것이 확실하냐?"

환유성은 잠시 생각을 굴리다 되물었다.

"내 질문에 먼저 답해줄 수 있겠냐?"

"뭐냐?"

"난주성을 에워싸고 있었다면 어제 성을 빠져나간 세 사람을 보았을 것이다. 악인궁 삼대악인이지. 그자들이 누군가를 납치했는데 어디로 갔느냐?"

"삼대악인?"

가패륵이 무장들을 둘러보자 포위망을 통솔하고 있던 무장이 아뢰었다.

"속하가 그들을 만난 적이 있습니다. 악중잔이 마대 자루를 메고 있었는데 그 안에 누가 들어 있는지는 모르겠습니다. 중원의 악인궁과는 우호적인 관계라 그냥 보내주었습니다. 그들은 이놈이 우리의 전사들을 죽였다는 얘기를 듣고는 악랄한 놈이니 반드시 죽여야 한다고 했습

니다. 악중뇌의 조언에 의하면 놈은 쾌검의 명수니 원거리에서 화살로
쏘아 기력을 탈진시킨 후에야 죽일 수 있다 했습니다."

"어디로 간다더냐?"

"만일 이자를 죽인 후 구채구(九寨溝)로 찾아오면 무존께 바칠 진상
품을 주겠다 하였습니다."

가패륵은 환유성 쪽으로 시선을 돌렸다.

"들었느냐?"

"잘 들었다."

"이제 네놈이 내 물음에 답할 차례다."

환유성은 자신의 고민을 해결해 준 보답으로 순순히 말해 주었다.

"내 수법은 만상백변식으로 세상에는 알려지지 않은 무공이다. 악마
지공과는 관계없다."

"진정 악마지공이 아니란 말이냐?"

"못 믿겠다면 직접 확인해 봐라."

환유성은 삼대악인이 달아난 곳을 알게 된 이상 지체할 겨를이 없었
다. 그는 수십 겹으로 포위한 기마 전사들을 향해 그대로 소추를 몰아
갔다.

두두두—!

소추는 놀라운 주력으로 포위망을 향해 돌진해 갔다.

가패륵은 환유성이 절대 포위망을 돌파하지 못할 것을 확신했기에
그다지 서둘 필요가 없었다. 그는 무장들을 대동한 채 천천히 그를 쫓
았다.

"화살을 쏴라!"

가패륵의 영이 떨어지자 환유성의 전면에 선 기마 전사들이 일제히

활시위를 당겼다.

피피핑—

수백 발의 화살이 허공을 가르며 환유성을 향해 쏟아져 내렸다. 마치 들판으로 내려앉은 메뚜기 떼처럼 엄청난 화살세례였다.

환유성은 그대로 달려가면서 반검을 휘둘렀다.

"차앗!"

만상백변식의 묘유자오 검결이 연속적으로 펼쳐지며 숫구치는 검형에 의해 수백 발의 화살이 모두 동강 나버렸다.

포위망 앞까지 바싹 다가선 환유성은 기마 전사들을 향해 반검을 내려쳤다.

"비켜!"

번— 쩍—!

현란한 섬광이 번득이는 순간 지상의 모든 빛이 광채를 잃었다. 세상의 흐름이 일순 정지하는 듯 소리마저 숨을 죽였다. 이어 엄청난 대폭발이 터져 올랐다.

콰콰쾅—!

지진이 일듯 지표면이 송두리째 붕괴되며 수십 필의 말과 사람이 한데 뒤엉켜 튕겨져 나갔다. 연이어 숫구치며 내리 꽂히는 검형으로 인해 포위망의 일각이 서서히 무너져 갔다.

실로 믿을 수 없는 가공할 공격력이었다.

기마 전사들 일부가 장창과 반월도를 빼 들고 환유성을 직접 공격하려 했지만 채 접근도 하기 전에 폭출하는 검형에 관통돼 나뒹굴고 말았다.

퍼퍼펑—!

삽시간에 이백에 달하는 기마 전사들이 죽거나 부상을 입고 튕겨졌다. 두터운 포위망을 뚫고 전진하는 그의 모습은 흡사 전신(戰神)과도 같았다. 그의 반검이 허공을 가를 때마다 포위망이 한 겹씩 무너졌다.

가패룩은 이 엄청난 광경에 부르르 진저리를 쳤다.

"으으… 세상에 저런 무공이 있었단 말인가! 저놈을 이번에 죽이지 못하면 새황은 절대 중원을 능가할 수 없겠다!"

그는 마상에서 솟구치며 사납게 외쳤다.

"막아라! 절대 놓쳐서는 안 된다!"

적풍사 전사들은 급히 말을 몰아 환유성의 전면을 향해 달려갔다. 둥그렇게 포진한 원형진을 풀고 쐐기 모양의 쇄섬진형을 구축한 것이다. 정면으로 돌진해 오는 상대를 저지하는 데 뛰어난 위력을 지닌 진형이었다.

차차창―!

환유성은 십여 겹의 포위망을 뚫고 돌진했지만 적풍사 전사들의 공격은 쉴 새 없이 계속되었다. 끝도 없이 이어지는 인간 방벽에 점차 힘이 부쳤다. 비 오듯 쏟아지는 화살과 창을 막아내기도 수월치 않았다.

피와 죽음의 현장을 지나쳐 온 그는 피로 흠뻑 물들었다. 소추와 그의 몸 여러 곳에도 화살이 박혔다.

피와 살로 이루어진 인간인 이상 그도 한계가 있었다. 그의 내공과 무공이 아무리 절세적이라 해도 삼천에 달하는 전사들과의 대결은 처음부터 무모한 싸움이었다.

개개인으로 따진다면 그의 가벼운 일검조차 막지 못할 전사들이었지만 죽음을 불사한 그들의 저돌적인 공격은 점차 철벽이 되었다. 게다가 소추까지 보호해야 했기에 포위망을 뚫고 가는 그의 속도는 점점 느려질 수밖에 없었다.

이 순간, 그의 등 뒤로 철삭이 날아들었다. 가패륵이 십장철삭을 발출한 것이다.

츄리리릭―!

만년한철로 제련된 십장철삭은 산악을 관통할 만큼 위력적이었다. 환유성은 급히 반검을 돌려 십장철삭을 쳐냈다.

차앙!

손아귀를 타고 전해지는 진동에 그는 가슴이 답답해졌다.

'욱!'

새황십대고수 중 하나라는 가패륵의 명성은 과연 헛것이 아니었다. 공력으로 논해도 그는 환유성과 버금갈 정도였다. 더군다나 포위망을 뚫느라 엄청난 진력을 소모한 환유성으로서는 가패륵의 기습에 가볍지 않은 내상마저 입고 말았다.

"철극혈리파!"

허공을 딛고 선 가패륵은 팽그르르 회전하며 재차 십장철삭을 발출했다.

그는 신중한 성격의 소유자로 환유성의 쾌검 반경 밖을 유지했다. 물론 다수와 함께 펼치는 명예롭지 않은 공격이었지만 지금은 그것을 따질 겨를이 아니었다.

츄리리릭―!

허공에서 내리 꽂히는 십장철삭은 한줄기 뇌전과 같았다. 주변으로 불꽃까지 뿜어내며 파고드는 폭발적인 위력에 환유성은 가볍게 숨을 들이켰다.

"만상백변!"

그는 소추의 등에서 솟구치며 가패륵의 십장철삭과 맞섰다.

반검에서 섬광이 피어오르는 순간 무수한 검형이 폭출하며 사방으로 비산되었다. 비산된 검형은 급격히 호선을 그리며 가패륵을 향해 쏟아져 내렸다.

"허억?!'

가패륵은 급히 공세를 회수하며 십장철삭을 회전시켰다. 십장철삭은 맹렬히 회전하며 거대한 방패 형상을 이루었다. 수십 개의 검형이 꼬리를 물고 연이어 십장철삭과 충돌했다.

퍼퍼펑—!

연이은 폭음과 함께 분쇄된 검형의 파편이 지상을 강타했다. 지표면이 터져 오르며 주변의 전사들이 가랑잎처럼 날아갔다.

"크윽!'

바닥으로 내려선 가패륵은 피투성이로 변한 자신의 몸을 살피며 몸서리를 쳤다. 그의 옷은 그물망처럼 조각이 났고, 전신 피부가 검기에 의해 길게 베어진 것이다.

"으으, 이런 귀신같은 놈이 다 있단 말인가?'

환유성은 허공에서 세 바퀴를 회전하며 소추의 안장 위로 내려앉았다. 십장철삭과의 강력한 충돌로 인해 속이 뒤틀렸다. 한줄기 선혈이 입술을 비집고 흘러나왔다.

'젠장, 좋지 않군.'

환유성은 만상심법을 운기해 내상이 도지는 것을 진정시키며 계속 포위망을 향해 돌진해 갔다. 하지만 워낙 어마어마하게 쏟아지는 화살 세례에 제대로 전진할 수가 없었다.

전사들은 돌아가면서 장창과 반월도를 날려 그의 탈출을 저지했다.

실로 치열한 전투였다.

무려 한 시진이 넘는 혈투를 벌이는 동안 환유성은 점점 진기가 고갈되어 갔다. 반검의 위력은 현저하게 떨어졌고, 만상백변식은 오 장 앞의 전사들도 튕겨내지 못했다.

"와아아아—!"

적풍사 전사들의 함성은 더욱 고조되었다. 그들은 환유성의 행보가 느려지자 다시 대원형진을 펼쳐 사방에서 조여들었다.

"혁… 혁……!"

거친 숨을 몰아쉰 환유성은 소추를 멈춰 세웠다.

그는 자신이 지나온 길을 돌아보았다. 수백의 인마가 참혹하게 널브러져 있었다. 그는 자신의 손에 쥔 반검을 응시했다. 여간해서 검신에 피가 묻은 적이 없었건만 검날과 그의 손은 붉은 피로 뒤범벅이 되어 있었다.

이제 죽음은 목전에 있었다.

그는 살아오면서 무수하게 사경을 헤맸다. 어지간한 사람이었다면 수십 번도 더 죽을 위험을 맞이했지만 용케도 살아왔던 것이다. 하지만 이번만큼은 살아날 가망이 전혀 없어 보였다.

아직도 이천 수백에 달하는 전사들이 서서히 그를 향해 포위망을 조여들고 있었다. 바야흐로 대혈전이 막을 내리는 순간이었다.

가패륵은 번쩍 손을 치켜들었다.

"형제들의 복수다! 죽여라!"

전사들은 일제히 활시위에 화살을 걸었다. 더러는 장창을 곧추세웠고 일부는 반월도를 내던질 자세를 취했다.

환유성은 반검을 검집에 꽂았다.

그가 최후까지 전력을 다한다면 백여 명은 더 벨 수 있겠지만 탈출할 수 없다면 아무런 의미도 없는 살육일 뿐이다. 그는 소추의 목덜미를 다독이며 희미한 미소를 머금었다.

"소추, 주인을 잘못 만나 너도 죽게 되었구나. 하지만 두려워 마라. 죽어서도 내가 너와 함께 있을 테니까."

그는 탈출을 포기한 채 의연하게 죽음을 맞이하기로 마음먹었다. 그는 마치 타인의 죽음을 관전하듯 둘러선 전사들을 태연스레 둘러보았다.

"팔 아프겠다. 어서 쏴."

너무도 태평한 그의 반응에 적풍사 전사들은 일순 주춤하고 말았다. 그들의 동료들을 무수하게 죽인 원수지만 그의 당당한 기세에 주눅이 든 것이다.

이 순간, 능선 너머에서 일진의 광풍이 몰아쳐 왔다.

두두두—!

수백 필의 준마들이 자욱한 먼지를 일으키며 능선을 따라 내려오고 있었다. 수십 개의 깃발이 바람에 휘날리는데 흰색 깃발에는 한 자의 금색 글씨가 크게 수놓아져 있었다.

天.

바로 중원의 패자 태양천의 무사들이었던 것이다.

1

난데없는 태양천의 출현에 가패륵의 표정이 심하게 구겨졌다.

"아니, 태양천 놈들이 여기까지?!"

앞서 달려오던 마상에서 한 인물이 솟구쳐 올랐다. 도포를 걸친 장대한 체구의 노인이었다. 가슴까지 내려오는 풍성한 수염은 흡사 사자 갈기를 방불케 했다. 바로 태양천의 무상인 사자천왕(獅子天王) 연풍헌이었다.

그는 꼿꼿이 선 채 육지비행술로 날아들며 청룡도를 내리쳤다.

"물럿거라!"

바닥으로 내리 꽂힌 도기가 지표면을 가르며 노도처럼 뻗어왔다.

콰아아아—!

도기는 일 장 깊이로 지표를 가르며 적풍사 전사들의 원형진을 강타했다. 잇단 폭음과 함께 사람과 말이 한꺼번에 베어졌다.

이히힝―!

"아악!"

"크애액!"

비명이 난무하며 아비규환을 이루었다. 적풍사 전사들의 포위망이 삽시간에 두 겹이나 붕괴되었다.

연풍헌은 포위망 속으로 내려서기 무섭게 청룡도를 휘둘렀다.

"썩 꺼지지 못할까, 새황의 쥐새끼들!"

태양천주와 버금간다는 연풍헌의 무공은 가히 압도적이었다. 적풍사 전사들이 반격을 취하기도 전에 이미 사오십 명이 분시가 되어 날아갔다.

일백 근 무게의 청룡도에서 뿜어지는 도기는 가로막는 모든 것을 분쇄했다.

뒤이어 당도한 삼백여 태양천 무사들도 원형진 속으로 뛰어들며 혼전을 벌였다. 그들은 태양천 십대전 중 가장 막강한 건무전(乾武殿)의 정예로 하나같이 절정급 무공을 지닌 고수들이었다.

적풍사 전사들은 후방에서 느닷없는 기습을 당하자 크게 당황하고 말았다. 그들이 채 진형을 갖추기도 전에 환유성을 에워싼 포위망이 붕괴되고 말았다.

"빌어먹을, 하필 이런 상황에 사자천왕이 개입할 줄이야!"

가패륵은 징을 울리게 해 전사들을 후퇴시켰다. 적풍사 무장들은 건무전 고수들과 대적하면서 전사들이 퇴각할 활로를 열었다. 그들로서는 치욕적인 후퇴였다.

환유성 옆으로 내려선 연풍헌은 청룡도를 거꾸로 세워 바닥에 꽂았다. 그는 멀찌감치 서 있는 가패륵을 향해 외쳤다.

"철환무적, 네놈은 무림의 선배를 대하고도 왜 모가지가 뻣뻣하냐!"

연풍헌의 호통에 가패륵은 이를 부드득 갈았다.

"사자천왕, 태양천에나 처박혀 있을 것이지 난주까지는 어쩐 일이오?"

"카하핫! 강호의 평화를 위협하는 무리들을 쓸어버리려 천을 나선 것이다!"

"흥, 착각하지 마시오. 태양천의 위엄은 중원에서나 통할 일이지 감북(감숙성 북부 지역)에서는 어림도 없소."

그는 과거 견융족의 북경 침공 때 적풍사 전사들을 이끌고 동행했던 터라 연풍헌과는 일면식이 있었다. 당시 적풍사와 천산무궁은 태양천 정예들과 격돌했던 것이다.

연풍헌은 풍성한 수염을 내리 쓸며 눈을 부라렸다.

"가패륵 이놈, 네 상전인 적풍무존도 노부 앞에서는 꼬랑지를 내리거늘 어찌 감히 말대꾸를 하는 것이냐!"

가패륵은 철겅거리는 십장철삭을 매만졌다.

"무존이 어떤 분이신데 막말을 하는 것이냐! 오냐! 오늘 네놈들 모두를 도륙 내 과거의 원한을 씻겠다!"

연풍헌은 뒤에 시립해 있는 건무전주와 건무전 소속 십대당주에게 명했다.

"건무전주, 당장 진세를 구축하라. 적풍사 쥐새끼들을 모두 쓸어버리겠다!"

"예, 무상!"

건무전주가 열 명의 당주에게 지시를 보내자 삼백여 정예들은 삼십 명씩 조를 이루어 진세를 펼쳤다.

가패륵은 수적으로 월등히 앞서고 있지만 연풍헌과 맞서고 싶은 마음은 별로 없었다.

연풍헌은 중원천하에서 다섯 손가락 안에 꼽히는 절세고수다. 그는 태양천주와 달리 과격한 성격의 소유자로 불의를 보면 절대 용서치 않기에 악인들은 그의 그림자만 봐도 달아난다. 태양천이 사중악을 격파할 수 있었던 것도 태양천 정예들을 키워낸 그의 강력한 지도력 덕분이었다.

'저 늙은이를 죽이려면 무존께서 친히 나서야 하거늘……'

가패륵은 대규모 접전을 벌이기가 께름칙했다.

'사자천왕도 문제지만 저 귀신같은 놈이 기력을 회복한다면 전사들의 피해가 너무 커진다.'

적풍사의 이인자인 그였지만 수천의 전사들을 잃게 된다면 그 책임을 면할 수 없는 일이었다. 다행히 그의 갈등은 오래가지 않았다.

두두두두―!

북소리와 함께 난주성을 수호하는 군병들이 지평선 저편에서 몰려오고 있었다. 휘날리는 깃발로 미루어 태양천의 감숙지부 무사들도 합세한 것이 분명했다.

가패륵은 퇴각의 명분을 갖게 되자 어깨를 펴며 외쳤다.

"전사들은 들어라! 군병들과는 대적할 수 없으니 퇴각한다!"

그가 앞서 말머리를 돌리자 무장들은 각기 휘하 부하들을 이끌고 뒤를 따랐다. 지표면을 뒤덮은 적풍사 전사들은 거대한 해일이 되어 구릉 너머로 사라졌다.

적풍사의 전사들이 퇴각하자 마침내 난주의 풍운은 해소되었다.

연풍헌은 호탕한 웃음을 터뜨렸다.

"허허헛, 새황의 쥐새끼들! 때가 되면 너희 모두를 쓸어버리겠다!"

그는 문득 환유성을 떠올리며 고개를 돌렸다. 환유성은 소추를 몰아 저편으로 달려가고 있었다.

"허어, 이런 고얀 놈 보게!"

어기충소로 솟구친 연풍헌은 빛살 같은 비행술을 펼쳐 환유성을 추격했다. 그가 먼지를 일으키며 앞을 막아서자 소추는 놀라 앞다리를 번쩍 쳐들었다.

"비키시오."

환유성이 냉막하게 말하자 연풍헌은 굵은 검미를 꿈틀거렸다.

"네 이놈, 노부가 누구인 줄 아느냐!"

"태양천의 무상이라 들었소."

"하면 당장 말에서 내려 예를 갖추지 못할까!"

"난 그런 거 모르오."

연풍헌은 청룡도를 어깨에 걸머멘 채 봉목을 부릅떴다.

"이, 이런 쳐 죽일 놈 봤나! 오냐, 예를 모르는 무지한 놈이라 해도 목숨을 구해준 은혜까지 모른단 말이냐!"

"내가 언제 구해달라고 했소?"

"뭐, 뭐야?!"

연풍헌은 너무도 어처구니가 없어 그만 말문이 막히고 말았다. 그의 무심한 성격에 대해 익히 들어왔지만 이 정도일 줄은 미처 생각지 못한 것이다.

환유성이 그를 피해 소추를 몰아가려 하자 그가 다시 막아섰다.

"정말이지 소문대로 오만불손하기 짝이 없는 놈이로구나. 오냐, 네가 천주의 총애를 받는 데다 소공녀를 구해준 공이 있으니 이번은 용서하겠다."

"난 갈 길이 급하오."

"알았다, 이놈아. 한 가지만 일러주마. 천주께서는 관대하셔서 네가 여러 번 태양천을 무시하는 것을 용서하셨지만 노부는 참을 수 없다. 차후 본 천을 무시했다가는 노부가 용서치 않을 것이다. 알겠느냐?"

연풍헌의 위엄에 찬 호통에도 환유성은 눈썹 하나 까닥하지 않았다.

"할 말 끝났으면 가겠소."

그는 소추를 몰아 사천성을 향해 달려갔다. 소추는 여러 곳에 부상을 당했지만 삽시간에 지평선 너머로 사라졌다.

연풍헌은 질린 듯 고개를 절레절레 저었다.

"허어, 몹쓸 녀석. 소군이 저런 녀석과 백년가약을 맺었다니 마음 고생이 심하겠어."

그가 돌아서자 건무전주가 다가서며 아뢰었다.

"무상, 반검무적에 의해 죽은 자가 무려 삼백은 될 듯하오이다."

"뭐야? 혼자서 적풍사 전사들을 삼백이나 해치웠단 말이냐?"

"대견하지 않습니까? 더군다나 혼자서 삼천 명과 겨뤘으니 이는 고금에 없는 기문입니다."

건무전주가 환유성을 극찬하자 연풍헌은 소매를 떨쳤다.

"그래 봐야 쥐새끼 몇 마리 죽인 정도가 아닌가?"

"적풍사 전사들이 보통 쥐새끼이겠습니까? 하여간 그의 행보는 놀라울 따름입니다."

건무전주는 넌지시 미소를 지었다. 그는 중원무림을 대신해 새황에서 날뛰는 적풍사 전사들을 혼내준 환유성의 무훈에 내심 갈채를 보냈다.

잠시 후 난주성 군병들과 감숙지부의 무사들이 당도했다.

단목비연은 마상에서 뛰어내리며 나는 듯이 달려와 연풍헌의 품에 안겼다.

"무상 할아버지!"

"허허, 소공녀. 무사했구나."

"정말 잘 오셨어요. 무상 할아버지가 오셨으니 이제 마음 푹 놔도 되겠어요."

"여부가 있겠느냐? 그래, 소천주의 상세는 어떠하냐?"

단목비연은 한 걸음 물러서며 침울한 표정을 지었다.

"아주 위중해요. 의독성수만이 치료할 수 있을 거예요."

그러다 문득 생각난 듯 주변을 두리번거렸다.

"환 가가는 어디 있죠?"

"환유성 말이냐? 그 버릇없는 놈은 벌써 떠났다."

단목비연은 그의 불 같은 성격을 잘 알기에 미소를 지으며 사근사근 말했다.

"너무 나쁘게 생각지 마세요. 사형을 위해 의독성수를 찾으러 가는 중이에요. 성격이 유별나서 그렇지 마음은 따뜻한 사람이에요."

그녀는 연풍헌의 팔에 매달리듯 팔짱을 꼈다.

"성밖에 적풍사 전사들이 우글거리는 곳으로 혼자 떠났다기에 얼마나 놀랐는지 몰라요. 난주 태수를 위협해 군병들을 출동시켜 나오는 길이었지요. 그가 무사해서 정말 다행이에요."

"어제 감숙성에 들어섰을 때 반검무적에 의해 적풍사 쥐새끼들이 대거 죽었다는 통문을 받았다. 서둘렀기에 망정이지 조그만 늦었다면 놈은 쥐새끼들에 의해 죽었을 것이야. 한데도 고맙다는 말 한마디 없었어. 기껏 하는 소리가 언제 구해달라고 했느냐야. 세상에 이토록 괘씸한 놈이 있단 말이냐?"

"호호, 원래 그래요. 남에게 신세를 지거나 고개를 숙이는 건 죽기보다 싫어하죠."

연풍헌은 힐끔 그녀를 보며 혀를 찼다.

"쯧쯧, 소공녀도 조심해야겠어."

"무슨 말씀이세요, 무상 할아버지?"

"소군이 누구냐? 천기자와 보타 성니의 제자이며 당대 최고의 재녀가 아니더냐? 그런 아이가 저런 놈한테 넘어갈 정도면 계집 다루는 수완이 보통이 아니야."

단목비연은 킥 실소를 터뜨렸다.

"호호, 할아버지도 참."

그녀는 저물어가는 지평선 쪽으로 시선을 돌렸다. 그녀의 눈빛이 아련해진다.

"사형을 구할 희망은 이제 가가뿐이에요."

2

세상에 이런 말이 있다.

사람들은 두 부류로 구분할 수 있다. 구채구를 가본 사람과 가보지 않은 사람.

구채구를 관람한 사람은 천하제일의 비경에 취해 평생토록 그 광경을 잊지 못하고, 구채구를 가보지 못한 사람은 평생토록 구채구를 한 번 구경하는 것을 소원으로 삼는다. 이렇듯 구채구의 비경은 환상 그 자체다.

계림(桂林)의 산수가 아름답다지만 구채구에 비하면 그저 인세의 절경일 뿐이다.

구채구는 사천성의 북단에 위치해 감숙성과 인접해 있다. 구채구란 명칭은 예전에 협곡 주변에 아홉 개의 토번족 부락이 위치했기에 생긴 이름이다.

구채구의 구불구불한 협곡의 길이는 백 리도 넘는다. 협곡에 들어서기까지 워낙 산세가 험해 오랜 세월 사람들의 발길을 거부한 채 태고의 원시림이 고스란히 남아 있다.

완연한 가을을 맞아 원시림은 노랗고 붉은 단풍으로 물들어 한 폭의 그림을 방불케 한다.

구채구의 협곡을 따라 풍부한 수량이 수많은 폭포를 형성하며 흘러내리고 있다. 구채구의 아름다움은 시리도록 맑은 물이 형성한 연못에 이르러 절정에 이른다.

너무도 맑고 투명한 물은 오 장 깊이의 호수 밑바닥이 훤히 들여다보일 만큼 깨끗하다.

호수 속에는 태고의 원시림이 잠겨 있는데 희한하게도 물이 전혀 썩지 않아 호수 속에 수림이 통째로 들어가 있는 모습을 그려내는 것이다.

구채구의 비경은 계절에 관계없이 신비롭지만 푸른 하늘과 대비되는 단풍이 절정에 이를 때면 그야말로 선경으로 화한다. 그저 바라보기만 해도 신선을 태운 학이 날아들 것만 같은 환상에 젖게 된다.

백 리에 걸친 협곡은 나무뿌리처럼 작은 협곡으로 갈라져 있는데 워낙 통로가 좁고 비슷한 형상으로 펼쳐져 있어 흡사 미로를 방불케 한다.

한데, 깊은 협곡의 동굴 안에서 그림 속 비경에 전혀 어울리지 않는 고통스런 비명 소리가 울려 나오고 있었다.

"아아악! 그, 그만!"

종유석이 드리워진 석동 안은 상당히 넓어 지하 궁전을 방불케 했다.

천장과 바닥으로 이어진 종유석은 그대로 아름드리 기둥이 되었고, 동부 안에 고인 물은 그대로 연못이 되었다. 화려하게 펼쳐진 종유석은 약간의 손질만으로 전각이 되고 나선형 계단을 갖춘 누대(樓臺)가 되었다.

"아아악!"

살이 타는 고약한 냄새와 함께 터져 나오는 비명성은 종유석에 의해 자연스레 창살이 형성된 뇌옥 안에서 흘러나오고 있었다.

뇌옥 벽에 결박된 노인은 의독성수였다.

그는 홀딱 벗겨진 채 굵은 쇠사슬에 의해 사지가 결박돼 있었다. 그의 푸른 머리카락과 수염은 불에 그슬려 형편없이 망가진 상태였다. 이미 숱한 고문을 당해서인지 그의 몰골은 참혹하기 짝이 없었다.

피부 곳곳은 인두에 지져져 진물이 흘렀고, 한쪽 옆구리 뼈는 살을 비집은 채 튀어나와 있었다. 전신 피부는 성한 곳 하나 없이 낫에 의해 저며져 있었다.

그를 고문하고 있는 자는 악중잔이었다.

그는 독형의 명수로 어떤 식으로 고문을 해야 상대가 가장 고통스러위하는지 잘 알고 있었다. 악인궁 시절에도 그는 백도고수들을 붙잡아 집형당주였던 살심귀악과 더불어 누가 더 고통스런 독형을 가하는가 내기를 즐길 정도였다.

오랜만에 사람을 상대로 고통스런 형벌을 가해서인지 그는 무척이나 즐거운 모습이었다.

"쯧쯧, 인두가 식었군."

숯불에 달구어진 인두로 의독성수를 지져대던 악중잔은 그도 재미가 없는지 벽에 걸린 형구(刑具) 중에서 집게를 꺼내 들었다.

악중뇌와 악중요는 뇌옥 한쪽에 마련된 탁자에 술상을 벌여놓고 앉아 느긋하게 지켜보고 있었다. 그들은 사흘 동안 의독성수를 고문하면서 어떤 요구도 하지 않았다. 그저 사정없이 찢고 베고 찌를 뿐이었다.

세상에서 가장 두려우면서 답답한 형벌이 아무런 요구도 하지 않는 무자비한 고문이다. 고문을 당하는 자는 어떻게 대처해야 할지를 모르기에 더욱 공포에 젖게 된다. 이 또한 악인궁 수뇌들의 사악한 심리적 전술이기도 하다.

악중잔은 집게로 의독성수의 발톱을 쥐고는 하나씩 뽑기 시작했다.

"아아악!"

의독성수는 발톱이 생으로 뽑혀져 나가는 극심한 고통에 와들와들 떨어야 했다.

"으으… 말을 해라! 대, 대체 무엇을 원하는지 제발 말을 해다오!"

악중잔은 그의 왼발의 발톱을 다 뽑고는 다시 오른발의 발톱을 집게로 잡았다.

의독성수는 허연 거품을 뿜으며 식은땀을 비질비질 흘려냈다. 살아오는 동안 그는 독술을 펼쳐 숱한 사람을 고통스럽게 죽여왔지만 자신이 이토록 참혹한 독형을 당할 줄은 꿈에도 생각지 못했던 것이다.

악중요는 자신의 풍만한 젖가슴을 어루만지며 콧노래를 불렀다.

"막내야, 손톱 발톱 다 뽑거든 거기 있잖아. 그것마저 뽑아버려."

악중뇌는 주름진 머리통을 긁적이며 징그러운 미소를 흘렸다.

"흐흐, 그래. 그거 재미있겠군."

"좋수다. 형님과 누님이 재미있어한다면 이 늙은이의 내장까지 모두 뽑아버리겠소."

악중잔이 집게로 의독성수의 손톱을 쥐자 의독성수는 참담한 표정이 되어 애원했다.

"아, 안 된다. 손만은 안 돼. 내 손이 다치면 너희들이 원하는 약을 만들어줄 수 없어!"

악중잔이 힐끔 악중뇌 쪽으로 고개를 돌리자 악중뇌는 비로소 몸을 일으켜 다가섰다.

"물 한 잔 마실 텐가?"

그는 소금물을 한 사발 퍼 들고는 의독성수의 몸에 홱 뿌렸다. 낫으로 저며진 피부 속으로 소금물이 스며들자 의독성수는 불에 덴 짐승처럼 발버둥을 쳤다. 얼마나 고통스런 비명인지 목구멍에서 피까지 뿜어져 나왔다.

"크으으… 제발… 제발 그만. 뭐든 만들어주겠다."

의독성수는 눈물까지 주르륵 흘리며 악중뇌를 내려다보았다.

"여보게, 뇌 아우. 예전에 자네를 위해 기꺼이 영단을 내주지 않았던가?"

악중뇌는 뒷짐을 진 채 그 앞을 거닐었다.

"그랬었지. 내상을 치유하는 쓰레기 같은 환약을 한 알 얻기 위해 정말 갖은 수모를 다 겪었어. 게다가 잘못된 처방 때문에 내 머리가 이렇게 변했지."

그는 쭈글쭈글하게 주름진 머리통을 의독성수의 눈앞에 바싹 들이댔다.

"이게 어디 사람의 모습이냐? 네가 날 괴물로 만들었어."

"그, 그건 처방의 문제가 아니라 잘못된 복용에 의한 부작용일세. 자네는 약효를 빨리 보려 내가 금한 약물을 복용하는 바람에 머리털이 모두 빠지게 된 거네."

"큭, 돌팔이 주제에 변명은."

악중뇌는 머리통을 긁적거렸다.

"의독 늙은이, 난 너의 추악한 과거를 알고 있어. 그 비밀이 세상에 공개된다면 넌 낯짝을 들고 다닐 수가 없지. 물론 이런 독형을 가하지 않아도 그 비밀만으로 네게 처방을 받아낼 수 있겠지만 내 머리통이 망가진 복수심에 잠시 형벌을 가한 거다."

"비밀이라니?"

의독성수가 불안한 눈빛으로 그를 응시하자 악중뇌는 음침한 괴소를 흘렸다.

"흐흐, 네 딸년의 일을 모른다 하지 않겠지? 춘약을 제련하면서 약효를 확인하려……."

"그, 그건 사실이 아닐세! 내 어찌 그런 천인공로할 만행을 저질렀겠는가?"

의독성수는 다급히 악중뇌의 말허리를 자르고는 사정하듯 덧붙였다.

"뇌 아우, 어떤 약이든 만들어줄 테니 어서 말해 보게. 제발 과거사를 들추지 말게나."

악중요가 눈빛을 반짝이며 강한 호기심을 보였다. 그녀는 악중뇌의 머리통을 젖가슴 사이에 안으며 물었다.

"궁금해. 뇌 오라버니, 설마 이 늙은이가 약을 처먹고 딸년을 겁탈했단 말이야? 그렇다면 그 재미있는 일화를 강호에 널려 퍼뜨려야 하지 않겠어?"

"흐훗, 그런 게 있다. 너무 깊이 알려 하지 마."

악중뇌는 품속에서 약병 하나를 꺼내 들었다. 그는 밀랍으로 봉한 마개를 열고는 약병에서 풍겨지는 독특한 비린내를 한껏 들이켰다.

"한 가지 문제를 내겠다. 이것이 무엇인지 알아맞혀 봐라."

그는 의독성수의 턱을 잡아 벌리고는 그의 혀에 한 방울의 붉은 피를 떨구어주었다.

의독성수는 혀가 타는 듯한 고통에 진저리를 치다 눈을 번쩍 떴다. 그는 놀라움에 젖어 연신 입맛을 다시며 음미했다. 그의 표정이 묘하게 일그러졌다.

"어떠냐? 한순간에 고통이 사라졌지?"

악중뇌는 피로 얼룩진 그의 나신을 유심히 살폈다.

실로 놀라운 현상이었다. 사정없이 찢긴 그의 피부가 급속도로 아물어가기 시작했다. 베어진 피부 아래로 새살이 돋고 역한 냄새를 풍기는 피고름도 순식간에 치유되었다. 일그러진 얼굴이 펴지며 화색마저 감돌았다.

의독성수는 벅찬 감동에 젖어 숨을 헐떡였다.

"설마… 귀심신의가 목숨처럼 아끼던 보물인 광심마정혈이란 말인가?"

"흐흣, 과연 의독성수로군. 한 방울만으로 대번에 알아내다니 과연 당세제일의 명의야."

"오, 광심마정혈!"

의독성수는 결박된 상황임에도 불구하고 악중뇌에 손에 들린 광심마정혈을 직시하며 탐욕의 눈빛을 발했다.

천하의 귀한 약재와 독물은 그에게 있어 어떤 보물보다 소중하다. 오랫동안 꿈꿔왔던 광심마정혈을 눈앞에 대하자 그는 감격에 젖어 눈물마저 글썽거렸다.

악중뇌는 약병을 마개로 단단히 봉했다.

"이런 보혈이 있었기에 네가 독형을 가한 거다. 광심마정혈 한 방울이면 해골에도 살을 돋게 만들 수 있지. 하지만 사대신수의 정혈은 너무도 강렬해 다른 약재를 배합하지 않으면 전신의 피가 들끓어 죽게 된다. 지금은 보혈의 효험으로 네 상처가 치유되고 있지만 잠시 후면 피가 끓어올라 심장이 터지고 말 것이다. 과연 네가 어떠한 방법으로 광심마정혈의 극양지독을 치유할 수 있나 두고 보겠다."

과연 악중뇌다운 악랄한 계책이었다. 상대를 반쯤 죽여놓고 그 해법을 찾아내려는 술책은 그만이 할 수 있는 독계다.

의독성수는 의술에 있어 악중뇌보다 월등히 뛰어나기에 광심마정혈의 효험과 부작용에 대해 더 깊이 알고 있었다. 그는 눈알을 데굴데굴 굴리며 생각에 잠기다 한숨을 쉬며 입을 열었다.

"뇌 아우, 자네가 뭘 원하는지 알 것 같군."

"흐흐, 그래?"

"일단 광심마정혈의 독기부터 해소해야겠네. 내 심장이 터진다면 처방을 해줄 수 없으니 말일세."

의독성수는 탁자 위에 어지러이 흩어져 있는 자신의 약병 쪽으로 눈길을 돌렸다. 그의 주머니에서 꺼내진 약병으로 가짓수가 백 개도 넘었다.

"푸른색 약병 중 주둥이가 네모난 약병에서 환약을 한 알을 꺼내게."

악중뇌는 그가 말한 약병을 찾아 한 알의 환약을 손바닥 위로 떨구었다.

"날 속일 생각은 하지 마라. 나도 웬만한 약재를 구분할 수 있을 만큼 의술에 능하니까. 만일 털끝만큼도 날 속이려 한다면 막내의 손에 의해 네 힘줄이 뽑힐 것이다."

"목숨만 살려주게나. 약속대로 자네가 원하는 금강성단(金剛聖丹)을 만들어주겠네."

"이 약은 어떤 약재로 만들었느냐?"

"자심구엽초와 천산의 설련실이 주 약재로 나머지는 일반적인 것들이네."

악중뇌는 환약을 약간 뜯어내 냄새를 맡고는 혀에 올려 맛을 보았다. 그는 약을 감별해 내고는 가볍게 고개를 끄덕였다.

"확실하군."

"내 이런 몸으로 어찌 자네를 속이려 하겠나? 서너 종류의 약이 더 필요하네."

의독성수가 약병 몇 개를 알려주자 악중뇌는 하나하나의 환약을 모두 확인하고 맛을 보았다.

흑도제일의 두뇌답게 그는 의심이 많고 신중했다. 약병에는 전혀 표기가 돼 있지 않아 의독성수가 말하는 것을 믿을 수밖에 없지만 그는 환약을 하나씩 냄새 맡으며 철저하게 분석했다.

물론 가장 손쉬운 방법은 의독성수를 풀어주고 금강성단을 제련케 하면 된다. 하지만 그것은 지극히 위험한 방법이다. 의술과 더불어 독술에도 능한 의독성수라면 어떤 방법으로든 그들을 중독시킬 수 있기 때문이다.

하기에 그는 의독성수에게 광심마정혈을 복용시켜 독기를 중화시키는 약재를 찾아내려 한 것이다. 아무리 의독성수라도 자신이 죽는 상황에서 그릇된 처방을 할 리는 없기 때문이다.

악중뇌는 각기 다른 다섯 가지의 환약을 약 사발에 넣고 으깨 의독성수에게 먹여주었다.

과연 효과가 있었는지 의독성수의 붉게 달아오르던 얼굴이 서서히 가라앉기 시작했다. 악중뇌는 그를 진맥하며 심장의 박동과 경맥을 타고 흐르는 기운을 점검했다.

돌 의자에 걸터앉아 술을 마시고 있던 악중잔이 물었다.

"둘째 형, 제련법을 찾았소?"

"흐흐, 그래. 의독 늙은이가 복용한 약재를 갖고 처방한다면 금강성단을 제련할 수 있을 게다."

악중뇌가 흡족한 미소를 짓자 악중잔이 일어서며 낫을 어깨에 걸쳤다.

"그럼 더 살려둘 필요가 없겠군."

의독성수의 안색이 창백해졌다.

"뇌 아우, 사… 살려준다 하지 않았던가?"

악중요가 펑퍼짐한 엉덩이를 흔들며 다가섰다.

"호호, 멍청하게도 그걸 믿었어? 우리 오대악인에게 잡혀 살아난 놈은 없었지."

두 악인 남매가 다가서자 의독성수는 그럴 것을 예상한 듯 표정을 굳혔다.

그는 팔십 년 이상을 살아온 노회한 기인이었다. 흉악한 악인들을 상대로 모든 비밀을 간단히 털어놓을 사람은 아니었다. 그는 돌아서는 악중뇌를 향해 외쳤다.

"악중뇌, 네가 생각한 약재를 갖고 광심마정혈과 배합한다면 무용지물이 되고 만다!"

"흐흣, 네놈의 몸을 통해 확인했는데 날 속일 생각이냐?"

"킬킬, 어리석은 놈. 너희 악씨 남매는 세상에서 가장 음흉한데 내가 고분고분 알려주었을 것 같으냐? 날 살려주기 전에는 어림없다."

의독성수가 득의의 웃음을 흘리자 악중잔이 그의 옆구리로 낫을 쿡 쑤셔 넣었다.

"늙은이, 아직 쓴맛을 더 봐야겠구나?"

의독성수는 믿는 바가 있는지 애써 고통을 참으며 당당하게 말했다.

"크으윽! 네놈들 손에 광심마정혈이 있는 이상 절대 날 못 죽일 거다. 금강성단을 제련하면 엄청난 공력과 더불어 금강불괴지신을 이룰 수 있는데 날 죽일 수 있을 것 같으냐?"

그가 강경하게 버티자 악중요는 콧등에 주름을 잡으며 악중뇌를 쏘아보았다.

"뭐야, 뇌 오라버니가 저 늙은이의 수작에 당한 거야?"

악중뇌는 주름진 머리통을 긁적이며 생각을 굴리다 의독성수 앞으로 다가섰다.

"오냐, 왜 네가 복용한 처방대로 하면 안 되는지 연유를 말해 봐라.

네놈 목숨이 걸린 일이니 거짓을 아뢰었다가는 바로 목이 달아날 게 야."

"생각해 봐라. 광심마정혈은 천지간에서 가장 신령스런 사대신수의 정혈이 혼합된 보혈이라 그 한 방울로도 어떤 내외상이든 모두 치유할 수 있다. 하지만 워낙 극양의 보혈이라 그대로 마신다면 전신의 혈관 이 터져 죽고 만다. 내가 몇 가지 약재로 극양지기를 가라앉혔지만 그 것은 금강성단의 제련법과 전혀 무관하다. 그저 살기 위해 광심마정혈 의 강렬한 독성을 해소시켰을 뿐이다. 만일 내가 처방한 방법대로 약 을 제련하게 되면 광심마정혈은 그저 몸에 좋은 보약 정도에 그친다."

"……."

악중뇌는 눈을 가늘게 뜨며 그를 직시했다. 그의 표정과 눈빛을 통 해 거짓인지 아닌지를 헤아리는 중이었다.

악중요가 의독성수 앞에 바싹 붙어 섰다. 그녀는 요사한 미소를 지 으며 긴 손톱으로 그의 가슴을 어루만졌다. 그녀의 뾰족한 손톱이 그 의 피부에 가는 혈흔을 그어냈다.

"호호, 성수 오라버니. 내게는 말해 줄 수 있겠지? 금강성단만 제련 해 주면 사흘 밤낮을 봉사하겠어. 아마 극락이 무엇인지 몸으로 느끼 게 될 거야."

그녀의 손이 그의 가슴을 타고 아랫배로 흐른다. 그는 그녀가 무슨 수작을 부릴지 몰라 불안해졌다.

"요, 요매, 널 위해서는 특별히 환음쾌락단을 만들어주겠다."

"그게 뭔데?"

그녀의 부드러운 손이 자신의 성물 쪽으로 접근하자 의독성수는 등 골이 서늘해졌다. 그녀가 독심을 품고 약간의 힘만 가하면 자신은 성불구자가 되고 말 상황이었다.

그는 마른침을 꿀꺽 삼키고는 빠른 어조로 말했다.

"환음쾌락단을 복용한 후 교접하면 열흘 동안 백 명의 사내를 갈아 치워도 지치지 않는다. 또한 교접 시에 느끼는 쾌락은 이루 말할 수 없 지. 한번 복용한다면 요매는 그 맛에 세상을 헛살아왔다 생각하게 될 거야."

성에 대해 남달리 집착이 강한 악중요는 환음쾌락단의 강렬한 유혹 에 입이 헤벌어졌다. 그녀는 그의 볼을 찰싹찰싹 때리며 요사한 웃음 을 지었다.

"호호, 세상에 그런 춘약이 있단 말이냐? 당장 만들어봐. 비록 네가 늙었지만 그 백 명 중 하나에 끼워주지."

그녀는 옆에서 혀로 낫을 핥는 악중잔을 휙 밀쳤다.

"저리 꺼져! 만일 의독 늙은이를 죽였다가는 네놈 몸에 삼백 가지 암 기를 박아놓겠다."

"젠장, 어째 누님은 갈수록 색욕을 더 탐내는 거요?"

"생강은 묵을수록 매운 법이다. 난 죽을 때까지 그 짓을 하며 살 거 야."

의독성수를 막아선 그녀는 악중뇌에게도 일침을 놓았다.

"뇌 오라버니, 난 금강성단 따위는 필요없어. 하지만 환음쾌락단은 반드시 손에 넣어야 돼. 만일 이 늙은이를 죽이면 가만두지 않겠어."

악중뇌는 변덕이 죽 끓듯 하는 그녀의 성격을 잘 알기에 군이 부딪 치고 싶지 않았다. 그는 새까만 쥐눈을 반짝거렸다.

"걱정 마라, 요매. 우리는 금강성단과 환음쾌락단 모두를 얻게 될 테 니까."

3

　소추는 이천 리 장도를 하룻밤 사이에 주파해 구채구 부근에 이르렀다.

　바위 사이로 흐르는 계곡물은 햇빛을 받아 다섯 가지 광채를 발했다. 환유성은 옷을 입은 채로 맑은 물속으로 뛰어들어 피 냄새를 씻었다.

　평소 수욕과는 거리가 멀었지만 잠입을 위해서는 몸의 악취를 씻어내야 했다. 화려한 오색 빛의 물결이 더럽혀지며 하류로 흘러내렸다.

　환유성은 물가로 나서 계곡을 응시했다.

　세상의 모든 시름을 잊게 만들 비경이다. 희뿌연 물안개까지 피어올라 협곡 내의 경관은 그야말로 한 폭의 그림처럼 환상적이었다. 선연한 단풍의 빛깔은 꽃보다 아름다웠고, 메아리쳐 들려오는 새 울음소리는 그 어떤 악기 소리보다 청명했다.

　환유성의 입가에 희미한 미소가 번진다.

　"흉악한 놈들이 꼭 좋은 곳만 찾아다니는군."

　그는 소추를 이끌고 협곡 안으로 들어섰다. 악인궁 수하들이 잠복해 있을 수도 있기에 그의 행동은 조심스럽기만 했다. 그들이 두려워서가 아니었다. 그들이 놀라 달아날 것을 우려한 것이다.

　'협곡의 길이가 백 리도 넘고 갈라지는 길이 천 개도 넘는다는데 어떻게 찾아내지?'

환유성은 미로와 같은 협곡을 둘러보며 잠시 난감한 표정이 되었다.

강무영의 위중한 상세를 감안하면 촌각도 아깝다. 하지만 그의 행적이 발각돼 삼대악인이 달아난다면 다시 찾아내기는 용이치 않다. 반드시 이곳에서 그들을 죽이고 의독성수를 구해야 하는 것이 그가 해결해야 할 일이었다.

한데 그의 고민을 소추가 해결해 주었다.

보석 빛처럼 맑은 물에 대고 냄새를 맡던 소추가 무엇을 발견했는지 앞서 계곡을 따라 올라갔다.

말의 후각은 아주 뛰어나다. 소추는 구채구의 맑디맑은 물에서 오염된 악취를 찾아낸 것이다. 물이 오염됐다는 건 사람이 살고 있다는 것을 의미한다. 이런 오지에서 지낼 수 있는 자들은 악인궁의 악적들뿐이다.

환유성은 소추와 정신적으로 교감이 통해 있기에 소추의 움직임을 보고 단서를 찾아냈음을 알 수 있었다.

그는 말발굽 소리도 내지 않고 계곡을 타고 올라가는 소추의 뒤를 따랐다. 그러면서 그는 심안을 발휘해 계곡 곳곳에 잠복해 있을 악인궁 수하들의 흔적을 살폈다.

그들은 분명 구채구의 침입자이지만 워낙 은밀하게 움직여 새들조차 놀라게 하지 않았다. 그들은 그저 바람을 타고 날아다니는 낙엽처럼 자연의 일부가 된 것이다.

4

주머니가 백 개도 넘는 옷은 천하에서 오직 의독성수만이 입고 다닌다.

결박에서 풀려난 의독성수는 끄집어진 약병을 주머니마다 하나씩 채워 넣었다. 약병마다 영단과 독약이 담겨 있지만 표기를 해놓지 않아 그가 아니고서는 누구도 구별해 낼 수가 없다.

삼대악인과 의독성수는 원탁을 사이에 두고 둘러앉았다.

악중뇌가 광심마정혈이 들어 있는 약병을 원탁 위에 내려놓으며 물었다.

"금강성단의 제련법만 말해 주면 약속대로 널 살려주겠다."

악중요가 눈을 치켜뜨며 뭐라 반박하려 하자 악중뇌는 손을 저어 그녀의 입을 막았다.

"그래, 알았다. 환음쾌락단을 제련하는 처방도 필요해."

의독성수는 탁자 위에 올려진 광심마정혈을 보며 마른침을 꿀꺽 삼켰다.

"뇌 아우, 내게도 사례는 해야 하지 않겠나? 광심마정혈을 조금만 나눠주게."

악중잔이 낫을 뻗어 그의 목에 들이댔다.

"늙은이, 너무 많은 것을 요구한다고 생각지 않느냐?"

"킬킬, 그 따위 위협은 집어치우게. 자네들이 절대 날 못 죽인다는 걸 알고 있으니까."

악중뇌는 쥐눈을 번들거리다 고개를 끄덕였다.

"좋아. 나눠주겠다."

그가 순순히 수락하자 의독성수는 빈 약병을 꺼내 광심마정혈을 부어 넣었다. 그는 약병의 마개를 단단히 봉하고는 품속 깊이 간직했다. 그는 품속에 간직된 약병을 몇 번이나 매만지면 감격스런 표정을 지었다.

악중뇌는 종이를 펼쳐 들고 붓을 들었다.

"자, 이제 말해 봐라."

의독성수는 팔짱을 낀 채 지그시 눈을 감았다.

"광심마정혈은 사대신수의 보혈로 하나같이 극양의 성분을 지녔네. 따라서 천하칠대성약 중 네 가지를 첨가해야 극양지독을 해소할 수 있지. 네 가지 성약 중 세 가지는 극음지기를 지닌 약재인데 공청석유, 천년빙련실, 만년음양신과가 그것이네."

"흐음, 어렵겠지만 구할 수는 있는 것들이군. 나머지 하나는?"

"만년인형설삼일세."

일순 삼대악인의 표정이 심하게 구겨졌다. 악중잔이 신경질적으로 탁자를 내려쳤다.

"젠장, 또 만년인형설삼이란 말인가? 이미 사라진 영물을 어디서 찾아?"

의독성수가 슬며시 눈을 뜨며 능청스레 말했다.

"내 만년인형설삼의 영기를 복용한 자를 만난 적이 있네. 녀석의 피를 맛보니 기막힌 보혈이더군. 물론 만년인형설삼이 없으면 완벽한 금강성단을 제련할 수는 없겠지만 녀석의 피를 섞어 배합하면 팔할의 효과는 얻게 될 것이야."

"흐흐, 의독 늙은이! 네놈이 지금 나 악중뇌 앞에서 대가리를 굴리자는 게냐? 네놈의 심중을 모를 것 같아? 네놈은 우리와 그 환가 놈을 싸움 붙이려는 것이 아니더냐?"

악중뇌가 쥐눈을 번득이자 의독성수는 극구 변명했다.

"사, 사실일세, 뇌 아우. 설마 악인궁 수뇌들인 자네들이 그깟 놈 하나를 못 당한단 말인가?"

악중요가 서슬 퍼렇게 외쳤다.

"그 환가 놈에 대해선 입 밖에도 내지 마! 그놈 이름만 들어도 소름이 끼쳐!"

의독성수는 삼대악인의 눈치를 살피고는 쓴 입맛을 다셨다.

"하면 천년설삼으로 대신할 수밖에. 대신 금강불괴지신은 이룰 수 없을 것이네."

"아쉽지만 그럴 수밖에 없겠군."

악중뇌가 처방전을 접어 품속에 넣자 악중요가 보챘다.

"늙은이, 이제 환음쾌락단의 처방전을 말해 줄 차례야."

"킬킬, 그건 어렵지 않아. 여기 세 가지 약재를 혼합해 열흘만 달이면 환음쾌락단이 완성되지."

의독성수는 주머니에서 약병을 꺼내 악중요에게 건넸다. 악중요는 세 개의 약병을 손에 쥐고는 마치 세상을 얻은 듯한 희열에 젖었다.

소기의 목적을 달성하자 악중뇌는 몸을 일으키며 삭막하게 말했다.

"이제 죽어라!"

그가 홱 돌아서자 악중잔의 핏빛 낫이 의독성수의 목으로 날아들었다.

쐐애액—!

한 치의 주저함도 없는 독랄한 살초였다.

삼대악인에게 있어 신의란 애초부터 존재하지 않았다. 금강성단의 제련법을 알아내기 위해 의독성수를 안심시킨 것이다.

의독성수는 가차없이 날아드는 낫을 보며 입만 딱 벌렸다. 혈도가 제압된 상태라 그는 자신의 영혼을 베어갈 낫을 멍하니 바라볼 뿐이었다. 악중뇌는 그의 입에서 또 어떤 유혹이 조건이 흘러나올까 봐 가차없는 살인을 명한 것이다.

악중잔은 핏빛 어린 미소를 머금은 채 낫을 통해 느껴질 살인의 쾌감을 미리 만끽했다.

순간, 동부 전체를 환하게 밝힐 섬광이 날아들었다.

번— 쩍—!

너무도 강렬한 섬광에 악중뇌와 악중요는 눈이 부셔 온몸이 마비될 정도였다.

데구르르……!

하나의 물체가 바닥을 굴러 악중요의 발에 닿았다. 눈을 씻고 내려다본 악중요는 새파랗게 질리고 말았다. 공포와 충격에 젖은 그녀는 전신을 와들와들 떨며 이를 딱딱 마주쳤다.

그것은 바로 악중잔의 수급이었다.

그는 목이 베어진 상태에서도 잔뜩 미소를 짓고 있었다. 살인의 쾌감에 젖어 있는 그런 미소였다. 그는 죽는 순간까지 어떻게 자신의 목이 베어졌는지 모른 것이다.

"아아악!"

악중요가 미친 듯이 비명을 질러대자 눈치 빠른 악중뇌는 냅다 동부 안쪽으로 달아났다.

"놈이다, 어서 피해!"

어느새 동부 안으로 들어선 환유성은 악중요의 오 장 앞으로 다가서고 있었다.

의독성수는 이것이 꿈이 아닌가 착각했다. 너무도 엄청난 죽음의 공포에 젖어서인지 그는 아직도 현실을 느끼지 못하고 있었다.

"환… 환유성?"

그는 비로소 자신의 목에 바싹 닿아 있는 악중잔의 낫을 인식하고는 퍼뜩 정신을 차렸다.

목이 달아난 악중잔의 시체는 아직까지 쓰러지지 않고 있었다. 의독성수를 향해 휘두르던 낫은 간발의 차이로 그의 목 피부만 벤 상태로 멈춰져 있었다. 생각만 해도 끔찍한 위기일발이었다.

의독성수는 악중잔을 홱 밀쳐 내고는 환유성을 향해 데굴데굴 굴러갔다.

"어서 악적들을 죽이게, 환 아우!"

악중요는 환유성의 눈길이 자신의 몸에 와 닿자 질겁을 하며 전신의 암기를 일제히 발출했다.

"막내를 죽인 원수!"

환유성이 암기세례를 무시한 채 미끄러져 오자 악중요는 악에 받쳐 외쳤다.

"오, 오지 마, 이 악마야!"

그녀의 발악에도 불구하고 섬광과 함께 환유성의 반검이 그녀를 베어버렸다. 그녀의 몸은 대번에 두 동강이 나버렸다.

"……?"

환유성은 가볍게 미간을 찌푸리며 반으로 쪼개진 옷을 내려다보았다. 그가 벤 것은 악중요의 몸뚱이가 아니라 벗어 던진 옷뿐이었다.

"아아악!"

악중요는 발가벗은 채 짐승처럼 절규하며 동부 안으로 달아나고 있었다.

실로 교묘한 금선탈각의 피신술이었다. 그녀는 매미가 껍질을 벗듯 옷만 남긴 채 몸을 빼쳐 위기를 넘긴 것이다. 그녀는 속옷을 입지 않는 요녀이기에 실오라기 하나 걸치지 않은 알몸이 되었지만 전혀 개의치 않았다.

이런 와중에도 그녀는 손에 의독성수가 건네준 세 개의 약병을 쥐고 있었으니 색욕에 대한 집착은 천하제일이라 아니 할 수 없었다.

바닥으로 쓰러진 악중잔의 베어진 목 부위에서 비로소 댓살 같은 피가 뿜어져 나왔다.

그동안 악인궁 수뇌들은 환유성과 여러 번 대결을 벌였다. 그런 와중에도 용케 목숨을 부지했지만 오대악인 중 첫 번째로 악중잔이 덧없는 최후를 맞고 말았다. 이로써 악인궁 오대악인은 숫자가 하나 줄어 사대악인이 되었다.

의독성수는 환유성을 부둥켜안고는 감격의 눈물을 흘렸다.

"흑흑, 고맙네, 환 아우. 정말 고맙네."

"고마워할 것 없소. 당신은 내 친구를 구해줘야 하오."

"친구라니? 자네에게도 친구가 있단 말인가?"

"강무영이오."

환유성이 그를 밀쳐 내자 그는 잠시 눈알을 굴리다 물었다.

"소천주가 부상을 당했단 말인가?"

"극검마왕의 검법에 당했소. 목숨이 경각에 달려 있소. 비연의 말로는 당신 때문이라 했소. 만일 강 형을 구하지 못하면 내 손으로 당신 목을 베겠소."

"킬킬, 걱정 말게나."

그는 품속에서 광심마정혈이 든 약병을 꺼내 들었다.

"광심마정혈이 있는 한 그가 죽었다 해도 되살릴 수 있네."

그는 환유성과 함께 동부의 통로로 들어섰다.

통로 곳곳에는 악인궁 수하들이 죽어 있었다. 몸뚱이에서 베어진 그들의 수급은 아주 자연스런 표정이었다. 그들 역시 악중잔처럼 어떻게 죽었는지도 모른 채 횡사한 것이다.

"놀라워. 정말 놀라운 쾌검이야. 상대를 이렇게 고통없이 죽여주는 것도 자비라 할 수 있지."

의독성수는 통로에 널브러져 있는 삼십여 구의 시체를 둘러보고는 연신 탄성을 발했다.

동부 밖으로 나선 의독성수는 환유성의 손목을 쥐며 진맥했다.

"킬킬, 자네의 보혈은 여전하겠지?"

"……."

"소천주는 전화위복을 하게 될 것이네. 금강성단을 복용하게 되면… 엇?"

의독성수는 깜짝 놀라며 환유성의 눈까풀을 뒤집으며 자세히 들여다보았다. 그는 환유성의 경혈 여러 곳을 매만지며 고개를 흔들었다. 그는 넋이 빠진 표정으로 힘없이 중얼거렸다.

"이, 이럴 수가?! 이게 대체 어찌 된 일이란 말인가?"

"뭐가 말이오?"

"보혈이 사라졌어! 만년인형설삼의 영기가 죄다 빠져나갔단 말이네!"

그는 다시 환유성의 손목을 쥐고 신중하게 진맥을 했다. 한참을 진맥한 그는 이해가 간 듯 고개를 끄덕였다.

"그렇군. 자네의 경맥으로 엄청난 진기가 흐르고 있어. 어떤 대단한 심법을 수련해 만년인형설삼의 영기를 진기로 변환시킨 것이 분명해."

"그런 일이 있었소. 한데 내 보혈이 있어야 강 형을 치유할 수 있단 말이오?"

"반드시 그런 건 아니지만 내 평생 금강성단을 제련하는 것이 꿈이었는데 수포로 돌아가는 게 아쉬워서 하는 소리일세."

"강 형만 살릴 수 있다면 됐소."

두두두—!

구채구를 나선 두 사람은 소추의 등에 탄 채 난주로 달려가고 있었다. 난주성 혈전 때 당한 소추의 부상은 쾌유된 상태였다. 의독성수가 금창약을 발라주자 화살에 꽂히고 칼에 베어진 부위가 말끔히 치료된 것이다.

의독성수는 뭐가 우스운지 연신 킬킬거렸다.

"자네는 쾌검으로 악중잔을 베었지만, 이 우형은 계략으로 악인궁의 네 마리 악인을 죄다 죽인 격이 됐네."

그는 일 갑자나 되는 나이 차이에도 불구하고 환유성을 동생처럼 대했다.

"악중뇌가 내 처방대로 약을 제련하면 그것은 엄청난 독단이 되고 마네. 몸의 반은 불에 타고 몸의 반은 얼어붙게 되지. 순서대로 약을 달여야 하는데 놈은 죽었다 깨어나도 그 방법은 모를 테니까. 킬킬킬."

■ 제45장
천하와 바꿀 여인

1

하투평원(河套平原)은 북방의 유목민인 견융족의 터전이다.

견융족은 대다수 목축을 주업으로 삼기에 질 좋은 목초지를 따라 이동한다.

강남만큼 비옥하다는 하투평원은 사막의 모래바람 속에서도 놀랄만큼 풍부한 목초로 인해 천혜의 목장을 이룬다. 견융족들의 목축 솜씨는 놀라워 어린 목동 한 명이 천 마리의 말과 들소, 산양과 야생 당나귀를 돌볼 수 있다.

비록 문명과 다소 떨어진 야만족의 풍습을 지니고 있지만 그들은 나름대로 왕국을 형성하고 있었다.

유목민들은 수많은 부족으로 흩어져 있는데 이들을 통합할 강력한 영웅이 탄생하면 제국과 맞설 전투력을 지니게 된다. 사상 최강의 제국을 건설한 몽고도 이런 유목 민족 중 하나다.

견융족들은 이르게 찾아온 겨울을 맞아 일찌감치 파오(包:유목민들의 이동식 천막)를 세우고 추운 겨울을 날 준비를 하느라 부산을 떨었다.

그들은 여름에는 신강성을 두루 다니며 가축들을 키우고 겨울이면 하투평원으로 돌아와 잠시 동안 정착을 한다.

각 부족들은 수백 개의 파오를 세워 부락을 형성하는데, 이런 부락이 하투평원에만 천 개도 넘는다.

아낙들은 푹 삶은 들소 고기와 양 고기를 줄에 널어 햇볕에 말리는 중이었고, 아이들과 장정들은 바싹 말린 고깃덩이를 나무 방망이로 두드리고 있었다. 이런 식으로 삶고 말리기를 반복하면 들소 한 마리분의 고깃덩이가 자루 하나에 들어갈 만큼 응축된다.

이런 건육이 유목민들의 주요 식사거리다.

커다란 가마솥에 바싹 마른 건육 한 줌만 넣으면 수십 명이 한껏 먹을 수 있는 고깃국이 되니 이동이 잦은 유목민들에게는 필수적인 식량이었다.

다각다각……!

평원을 가로지르며 한 무리의 대상들이 부락을 향해 다가서고 있었다. 간혹 교역 물자를 가득 실은 대상들이 그들을 찾기는 했지만 추운 겨울바람을 뚫고 오기는 처음 있는 일이었다.

아낙과 아이들은 잠시 일손을 멈춘 채 진입로 좌우로 늘어서서 대상 행렬을 구경했다.

부락을 수호하는 견융 전사들은 이미 통보를 받은 듯 한껏 예의를 갖춰 대상 행렬을 맞고 있었다. 대상 행렬은 곧바로 견융족의 국왕이 거처하는 초대형 파오로 향했다.

그들 모두 상인 복장이었지만 그들의 면모는 전혀 상인처럼 보이지 않았다.

삼십 명의 청년들은 나무로 깎은 탈을 뒤집어쓴 듯 표정이 하나같이 딱딱했다. 중원과는 이질적인 견융족의 생활 방식은 재미있는 구경거리였지만 그들의 눈빛에는 모든 감정이 삭제되어 있어 어떠한 관심도 보이지 않았다.

행렬의 선두에는 두 명의 중년인이 긴 천과 가죽으로 몸을 감싼 한 사람을 호위하고 있었다. 중년인들의 표정 역시 무감각하기만 했다.

그들이 호위하는 인물은 눈만 드러낸 채 머리와 두 손까지 천으로 몸을 감싸고 있는데 다소 늘씬한 체형으로 미루어 여인으로 보였다.

대상 행렬을 맞이하던 견융 전사들은 천으로 몸을 감싼 여인을 대하는 순간 넋이 빠지고 말았다.

"으으……!"

"오, 이럴 수가!"

그들이 본 것은 여인의 아미와 미간, 그리고 두 눈뿐이었다. 아미는 초승달처럼 가늘고 섬세했으며 두 눈은 흡사 보석을 박은 듯 반짝였다. 얼굴을 일부만 드러냈건만 그것만으로 견융족 전사들은 가슴이 들끓는 극심한 욕화에 휩싸여야 했다.

만일 여인이 국왕의 귀빈만 아니었다면 모두가 달려들어 여인을 발가벗기고 겁탈이라도 하고 싶은 심정이었다.

몇몇은 여인의 전신에 서린 강렬한 색기에 덜덜 떨었다.

"마, 마녀다!"

"으으, 무서운 색기야!"

대상 행렬의 낙타와 당나귀에 실린 물품은 단순한 교역품이 아니었다. 견융족의 왕궁이랄 수 있는 대형 파오로 반입되는 상자에는 황금과 보옥, 진귀한 비단과 패물이 가득 담겨 있었다.

국왕 친위대들은 값진 진상품이 담긴 상자를 철저히 확인한 후에야 대형 파오 안으로 들어갔다.

얼굴 가득 흉터로 얼룩진 건장한 체구의 중년인이 여인의 입궁을 허락했다.

"난 친위대장 목야달이오. 왕야께서 알현을 수락하셨소."

"고마워요, 친위대장."

여인은 가볍게 목례를 취하고는 파오 안으로 들어갔다. 두 중년 호위가 함께 들어서려 하자 목야달이 막아섰다.

"왕야께서는 군주의 알현만 허락하셨소."

두 중년 호위는 그래도 멈춰 서려 하지 않았다. 이 자리에서 그들에게 명령을 내릴 수 있는 사람은 천으로 몸을 감싼 여인뿐이었다.

"아니, 이자들이?!"

목야달이 호통을 치며 친위전사들을 이끌고 그들을 막아서자 여인의 촉촉한 음성이 들려왔다.

"혈야쌍위(血夜雙衛)는 여기서 기다려."

"예, 군주."

그제야 두 호위는 걸음을 멈추었다.

대형 파오 안은 이곳이 과연 천막 안일까 의심스러울 만큼 화려했다.

천막을 받친 기둥은 나무가 아닌 황금이었으며 귀한 진주와 보석으로 장식돼 있었다. 바닥에는 발목까지 빠질 만큼 푹신한 서역산 융단이 깔려 있었고, 금박을 수놓은 비단 휘장이 구름처럼 늘어져 있었다. 청동 화로에서 피어오르는 숯불로 인해 파오 안은 봄날처럼 훈훈했다.

"들어오시게, 군주."

대형 파오 안에 설치된 붉은 장막 안에서 쉰 듯한 음성이 흘러나왔다. 음성은 나직했지만 견융의 수백 개 부족을 통솔하는 자의 위엄이 서려 있었다.

"……."

여인은 휘장을 밀치고 붉은 장막 안으로 들어섰다.

그곳은 견융 국왕의 침소로 커다란 원형 침대와 황금 술잔이 놓여진 탁자, 수정 거울과 진귀한 병기로 치장돼 있었다.

견융 국왕은 이제야 잠자리에서 깨어난 듯 앞자락이 벌어진 자리옷을 걸친 채 침상에 걸터앉아 있었다.

생김새는 아주 추악했다. 한쪽 눈이 유난히 툭 불거져 좌우 균형이 맞지 않았고, 얼굴의 반쪽은 화상을 입어 쭈글쭈글했다. 반쯤 잘려 나간 입술을 통해 누런 이가 드러났는데 입가로 허연 침까지 흐르고 있어 역겨움을 더해주었다.

그가 바로 견융 국왕 찰리합(刹厘閤)이었다.

이십 대 중반에 일곱 부족장들을 살해하고 견융국 국왕에 오른 그는 북방 유목민들의 영웅이다.

그는 독한 심성과 강력한 통솔력의 소유자로 십여 년 전 새황과 관외의 무림 세력과 결탁해 대명제국(大明帝國)의 황도인 북경까지 위협하기도 했다. 만일 그의 침공이 성공했다면 그는 대원제국을 계승한 황제로 등극했을 것이다.

침상 앞에 선 여인은 찰리합의 어깨를 주물러 주고 있는 애첩을 직시했다.

금발에 푸른 눈을 지닌 애첩은 세상에 드문 미모의 소유자였다. 다소 여윈 체격이었지만 들어갈 데와 나올 데가 분명한 늘씬한 몸매를 지니고 있었다. 한 겹 망사의만 걸친 상태라 탄력있는 젖가슴과 은밀한 부위까지 여실히 드러나 보인다.

애첩은 찰리합의 어깨를 주물러 주면서 슬쩍 여인을 응시했다. 찰리합의 총애를 받는 애첩답게 도도하면서도 자신감 넘치는 눈빛이었다.

천으로 몸을 감싼 여인은 찰리합을 향해 가볍게 눈웃음을 지었다. 정신이 아득해질 만큼 뇌쇄적인 눈빛이었다.

"으음!"

세상의 모든 것을 빨아들일 것 같은 흡인력에 찰리합은 심하게 동요되었다. 지난밤 내내 애첩을 끌어안고 정사를 벌여 나른한 상태였지만 그녀의 눈빛을 접하는 순간 불 같은 욕정이 치밀어 오른 것이다.

"왕야, 저 계집을 죽이소서."

여인의 냉랭한 음성에 찰리합은 눈을 커다랗게 뜨며 애첩에게로 시선을 돌렸다.

애첩은 깜짝 놀라 그의 품으로 파고들었다.

"왕야, 저 발칙한 한족 계집을 죽여주시옵소서. 감히 왕야께 무례를 범하고 있지 않사옵니까?"

찰리합은 난데없이 전개된 두 여인의 살벌한 요구에 일순 정신이 혼란스러워졌다.

천으로 몸을 감싼 여인이 머리와 얼굴 아래를 감싼 천을 풀기 시작했다. 긴 천이 그녀의 몸을 타고 흘러내리자 비로소 얼굴의 전체적인 윤곽이 드러났다.

"오오!"

찰리합은 그만 맥이 탁 풀리고 말았다.

여인의 용모는 필설로 형용할 수 없는 절대완미 그 자체였다. 완벽한 조화를 이루는 이목구비는 신이 빚어낸 완벽한 작품이었다. 나라를 기울게 할 미인을 경국지색이라 한다지만 그녀는 세상을 기울게 할 경천지색(傾天之色)이었다.

그녀는 바로 중산왕의 딸인 화옥군주 주화령이었다.

그녀는 요염한 미소를 지으며 가볍게 어깨를 흔들었다. 그녀를 감싼 옷이 미끄러지며 그녀의 풍만한 젖가슴 위에 걸렸다. 드러난 백설처럼 흰 목덜미와 동그란 어깨, 절반의 육봉만으로 찰리합은 매혹되고 말았다.

"구, 군주?"

"왕야, 그 계집을 죽이시면 이 몸을 취할 수 있습니다."

달싹이는 붉은 입술 사이로 흘러나오는 음성은 그야말로 악마의 유혹이었다.

찰리합은 자신도 모르게 애첩의 목을 콱 움켜쥐었다. 그는 한주먹으로 들소를 때려죽이는 괴력의 소유자였다. 그의 손이 오그라들자 뼈가 어긋나는 음향이 들려왔다.

"커억!"

목이 조여진 애첩은 대번에 목뼈가 부러지며 절명하고 말았다. 참으로 어처구니없는 죽음이었다. 잠시 전까지만 해도 견융 국왕이 세상에서 가장 사랑하는 여인이었지만 한순간에 싸늘한 시체로 변한 거이다.

주화령의 살인적인 매력에 빠져든 순간 찰리합은 자신의 모든 것을 걸고서라도 그녀를 취하고 싶은 욕망에 가슴이 터질 것만 같았다.

애첩을 침소 밖으로 내던진 그는 부들부들 떨며 주화령 앞으로 다가섰다. 춘약에 취한 듯 강렬한 색정에 휩싸인 그는 그녀의 어깨를 덥석 감싸 쥐었다.

"군주의 미모가 천하제일이라더니… 과연 세상이 다시없을 요물이로다."

주화령은 손을 뻗어 그의 털북숭이 가슴을 어루만졌다.

"호호, 소녀를 취하시려면 대가를 지불해야 합니다."

은은한 붉은빛이 감도는 그녀의 눈빛 앞에 찰리합은 여지없이 무너지고 말았다. 그는 털썩 무릎을 꿇으며 그녀의 풍만한 젖가슴 사이에 얼굴을 묻었다.

"군주, 제발 날 살려주게나."

주화령이 회심의 미소를 지으며 앞자락을 약간 더 벌리자 충동적인 속옷만 걸친 그녀의 알몸이 드러났다.

찰리합은 짐승 같은 괴성을 지르며 그녀를 와락 끌어안았다. 품에 안고 몇 걸음만 옮기면 침상이었지만 그조차도 참을 수 없었다. 그녀의 옥신은 너무도 뜨거워 안는 순간 도저히 떨쳐 낼 수 없었던 것이다.

찰리합은 그녀를 바닥에 쓰러뜨리며 거칠게 손을 놀려 그녀의 속옷을 찢었다. 그는 거추장스러운 자리옷을 벗어 던지고는 곧바로 교합에 돌입했다.

전희나 애무도 없이 바로 교접을 벌였지만 그녀는 능숙하게 그를 받아들였다.

찰리합은 마치 구름 위에 둥실 뜬 기분이었다. 그녀의 옥신은 너무도 부드러워 아무리 세차게 안아도 품에 가득 차지가 않았다. 지난밤 애첩이 갖은 기교로 그를 즐겁게 해주었지만 주화령과의 정사와는 비교할 수도 없었다.

"흐으, 군주는… 사람이 아니야."

찰리합은 그녀의 옥신에서 뿜어지는 색화에 온몸이 타는 것만 같았다. 뜨거움은 전혀 느껴지지 않는 쾌락과 환희의 불꽃이었다.

주화령은 예전의 그녀가 아니었다.

스스로 악녀가 되고자 천마혈경을 수련한 그녀는 일 년 만에 일대 마녀로 돌변했다. 그녀는 속성법을 택해 천마혈경을 수련한 덕분에 과거와는 비교할 수 없는 절세적 고수가 될 수 있었다.

그녀가 택한 속성 수련법은 사내의 정혈과 내공을 흡수하는 흡정색음술이었다.

그녀는 사흘에 한 번씩 내공이 뛰어난 건장한 무림고수를 제물로 삼았다. 선천적으로 색녀의 자질을 갖고 태어난 그녀가 색녀이자 마녀로 성장하는 것은 자연스런 변화였다.

한번 교접을 벌이면 그녀는 사내의 모든 정혈을 빨아들여 자신의 내공을 증진시켰다.

그녀의 색공이 이렇듯 효과를 발휘할 수 있는 이유는 상대에게 지극한 쾌락을 선사하는 데 있었다. 누구라도 그녀의 뜨거운 나신을 한번 안게 되면 자신의 모든 정혈이 소진돼 죽는다 해도 행복할 만큼 흥분과 환희에 젖고 말기 때문이다.

찰리합은 그녀의 뜨거운 나신에서 뿜어지는 향기에 취하고 그녀의 부드러운 입술에 넋이 빠지고 말았다. 그녀의 손길이 그의 털북숭이 알몸을 더듬을 때마다 그는 견딜 수 없는 쾌감에 몸을 떨어야 했다.

"흐으윽, 어… 어찌해야 군주를 영원히 안을 수 있겠나?"

찰리합은 주화령의 수밀도 젖가슴에 얼굴을 묻은 채 헐떡거렸다. 정력에 나름대로 자신이 있는 그였지만 일각도 못 되어 그녀의 뜨거운 여체에 굴복하고 말았다.

주화령은 한 마리 백사가 되어 그의 전신을 친친 휘감았다.

"왕야, 아버님께서는 견융 전사들의 용맹스런 진격을 학수고대하고 계십니다."

"과거 중산왕은 우리를 배신했어."

"아닙니다, 왕야."

주화령은 그의 볼을 감싸 쥐며 입을 맞추었다. 그녀의 타액은 꿀처럼 달콤하고 향기로웠다. 그녀의 강렬한 입맞춤에 찰리합은 눈을 게슴츠레 뜨며 세상에 다시없을 희열에 젖었다.

주화령은 그의 혼을 쏙 빼고는 대리석 같은 다리로 그의 허리를 조였다.

"단목휘라는 예기치 못한 존재로 계획이 어긋나자 훗날을 기약하기 위해 어쩔 수 없이 고육지책으로 견융 전사들을 공격하게 된 것입니다."

"하지만… 그 바람에 우리의 전사들과 동맹을 맺은 새황무림의 고수들까지 엄청난 피해를 입었소."

"왕야, 소녀를 믿으세요."

주화령은 몸을 뒤집어 그를 바닥에 뉘었다. 그의 눈을 직시하는 그녀의 눈빛에 붉은 마기가 피어올랐다. 그는 숨을 헐떡이며 홀린 듯 그녀를 바라보았다.

주화령은 그의 가슴을 손끝으로 보듬으며 요사한 미소를 머금었다.

"왕야, 북경대전 이후 견융 토벌군이 조직될 뻔했지만 아버님의 절묘한 계책으로 무산된 것을 아십니까? 아버님께서 대원의 잔당들을 부추겨 장성을 공격하게 만들었죠. 그 바람에 견융국에 대한 토벌이 중단된 것입니다."

"그, 그랬었단 말인가?"

"물론이지요, 왕야."

주화령이 다시 허리를 흔들며 바싹 밀착해 오자 찰리합은 그녀의 능란한 색공에 휩싸여 전신을 떨어야 했다.

"흐으윽!"

"왕야, 소녀의 청을 들어주지 않으신다면 당장 돌아가겠어요."

그녀가 몸을 떼려 하자 찰리합은 그녀의 가는 세류요를 와락 끌어안았다. 너무도 가는 허리라 한 팔로 감아도 남을 정도였다.

그는 그녀를 올려다보며 간절하게 애원했다.

"아니 된다. 세상을 주겠다. 온 천하를 군주에게 줄 테니 제발 날 버리지 말아다오."

2

주화령과 꼬박 하루를 붙어 있던 찰리합은 전신의 기력을 완전히 탈진하고서야 그녀를 보내주었다. 그녀를 품에 안고 더 오래 쾌락에 젖고 싶었지만 쉰 줄을 넘긴 나이 탓인지 코피가 터지며 잠시 혼절을 하기까지 했다.

찰리합은 침상에 기대앉은 채 친위대장인 목야달을 불러들였다.

목야달은 하룻밤 사이에 너무도 초췌해진 국왕을 보며 깜짝 놀랐다.

"와, 왕야?"

"당장 대부족장 회의를 소집하라."

"대부족장 회의 말씀이십니까?"

"그렇다. 백 명의 전사 이상을 동원할 수 있는 족장은 빠짐없이 참석해야 한다. 이를 어길 시에는 내 친히 목을 베리라."

"왕야, 하오면 중원 침공을?"

찰이합은 목야달이 올리는 낭담탕을 한 사발 들이키고는 겨우 기력을 회복했다. 그의 눈빛은 모처럼 의욕에 불타고 있었다.

"명분은 다가올 대월제(大月祭)를 논하자는 거다. 무슨 뜻인지 알겠느냐?"

"예, 왕야!"

목야달이 침소를 나가자 찰리합은 침상에서 내려서며 커다란 수정 거울 앞에 섰다.

갑작스레 십 년은 늙어버린 자신의 모습이 보였다. 퀭하니 들어간 눈두덩이 유난히 깊게 느껴졌다. 하지만 그는 그다지 놀라워하지 않았다.

"어제와 같은 쾌락과 환희를 만끽할 수 있다면 내 십 년 생을 바쳐도 아깝지 않다."

그는 전신이 색기로 덮여 있는 주화령의 자태를 떠올리며 주먹을 불끈 쥐었다.

"반드시 취하리라! 천하와 바꾸어도 아깝지 않을 그 계집을 반드시 내 애첩으로 만들 것이야!"

3

견융 국왕에게 막대한 재화를 진상한 후라 행렬의 움직임은 신속했다.

주화령 일행은 빠른 속도로 감숙성을 향해 남하하고 있었다. 대막의 높은 하늘에서 뿌려지는 교교한 월광과 총총한 별빛이 그들의 행로를 밝혀주었다.

주화령은 여전히 눈만 드러낸 채 긴 천으로 몸을 감싸고 있었다.

그녀의 이번 임무는 아주 막중하다. 그녀의 행적이 가급적 드러나지 않아야 했다. 그녀가 견융 국왕을 접견한 사실은 견융국 내에서도 수뇌급만 아는 비밀이었다.

주화령 일행이 하투평원을 막 벗어났을 때였다.

징… 징……!

요란한 징 소리와 함께 한 떼의 군마가 그들을 가로막았다.

들소 가죽으로 만든 모자와 양털 갓옷을 덧대 입은 그들은 견융족 전사들이었다. 일백여 전사들은 반원형으로 포진하며 주화령 일행을 포위했다.

혈야쌍위가 나서려 하자 주화령이 앞서 나서며 그들을 저지시켰다.

"기다려."

전사들이 좌우로 갈라지며 예닐곱 명이 앞으로 나섰다. 건장한 호위 무장을 대동한 채 다가서는 인물은 비교적 단정한 용모의 중년인이었다.

그는 진귀한 호포 모자와 갓옷을 걸쳤고, 값진 패옥으로 온몸을 감싸고 있었다. 거친 생김새의 견융족치고는 드물게 단아한 생김새였다. 다소 음침한 눈빛을 제외한다면 한족의 미장부와 비견해도 손색이 없을 정도였다.

그는 주화령을 향해 오만스레 턱을 치켜들었다.

"중산왕부의 화옥군주가 분명하오?"

"그래요."

"이 사람은 왕제(王弟)인 찰목한이란 사람이오."

"아, 왕야의 동생 되는 분이시군요?"

주화령은 가볍게 고개를 끄덕여 보였다.

그와는 첫 대면이었지만 그에 대해서는 중산왕을 통해 들은 바가 있었다.

찰목한은 견융 국왕의 이복 동생으로 학식과 경륜이 뛰어난 자였다. 새황무림과도 관계가 돈독하고 중원의 서북방을 담당하는 태수들과도 교분이 깊다.

그는 견융국의 이인자로 왕위 계승 서열로 따진다면 첫 번째다. 견융국은 아들보다 형제의 상속이 우선이기 때문이다.

물론 그 위로도 형제가 둘 있었지만 모두 비명횡사했다. 그는 야망이 큰 자라 두 형제가 그의 손에 죽었다는 풍문도 있었지만 확실치는 않다.

주화령은 공손히 포권의 예를 취했다.

"인사가 늦었군요, 왕제."

"하하, 괜찮소."

찰목한은 호화로운 마구로 장식된 백마를 몰아 그녀 앞으로 바싹 다가섰다.

"군주의 미색이 천하제일이라기에 본좌의 파오로 초대하고자 이렇게 찾아왔소."

"소녀는 이미 왕야께 몸을 바쳤습니다. 아쉽지만 왕제를 모실 수가 없습니다."

"하하. 뭐, 어려운 일이 아니오. 우리 견융족의 관습상 형이 죽게 되면 형수까지 상속을 받으니 군주 또한 자연스럽게 내 여인이 될 수 있소."

찰목한은 노골적으로 역심을 드러냈다.

"왕야는 과거 중원 진출의 대전에서 패퇴한 이후 너무 나약해지셨소. 그로 인해 견융 전사들 모두가 실망하고 있소. 모두들 강력한 군왕의 출현을 학수고대하고 있지."

주화령은 짐짓 정색을 했다.

"왕제, 지금 소녀와 반역을 꾀하자는 말인가요? 왕야께서 엄연히 건재하신데 벌써부터 왕위를 노린단 말입니까?"

"하하하……!"

찰목한은 호탕한 웃음을 터뜨리고는 은근한 어조로 응수했다.

"중산왕께서 맏형인 대명 황제를 밀치고 황제로 오르고자 하는 야망과 내가 국왕이 되고자 하는 욕심과 무엇이 다르겠소? 중산왕 전하와 난 동병상련의 입장이오. 군주가 중산왕 전하의 야망을 이루고자 한다면 형님을 찾는 것이 아니라 날 찾아와야 했소. 견융 전사들과 새황무림을 움직일 수 있는 사람은 바로 나니까."

주화령의 눈가에 색기 어린 미소가 감돌았다.

"호호, 과연 소문대로 현명한 왕제시군요."

"후훗, 늙은 형님보다 내 품이 더 따뜻할 것이오."

"아쉽군요, 진작에 만났어야 했는데."

주화령은 천천히 머리와 얼굴을 가린 천을 풀었다. 그녀의 진면목이 드러나자 찰목한은 물론이고 호위 무장들과 전사들 모두 입을 딱 벌린 채 다물지 못했다.

희뿌연 달빛 아래 드러난 주화령의 절세적 미모는 흡사 달빛을 타고 내려온 선녀처럼 아름다웠다.

살포시 미소 짓는 그녀의 자태 앞에 모두들 넋이 빠졌다. 무서운 흡인력을 지닌 진주 빛 눈망울이 그들을 훑어가자 그들 모두의 가슴은 타버린 숯처럼 하얗게 재가 되고 말았다.

"으으… 구, 군주. 어서 내 파오로 가십시다."

찰목한은 그녀의 전신에서 뿜어지는 폭발적인 관능에 휩싸여 숨을 헐떡였다.

주화령은 손등까지 덮은 긴 소매를 들어 올려 하얀 손을 드러냈다.

"호호, 한 가지만 선물해 주신다면 기꺼이 왕제의 부름에 따르겠어요."

이미 색욕의 노예가 된 찰목한은 비굴하리만치 간절하게 청했다.

"무엇이든 말하시오. 내 목이라도 주겠소. 제발 한 번만 군주를 안게 해주시오."

주화령의 입가에 피의 향기가 물씬 풍기는 살인적 미소가 배어 나왔다. 그녀의 눈빛에 은은한 혈광이 감돈다.

"바로 그거예요. 왕제의 목이 필요해요."

찰목한은 움찔 놀라다 징그러운 미소를 흘렸다.

"호호, 군주. 농담이 지나치시군."

주화령은 하얀 손바닥을 활짝 펼쳤다.

"찰목한, 본 군주가 너까짓 오랑캐와 농담을 즐기겠느냐?"

그녀의 하얀 손바닥이 붉게 달아오르는 순간 엄청난 불길이 피어올랐다.

화르르륵─!

지옥의 화염지옥 같은 불길이었다. 불꽃에 휩싸인 악귀의 형상이 아가리를 쩍 벌리며 찰목한의 가슴으로 파고든다.

찰목한의 가슴을 관통한 화염 줄기는 여러 가닥으로 흩어지며 호위 무장들의 가슴을 꿰뚫었다. 이어 가공할 화염폭풍이 견융 전사들을 향해 몰아쳤다.

카카카카!

괴성을 발하는 무수한 악귀의 군상은 극렬한 불덩이로 화해 비산하며 전방 삼십 장 이내를 온통 불바다로 만들었다.

"아아악!"

"크아악!"

그야말로 처참한 아비규환이었다. 불길에 휩싸인 말과 사람이 사방으로 날뛰고 바닥으로 데굴데굴 굴렀다. 살이 타는 고약한 냄새가 천지를 진동한다. 악마적인 불꽃은 물속에서도 꺼지지 않는다. 모든 것을 재로 만들고서야 비로소 꺼질 만큼 독랄하다.

찰목한과 호위 무장들, 그리고 일백여 전사들은 처절한 고통 속에서 이내 재로 화해갔다. 몸에 걸친 갑주와 병기마저 녹아들어 흔적도 찾아볼 수 없을 정도였다.

실로 끔찍한 마공이 아닐 수 없었다. 천하에 이토록 통천가공할 위력의 마공은 오직 악마지공뿐이다.

주화령은 활활 타오르는 화염지옥을 쓸어보며 사악한 웃음을 터뜨렸다.

"오호호, 과연 겁황마극염(劫荒魔極焰)의 위력은 대단해."

그러했다. 주화령에 의해 펼쳐진 무서운 화염폭풍은 바로 오대악마지공 중 하나였던 것이다.

일명 악마의 분노로 불리는 겁황마극염!

가로막는 모든 것을 태워 버린다는 공포의 악마지공이 세상에 출현한 것이다.

주화령은 천을 둘러 얼굴을 가렸다.

"찰목한, 네놈이 죽어야 할 이유는 쓸데없는 야망 때문이다. 노쇠한 찰리합은 내 마음대로 조종할 수 있는 꼭두각시가 될 수 있지만 네놈이 새황의 황제로 등극한다면 언제고 날 배신할 테니까."

그녀는 여전히 타오르는 불바다를 피해 말머리를 돌렸다.

"가자, 납살(拉薩)로."

그녀의 다음 목적지는 새황무림의 패자로 군림하는 서장의 포달랍궁이었다.

■ 제46장

청장고원에서의 재회

1

의독성수의 의술은 과연 탁월했다. 겨우 한 가닥 생명지기만 간직한 채 시체처럼 누워 있던 강무영이 무려 한 달을 넘겨서 눈을 뜬 것이다.

워낙 극심한 내상과 쇠약해진 기력으로 아직 말 한마디 할 수 없는 상황이었지만 그가 의식을 회복한 것만으로도 살아난 것과 진배없는 일이었다.

단목비연은 감격에 젖어 그의 가슴에 얼굴을 묻고 아이처럼 엉엉 울었다.

무상 사자천왕 연풍헌은 수백 마리의 전서구를 천하 각처로 날려 보내 협조를 구했다. 의독성수가 요구한 영약을 구하기 위해서였다.

천년설삼, 공청석유와 천년빙련실, 만년음양신과와 같은 약재는 워낙 귀해 태양천 총단에서도 구할 수 없기 때문이다.

다행히 천년설삼과 천년빙련실은 월영궁이 보유하고 있었다. 제자

를 통해 보내겠다는 월영서시의 통문을 받은 단목비연은 뛸 뜻이 기뻐
했다.

공청석유는 무당파에서 증정하겠다는 답신을 보내왔다. 공청석유는
무당의 개파조사인 장삼풍 선인이 남긴 진산지보로 겨우 세 방울이 남
았을 뿐이지만 태양천의 소천주를 구하기 위해 선뜻 내놓은 것이다.

가장 구하기 어려운 만년음양신과는 아주 뜻밖의 곳에서 보내겠다
는 전갈을 받게 되었다. 그것은 무림과는 전혀 무관한 기루였다. 바로
장원제일의 기루인 원앙각으로 각주인 홍예화가 만금을 뿌려 찾아낸
것이다.

천하인 모두가 우려할 만큼 태양천의 강무영은 천하의 안녕을 위해
소중한 존재였다. 이것은 사중악의 준동과 암흑마국의 위협이 그만큼
두렵다는 반중이기도 했다.

2

임시로 꾸며진 약고에서 약을 달이는 짙은 향기가 코를 찌른다.

의독성수는 숯불에 의해 벌겋게 달아오른 약탕기를 살피고 있었다.
아직 네 가지 약재가 당도하지 않아 그는 일단 기력을 회복할 수 있는
탕재를 만드는 중이었다.

그는 약탕기에 몇 가지 건재를 넣으며 연신 중얼거렸다.

"아쉽군. 정말 아쉬워. 만년인형설삼만 구할 수 있다면 세상 누구도
만들어본 적이 없다는 금강성단을 제련할 수 있거늘……."

환유성은 팔짱을 긴 채 약고 구석에 기대서 있었다.

의독성수를 난주성으로 데려온 이후 그는 줄곧 의독성수 옆에 붙어 있었다.

그는 의독성수를 신뢰하지 않았다. 사악한 두뇌라는 악중뇌를 속일 정도로 음험한 인물이라면 강무영에게 어떤 해를 입힐 수도 있는 일이기 때문이다.

의독성수는 숯불의 화력을 점검하고는 탁자로 가 술을 한잔 따랐다. 그는 술잔을 입으로 가져가다 힐끔 환유성에게로 눈길을 던졌다.

"환 아우, 한잔하겠나?"

"됐소."

"걱정 말게. 네 가지 약재가 당도하는 대로 성약을 제련해 소천주를 되살릴 테니까."

그는 한 사발의 술을 단숨에 들이키고는 소매로 입가를 닦았다.

"아마 예전보다 훨씬 강해질 것이네. 금강불괴지신은 못 되더라도 몸이 금강지체에 버금갈 만큼 단단해질 것이네. 부단히 수련한다면 이 갑자 공력까지 얻게 될 테니 그야말로 태양천주의 화신이 될 수 있을 것이야."

환유성은 벽에 기댄 채로 한마디 던졌다.

"내가 보기에 당신은 돌팔이요."

"뭐, 뭐라, 돌팔이?"

의독성수의 표정이 심하게 구겨졌다. 얼마나 자존심이 상했는지 그의 푸른 머리카락이 철사처럼 빳빳하게 곤두섰다. 그의 손에 들린 술잔이 뜨거워지며 술이 펄펄 끓어올랐다.

"자, 자네, 말이 심하군. 다른 놈 같았으면 독공을 펼쳐 아주 고통스럽게 죽였을 것이야!"

환유성이 무표정한 모습으로 다가섰다.

"소문에 의하면 당신은 죽은 사람도 살린다는 천하제일의 명의가 아니오? 그런 당신이 약재나 기다리고 있으니 한심해서 하는 소리요."

"자네, 강무영이 얼마나 위중한 상황인 줄 알기나 하고 하는 소린가? 이 우형이 조금만 늦게 당도했다면 강무영은 이미 죽었을 것이네. 살아난다 해도 무공을 펼칠 수 없는 반신불구의 몸이 되었겠지. 내 장담하지만 천하에 소천주를 치유할 수 있는 사람은 나뿐이라고!"

의독성수가 자신의 가슴을 탁탁 치며 소리치자 환유성은 물끄러미 그를 응시했다.

"믿어도 되겠소?"

"당연하지. 광심마정혈과 사대성약이 융화되면 강무영은 다음날 바로 자리를 털고 일어날 것이네."

환유성은 여전히 그를 신뢰하지 않았다.

"당신의 말에 의하면 악인궁 놈들은 그 약 때문에 죽는다 하지 않았소?"

"킬킬, 약을 제련하는 데에도 순서가 있는 법일세. 광심마정혈을 한꺼번에 쏟아 부으면 당연히 독단이 되지. 극양지독을 해소하려면 사대성약과 한 방울씩 섞어 독기를 제거해야 하는데, 그 방법은 나밖에 모르네."

"……."

"킬킬, 그게 걱정되었나 보군. 하지만 안심하게. 반드시 소천주를 쾌차시킬 수 있네. 그때 자네는 이 우형을 돌팔이로 모욕한 잘못을 정중히 사과해야 할 것이야."

환유성은 몸을 돌리며 한마디 던졌다.

"난 사과 같은 거 모르오. 강 형이 회복되지 않으면 날 속인 죄로 죽게 될 것이오."

참다못한 의독성수가 탁자를 치며 몸을 일으켰다.

"고얀 놈, 노부를 구해준 널 가상히 여겨 동생으로 대우해 주었건만 이리도 오만하단 말이냐! 노부가 마음만 먹으면 한줄기 독으로 네놈을 쓰러뜨릴 수 있어!"

"내 검이 조금 더 빠를 거요."

환유성은 냉막하게 한마디 던지고는 곧바로 약고를 나갔다.

잔뜩 독이 오른 의독성수는 눈을 부라리다 쓴 입맛을 다시며 털썩 주저앉았다.

"틀린 말이 아니지. 오대악인 중 하나인 악중잔이 손도 못 쓰고 죽었다면 내 독보다 놈의 쾌검이 빠를 게 분명해."

천하에 두려울 게 없는 그였지만 환유성 앞에서는 주눅이 들 수밖에 없었다. 그의 독술이 아무리 뛰어나도 죽음 앞에 무관심한 자에게는 어떤 위협도 되지 않기 때문이다.

그는 공연히 투덜거렸다.

"염병, 보내겠다는 약재는 왜 여태 도착하지 않는 거야?"

3

환유성은 소추를 타고 난주성 밖으로 나섰다.

의독성수가 목을 걸고 장담했다면 강무영의 상세는 안심해도 좋았다. 더 이상 난주성에 머물러 있을 이유가 없기에 그는 아무에게도 작별 인사조차 하지 않고 성을 나선 것이다.

그는 청해성 서녕으로 뻗어 있는 관도 쪽으로 방향을 잡았다.

'극검마왕이라… 강 형에게 치명상을 입힐 정도로 강한 자라면 흥미있는 대결이 되겠군.'

그는 강무영을 다치게 한 보복보다는 극검마왕의 마검절기에 더 관심을 가졌다.

강무영은 태양천주의 절학인 의천검법을 수련하였고, 단목비연은 월영검법을 익혔다. 둘의 검법절기는 공히 천하일절로 불릴 최고의 절학이다.

환유성은 천하양대절학이라 평가되는 최강의 검법을 격파한 극검마왕의 마검절기가 몹시 궁금했다. 월영궁을 찾아가 월영서시와 대결하기에 앞서 극검마왕과 겨뤄보는 것도 나름대로 자신의 검법에 대한 평가가 될 수 있다는 생각에 그는 가벼운 흥분마저 느꼈다.

대륙의 서북방은 겨울이 이르다.

그는 차가운 먼지바람 속에서 느껴지는 한기로 미루어 겨울이 바싹 다가왔음을 느낄 수 있다. 지난겨울을 만상석부 속에서 보냈기에 그로서는 중원의 겨울이 어떠한지 처음 겪는 일이다.

스산한 바람이 가슴속으로 스며들자 그는 문득 한 여인을 떠올리게 되었다.

다소 잔소리가 심하지만 음성이 악기처럼 맑고 청아한 여인. 촉촉이 젖은 눈빛은 별처럼 초롱하고 단아한 웃음을 지을 때마다 볼우물이 새겨지는 여인. 그에게 세상에서 가장 편안한 기분을 들게 해주는 여인.

그 여인은 바로 만박옥혜 벽소군이었다.

그녀와 헤어진 지 한 달도 채 안 되었지만 아주 오랜 세월이 흐른 듯 그리움이 피어올랐다. 잠시 고개를 돌리면 그녀가 연기처럼 솟구치며 해맑은 웃음을 지을 것만 같았다. 하지만 그녀의 아리따운 영상이 깊어질수록 그는 심각한 갈등에 빠지게 되었다.

여인에 대한 애정은 그가 추구하려는 검신의 길을 걷는 데 커다란 장애가 된다.

그가 여태껏 놀라운 속도로 쾌검을 익히고 무도의 높은 경지에 이를 수 있었던 것은 주변에 대한 철저한 무심 때문이었다. 어렸을 적 겪은 고초와 충격으로 희로애락에 무관심한 것이 그를 이토록 빠르게 성장시킨 것이다.

그는 수련을 위해 특별히 은거하거나 인적이 없는 곳을 찾지 않는다.

외부의 반응에 철저히 차단된 그의 맑은 정신은 이동할 때나 잠에 빠져들 때까지 무도를 위해 깨어 있기에 그의 무공은 나날이 단계가 높아질 수 있었던 것이다.

한데 벽소군의 존재는 그의 정신 수련에 커다란 방해가 되었다. 자신도 모르게 그녀에 대한 그리움에 젖어 무력한 공허함에 빠져들기 때문이다.

그녀는 그의 마음속에 굳게 닫힌 감성의 문을 열어놓았다. 덕분에 그는 예전에는 느끼지 못했던 상념과 감정을 지니게 되었다. 그러한 감정들이 우러나오며 그의 삭막함이 다소 가셨지만 그는 그것이 불만스러웠다.

자신과 무관한 일에 연루되는 것은 정말 짜증스러운 일이었다. 세상을 관조하는 듯한 나른한 권태가 그에게 있어 가장 이상적인 삶이었는데 그러한 것들이 하나씩 허물어지고 있기 때문이다.

환유성은 가볍게 머리를 흔들어 벽소군에 대한 영상을 떨쳐 냈다.

"약속대로 일 년에 한 번 정도만 만나는 게 낫겠어. 소군 때문에 내가 너무 변하는 게 싫어."

그는 손을 뻗어 소추의 갈기를 어루만져 주었다.

"이 녀석아, 너도 암컷에 너무 빠지지 마. 너 자신을 잃게 되니까."

소추는 그저 머리를 수그린 채 주인보다 더 권태로운 모습으로 발걸음을 옮겨갔다.

이때 뒤쪽에서 여인의 다급한 음성이 들려왔다.

"환 가가, 어딜 가는 거예요!"

단목비연이 월영궁 비전의 월영비천술을 발휘해 달려오고 있었다. 그녀는 멋진 도약으로 바닥을 찍고는 환유성 뒤로 털썩 내려앉았다.

"아니, 말도 없이 떠나는 법이 어디 있어요?"

"……."

"정말 무영 사형의 복수를 위해 백마성 잔당들을 찾아가려는 거예요?"

"그냥 극검마왕이라는 자와 대결하고 싶어서야."

단목비연은 그의 허리를 끌어안았다.

"가가, 제발 고집 부리지 말아요. 극검마왕은 세상에 적수가 없는 무서운 마왕이에요. 아버님이나 사부님이 아니고서는 당해낼 수 없다고 했잖아요? 적풍사 전사들을 물리친 가가의 무공이 아무리 뛰어나도 극검마왕을 이길 수 없어요. 그리고 소매와 약조를 했잖아요? 절대 혼자 극검마왕을 상대하지 않겠다고 말이에요."

"지금은 그자를 찾아가는 게 아니니 상관없는 일이야."

"거짓말!"

단목비연이 그의 어깨를 잡고 흔들자 환유성은 짜증스런 표정으로 말했다.

"내려."

"싫어요."

"내려!"

환유성이 워낙 차갑게 외치자 단목비연은 어쩔 수 없이 소추의 등에서 내려섰다. 그녀는 소추의 말고삐를 잡아 쥐었다.

"그럼 이렇게 해요. 지금 무상 할아버지가 건무전 정예들을 이끌고 아미파를 지원하기 위해 출동하고 있어요. 암흑마국이 아미파에 정식으로 도전장을 보내 노골적인 야욕을 드러낸 거죠. 많은 문파들이 아미파를 돕기 위해 사천으로 가고 있어요. 가가도 무림 정의를 위해 나서줘요."

"난 안 가."

"생각해 봐요. 가가는 이미 암흑마국의 마두들을 여럿 죽여 저들의 적이 됐어요. 싫든 좋든 이제 백도의 편에 서서 저들과 대적할 수밖에 없다고요."

환유성은 몸을 굽혀 그녀의 손에 쥐어진 고삐를 잡아챘다.

"어서 비켜."

"정말… 너무하는군요."

단목비연이 눈물을 글썽였지만 환유성은 쳐다보지도 않고 소추를 몰아 앞으로 달려갔다. 흙먼지를 날리며 소추는 이내 들판 저편으로 사라져 갔다.

단목비연은 입술을 잘근잘근 씹다가 투정조로 내뱉었다.

"정말이지 의협심은 눈곱만치도 없어. 후우, 소군 언니가 너무 불쌍해."

4

봉문을 선포한 암흑마국의 봉문명첩이 아미파(峨嵋派)에 전달된 것은 무림계를 발칵 뒤집을 엄청난 충격이며 크나큰 의혹이었다.

암흑마국이 어떤 자들인가.

단목비연을 납치한 후 태양천주를 유인해 죽이려 할 만큼 사악한 무리들이다. 그런 자들이 사전에 봉문명첩을 보냈다는 것은 아미파 제자들은 물론이고 백도무림인들로서 전혀 이해가 가지 않는 일이었다.

마국의 악도들이 또 어떤 흉계를 꾸미고 있는 것인가. 혹시 아미파를 지원하기 위해 나서는 의협들을 함정으로 몰아넣으려는 것은 아닌가. 아미파가 아닌 다른 문파를 기습하기 위한 성동격서의 위장 전술은 아닌지……

백도무림계는 술렁이지 않을 수 없었다.

다행히 사자천왕이 난주성에 당도해 있기에 태양천주는 사자천왕을 아미파로 보내 암흑마국과 대적케 했다.

더불어 아미파와 인접한 점창, 종남, 화산, 사천당가 등등의 백도문파도 지원군을 결성해 아미파 구원에 나섰다. 또한 천하 각처의 의협들도 사천성을 향해 달려갔다.

일 년여 전부터 강호의 십년평화가 위협을 받더니 마침내 폭풍 전야의 숨 막힐 듯한 정적이 깨진 것이다.

천하대란의 서막은 이렇게 시작되었다.

5

청해성 청장고원으로 향하는 길은 뱀이 똬리를 튼 듯 구불구불했다. 완만한 경사 지대는 끝없이 이어져 하늘과 땅이 맞닿은 지평선은 여러 날이 지나도 사라질 줄 몰랐다.

소추의 부지런한 걸음으로도 청장고원에 오르는 데만 사흘이 소요되었다.

환유성은 잠시 소추를 멈춰 세운 채 구릉 위에 서서 발 아래 펼쳐진 드넓은 들판을 내려다보았다. 숨을 쉬기도 어려울 만큼 높은 고산 지대에 이렇듯 어마어마한 평원이 펼쳐져 있다는 것 자체가 놀라운 일이었다.

평원 위에 거미줄처럼 펼쳐진 강줄기는 건기를 맞아 대부분 바닥을 드러내고 있었다.

초지는 누렇게 변색돼 방목된 가축들은 그다지 많아 보이지 않았다. 어린 목동이 야생 당나귀와 야크, 산양 수십 마리를 이끌고 풀을 뜯기고 있을 뿐이다.

청장원(靑臟原)은 서녕을 거치지 않고 곧바로 청해호로 갈 수 있는 중간 기착지라 제법 규모있는 마을이 형성돼 있었다. 마을 사람들 대다수는 토번족으로 열다섯 개의 부락으로 구성돼 있다.

"와아!"

"죽여라!"

토번족 마을 사람들이 둥그렇게 모여 함성을 질러대고 있었다.

추레한 몰골의 늙은이가 커다란 나무 기둥에 묶여 있는데 늙은이는 토번족 관습대로 형벌을 받고 있었다. 누군가의 말을 훔치려다 잡힌 것이다. 토번족은 말을 소중히 하기에 말 도둑에 대한 처벌은 아주 엄중했다.

말 주인은 약간 떨어진 곳에서 늙은 도둑을 향해 세 발의 표창을 던졌다.

파파팍!

세 자루 표창이 늙은 도둑의 몸 주변으로 꽂혔다.

말 주인은 대번에 숨통을 끊는 것이 싱거웠는지 일부러 표창을 빗나가게 해 늙은 도둑을 더욱 공포스럽게 만들었다. 이런 공개적인 형벌은 토번족의 다소 야만스런 관습이었지만 도둑을 막는 데에는 아주 효과적이라 오랜 세월 유지해 왔다.

늙은 도둑은 옴짝달싹 못하게 묶여 있어 그저 날아드는 표창에 운명을 맡겨야만 했다. 요행히 열 발의 표창이 모두 빗나가면 목숨을 건질 수도 있는 일이었다.

"크큭, 너 같은 도둑놈을 쉽게 죽이는 건 재미가 없지."

건장한 체구의 말 주인은 다시 세 자루의 표창을 던졌다. 표창은 아슬아슬하게 빗나가 늙은 도둑의 머리와 목 옆으로 꽂혔다. 늙은 도둑은 너무도 두려워 벌벌 떨며 오줌까지 지렸다.

주변 사람들이 요란스레 외쳐 대자 주인은 다시 세 자루의 표창을 날렸다. 표창은 늙은 도둑의 겨드랑이 사이와 사타구니 사이로 꽂혔다.

마을 사람들은 모두 말 주인의 놀라운 표창 솜씨에 감탄하며 갈채를 보냈다.

"와, 대단해!"

"도둑놈을 죽이는 데는 표창 한 자루면 충분하겠어."

"히힛, 어떻게 죽일지가 궁금하군."

말 주인은 한 자루만 남은 표창을 손에 쥐고는 빙글빙글 돌렸다. 그는 자신의 표창술에 대해 자신만만해하는 태도였다. 그는 늙은 도둑의 참담한 모습을 한껏 즐기며 표창을 곧추세웠다.

"더러운 도둑! 네 심장을 꿰뚫어주겠다!"

그가 늙은 도둑을 향해 막 표창을 날릴 순간이었다.

커다란 바랑을 어깨에 멘 노인이 늙은 도둑을 향해 다가섰다. 그는 도둑을 결박한 밧줄을 풀기 시작했다.

마을 사람들이 술렁이자 말 주인이 눈을 부라리며 외쳤다.

"웬 놈이냐? 당장 멈추지 못해!"

노인은 늙은 도둑을 옭아맨 밧줄을 풀어주며 나직한 음성으로 응수했다.

"마지막 표창은 내가 받겠다."

"뭐, 뭐야?"

늙은 도둑은 자신을 풀어준 노인을 보며 감격에 젖었다.

"고, 고맙습니다요, 은인."

"늙고 힘들어도 추하게 살지는 말게."

노인의 손에서 밧줄이 떨어지는 순간 말 주인은 냅다 표창을 내던졌다.

"두 놈을 한번에 꿰뚫어주겠다!"

쐐애액—!

표창은 날카로운 파공성과 함께 노인의 뒤통수를 향해 날아들었다. 표창의 예리함과 날아드는 힘을 감안한다면 노인의 머리를 뚫고 늙은 도둑마저 죽일 만큼 위력적이었다.

한데 전혀 예기치 못한 일이 발생했다. 노인이 고개를 돌려 날아드는 표창을 입으로 받아낸 것이다. 실로 놀라운 솜씨가 아닐 수 없었다.

이로 표창을 문 노인은 말 주인을 직시했다. 비로소 그의 모습이 분명히 드러났다.

한쪽 눈에 검은 안대를 댄 애꾸눈의 노인이었다. 얼굴에는 세월의 오랜 풍상으로 찌든 주름살이 가득했지만 번득이는 외눈은 화살처럼 강렬했다.

말 주인은 청장원에서 제법 행세깨나 하는 용사였지만 노인의 눈빛을 대하는 순간 가슴이 철렁 내려앉고 말았다.

'으으, 예사 늙은이가 아니군.'

애꾸노인은 이로 문 표창을 뱉어냈다.

"마지막 표창으로도 못 죽였으니 이 도둑은 살 자격이 있겠군."

그가 턱짓을 보내자 늙은 도둑은 연신 머리를 조아리고는 냅다 달아났다.

말 주인은 구겨진 자존심을 회복하기 위해 애써 용기를 냈다. 그는 허리춤의 반월도를 뽑아 들었다.

"보아하니 한족(漢族) 같은데 왜 우리 토번족 일에 끼어드는 것이냐?"

애꾸눈의 노인이 점잖게 타일렀다.

"살날도 많지 않은 늙은이에게 너무 지나치지 않느냐? 죽이려면 한 번에 죽이던가 했어야지. 사람의 목숨을 놓고 장난질을 하는 것은 옳지 않다."

"오냐. 도둑놈 대신 널 죽여주지. 네 소원대로 한칼에 죽여주겠다."

말 주인이 반월도를 휘두르며 위세를 부렸지만 애꾸노인은 눈썹 하나 까딱하지 않았다. 그는 상대할 가치도 없는 듯 몸을 돌렸다.

말 주인은 기회다 싶어 몸을 날리며 칼을 휘둘렀다. 사실 그와 눈길을 마주 대하고 있는 상황에서는 도저히 칼을 휘두를 용기가 나지 않았던 것이다.

반월도는 대번에 애꾸노인의 목을 베어왔다.

번— 쩍—!

한줄기 섬광과 함께 반월도를 쥔 말 주인의 팔뚝이 댕강 잘려졌다. 반월도를 쥔 그의 팔뚝이 바닥에 떨어지며 펄떡인다.

"아아악!"

말 주인은 팔뚝이 베어져 나간 팔을 감싸 쥐며 비틀비틀 뒤로 물러섰다. 베어진 부위에서 비로소 대살 같은 피가 뿜어졌다.

애꾸노인의 솜씨는 아니었다. 그가 몸을 돌리며 외눈을 번득이자 마을 사람들이 좌우로 갈라졌다.

소추를 탄 환유성이 천천히 들어섰다.

그는 상처를 감싸 쥔 채 부들부들 떨고 있는 말 주인을 향해 한마디 던졌다.

"네 팔을 베지 않았다면 노인에 의해 네 목이 베어졌을 것이다."

졸지에 외팔이가 된 말 주인은 옷을 찢어 상처를 처매고는 주변 사람들을 향해 외쳤다.

"뭐들 하시오! 우리 청장원 사람들을 우습게 여기는 한족 놈들을 그냥 보고만 있을 거요?"

그러자 마을 사람들이 분분히 칼과 창을 집어 들고 다가섰다.

"한족 놈들을 죽여라!"

"감히 청장원 용사의 팔을 베었다!"

"모두 싸우자!"

환유성이 소추의 등에서 내려서자 애꾸노인은 가볍게 눈살을 찌푸렸다.

"왜 쓸데없이 나서는 것인가?"

"이런 자들 때문에 노인의 검을 더럽힐 수는 없소."

"자네의 검은 상관없단 말인가?"

"내 반검은 이미 수많은 자들의 피로 더럽혀져 있소."

환유성이 몸을 돌리며 마을 사람들을 둘러보자 그들은 움찔하며 멈춰 섰다.

그들은 비로소 말 주인의 팔을 벤 환유성의 쾌검을 깨닫게 되었다. 그들 중 누구도 말 주인의 팔이 어떤 수법으로 베어졌는지 전혀 보지 못한 것이다.

"모두 물러서라!"

우렁찬 외침과 함께 토번족 무장이 용사 몇을 대동한 채 장내로 들어섰다. 구레나룻이 무성한 무장은 마을 사람들을 향해 손을 내저었다.

"내 멀리서 지켜보았다. 등 돌린 상대를 공격한 축마랍의 잘못이다. 오히려 팔 하나만 베어진 것이 다행이다."

토번 무장이 나서자 마을 사람들은 부상당한 말 주인을 부축해 멀어져 갔다. 토번 무장은 푸른빛의 눈으로 애꾸노인과 환유성을 번갈아 보았다.

"보아하니 상인들도 아닌 것 같은데 이 외진 청장원에는 어쩐 일인가?"

애꾸노인은 바랑에서 숫돌을 몇 개 꺼내 보였다.

"난 병기와 농기구나 갈아주는 떠돌이요. 세상 어디든 갈 수 있는 몸이오."

노인을 한 번 훑어본 토번 무장은 다소 경계하는 표정으로 환유성을 직시했다.

"당신도 한족인가?"

"난 요동 출신이오."

토번 무장은 눈을 큼지막하게 뜨며 고개를 갸웃거렸다.

"요동? 꽤나 멀리서 왔군. 목적이 뭔가?"

"청해호로 가는 길이오."

"그냥 지나가는 길이란 말인가?"

"그렇소."

토번 무장은 환유성의 뻣뻣한 태도가 비위에 거슬렸지만 함부로 다그칠 수가 없었다. 그는 먼발치였지만 환유성의 절세적 쾌검을 일부나마 본 것이다.

물론 그가 본 것은 눈부신 섬광뿐이었지만 오 장 밖에서 쾌검을 날려 상대를 벨 수 있다는 것만으로 그는 이미 주눅이 든 상태였다. 그토록 뛰어난 수법은 여태 본 적이 없는 그였다.

그는 애써 의연함을 갖추며 언성을 높였다.

"그렇다면 소란 피우지 말고 속히 떠나게."

환유성은 주점을 찾기 위해 마을을 살피며 담담하게 응수했다.

"술은 한잔 마셔야겠소."

"젠장… 좋아. 하지만 숙박은 용납할 수 없네."

토번 무장은 지켜보는 부하들의 눈치가 있어 퉁명스레 지시를 내리고는 서둘러 돌아섰다. 그는 청장원의 감찰무장으로 충분히 명분은 세운 셈이다. 이제 그는 두 사람이 자신의 지시대로 목이나 축이고 떠나기만을 간절히 바라야 했다.

환유성이 애꾸노인 쪽으로 몸을 돌렸다.

"술 한잔하시겠소?"

애꾸노인의 입가에 희미한 미소가 피어올랐다. 좀처럼 감정을 드러내지 않는 그였지만 환유성과는 일 년 수개월 만에 만난 재회인지라 다소 감회 어린 표정을 지었다.

"자네 여전하군."

"갑시다."

환유성이 소추를 끌고 앞서 걷자 애꾸노인은 숫돌이 든 바랑을 고쳐 메고 뒤를 따랐다.

노인은 바로 한해사막에서 환유성에게 절대적 쾌검의 구결을 전수해 준 마검노인이었다. 그의 진정한 신분은 천하오검 중 하나인 절대패검 사공인이었지만 그는 과거를 버렸다. 이름과 신분마저 감춘 채 세상 속에 묻혀 살고 있는 것이다.

그저 남의 검과 칼을 갈아주는 떠돌이 마검노인일 뿐이다.

6

천장원의 토번족 객잔은 그저 넓은 천막에 불과했다.

천막 안에 드리워진 몇 개의 휘장이 방을 대신했고, 대패질도 하지 않은 서너 개의 탁자가 전부였다. 주방도 따로 있는 것이 아니라 천막 한쪽의 화덕에서 고기를 구워내는 것이 안주며 식사였다. 술은 말 젖을 발효시킨 만든 구유주로 다소 느끼했다.

환유성과 마검노인은 별 대화도 없이 술을 들이키고 있었다.

두 사람은 서로에게 있어 아주 소중한 존재다. 특히 환유성에게 있어 마검노인은 사부와도 같은 존재다.

만일 한해사막에서 그를 만나 절세적 쾌검을 배우지 못했다면 환유성은 여태까지 살아 있지 못했을 것이다. 비록 화옥군주를 구출한 공로로 그를 감옥에서 꺼내 신세를 갚기는 했지만 그것은 별개의 문제다.

마검노인 또한 자신의 심득을 터득한 환유성이 있었기에 외롭지 않았다.

그가 창안한 쾌검이 중원천하를 관통했으니 뿌듯한 마음을 금할 수 없었다. 비록 몸은 떨어져 있었지만 그의 존재는 환유성의 쾌검식 속에 함께 녹아 있었던 것이다.

다른 사람 같았으면 이역만리 변방에서의 뜻 깊은 해후에 감격해 부둥켜안고 눈물이라도 흘렸을 것이다. 이 넓은 세상 천지에서 이렇듯 우연하게 만났으니 그 인연만으로도 반가움과 감회에 젖어야 할 것이다.

하지만 두 사람은 정서적으로 메말라 그런 흥분에 젖는 일은 없었다. 그저 말없이 술을 대작할 뿐이다. 그것만으로 충분히 서로에 대한 교감을 느낄 수 있었다.

그들은 각기 하루 종일 마주 앉아 얘기를 해도 다 못할 사연이 있었지만 그런 이야기를 시시콜콜 말할 사람들이 아니다. 물론 들어줄 리도 없겠지만.

환유성이 어린 양을 통째로 구워 내온 구이를 뜯어먹으며 물었다.

"어디로 가는 길이오?"

"그냥 길을 따라가는 길일세. 자네는?"

"청해호 근방에 볼일이 있소. 백마성의 마두들이 있다 들었소."

마검노인은 고기를 한 점 베어 물고 우물거렸다.

"그동안 목 벤 놈만으로 황금은 충분히 벌었을 텐데 아직도 배가 고픈가?"

"현상범을 추적하는 일은 그만두었소."

"하기는. 천기자의 제자인 만박옥혜를 아내로 맞았으니 그 따위 일은 그만둬야겠지."

마검노인은 잔에 가득한 술을 입으로 가져갔다.

그는 자신의 신분을 숨긴 채 세상을 떠돌 뿐 은자(隱者)는 아니었다. 그의 귀는 세상을 향해 열려 있기에 웬만한 풍문은 모두 들어 알고 있었다. 특히 환유성에 대한 풍문과 소식은 아주 정통했다. 그에게 있어 유일한 낙은 환유성의 행보와 부단없는 성장이었던 것이다.

환유성은 입을 우물거리며 잔뼈를 뱉어냈다.

"그녀 때문이 아니오. 흥미가 사라졌소."

"뜻밖이군. 자네가 귀심동에서 죽었다는 풍문도 있었는데 얼마 전에야 다시 살아났다는 소식을 들었네. 아마도 커다란 변화가 있었나 보군."

"별로 없었소. 목에 현상금이 걸린 놈들을 굳이 찾아다니는 것이 귀찮아졌을 뿐이오."

마검노인은 가볍게 고개를 끄덕이며 빈 잔에 술을 따랐다.

그들은 서로의 잔에 술을 따라주는 일이 없다. 마시고 싶은 사람이 따라 먹어야 한다. 그런 면에서도 그들은 서로에게 부담이 없는 존재다.

"하면 백마성 놈들을 찾아갈 이유가 없지 않은가?"

"극검마왕이란 자에게 좀 볼일이 있소."

"전에 만난 적은 있는가?"

"없소."

환유성이 자신의 잔에 술을 따르자 마검노인은 스르르 눈을 감았다. 수백 년 묵은 고목의 껍질처럼 쭈글쭈글한 얼굴에 미세한 동요가 일었다.

"내가 좀 알지. 그는 과거 검궁의 주인으로 한때 천하제일검으로 불린 자일세. 강력한 패검을 구사하는 것이 노부와 유사하네. 불립마제가 그를 휘하로 거두지 않았어도 그는 세상이 두려워할 마검이 되었을 것이네. 무술을 배운 자는 누구나 절세고수가 되고 싶어하고, 검술을 배운 자는 누구나 절세신검이 되고 싶어하지. 하지만 검이 강하면 패(覇)가 되고 패가 한계를 넘으면 마(魔)가 되는 법일세. 극검마왕은 그런 자네."

환유성이 아무것도 묻지 않았지만 마검노인은 그가 왜 극검마왕을 찾아가려는지를 이심전심으로 짐작한 듯 극검마왕에 대해 상세히 말해 주었다.

"그는 천하오검 중 으뜸으로 불릴 만큼 뛰어난 검법을 지녔지. 과거

에도 검성급이었으니 이제는 검선의 경지에 올랐을지도 모르네. 그의 마검은 부딪치는 모든 것을 박살 내니 쾌검으로는 어림도 없어. 그의 유일한 결점은 자신의 검법에 대한 오만이지. 하지만 그 오만으로 인해 불립마제에게 패배한 이후 그 결점마저 버렸으니 태양천주나 월영서사라도 그를 쉽게 꺾지는 못할 것이야."

극검마왕과의 대결을 염두에 둔 환유성에게 있어 그의 말 한마디 한마디는 금과옥조였다. 대결에 임해 승산을 가지려면 상대에 대해 좀 더 알아야 한다.

당연히 감사한 마음으로 상세한 내막을 정중히 청해야 옳았지만 환유성은 시종 무관심한 표정이었다.

"나이가 들면 노파심이 깊어진다던데 노인을 보니 그 말이 맞는 것 같소."

"……."

"다 마셨으면 나갑시다."

"왜?"

"한번 겨루고 싶소."

환유성이 몸을 일으키자 마검노인의 외눈이 순간적으로 번득였다.

도전, 참으로 오랜만에 받아보는 도전장이었다.

아주 오래전 그는 자신의 검법을 믿고 뛰어난 천하의 검객들을 찾아다니며 검을 겨루었다. 무수한 검객들을 격파하면서 그는 절대패검이란 별호와 함께 천하오검의 일 인으로 손꼽히게 되었다.

그는 평생에 걸쳐 단 두 번을 패했는데 두 번 모두 태양천주에게 도전했다가 무릎을 꿇고 말았다.

이 후 그는 검을 버렸고 천하를 방황하는 신세가 되었다. 십수 년이 지난 지금 그는 세상에서 사라진 존재가 되었지만 폐인이 된 것은 아니다.

그는 검을 버려야만 도달할 수 있다는 검신의 길을 찾는 중이었다. 물론 그는 아직도 자신의 검에 대해 상당한 자부심을 지니고 있었다.

모처럼 받아보는 도전에 본능적으로 피가 끓는 것은 당연했다. 오백일 전 그의 심득을 배워 반검무적이 된 당돌한 녀석을 혼내주고 싶은 충동이 불길처럼 솟아올랐다. 그러나 환유성과의 대결은 마치 제자와 검을 겨루는 일이기도 했다.

마검노인은 나직이 한숨을 쉬며 술잔을 조용히 내렸다.

"앉게나. 자네와 더불어 술이나 더 마시고 싶군."

"두렵소?"

환유성의 한마디가 다시금 그의 자존심을 긁었다.

누가 감히 천하오검 중 하나인 그 앞에서 두려움을 거론할 수 있단 말인가? 그는 상대에게 두려움을 느끼게 할 사람이지 도전을 받고 두려움에 떨 그런 사람은 아니었다. 하지만 그는 끝내 도전을 받아들이지 않았다.

"예전에 자네에게 한 말이 생각나는군. 자네가 태양천주를 격파한다면 그 쾌검에 기꺼이 죽겠다 했던가?"

"쾌검으로 겨루자는 것이 아니오. 노인과 겨룰 때는 쾌검을 쓰지 않겠소. 다른 검식을 구사하겠소."

"……?"

"한번 보겠소?"

환유성은 평소의 그답지 않게 의욕을 보였다.

마검노인은 그의 눈에서 발하는 맑은 정광을 물끄러미 바라보다 희미한 미소를 지었다.

"자네 조금은 바뀐 것 같군."

환유성은 그가 일어설 기미를 보이지 않자 맥없이 걸터앉았다.

"난 그대로요."

"아니, 확실히 바뀌었어. 세상을 관조하는 듯한 나른한 권태로움이 사라졌어. 표정이야 그대로지만 무언가를 갈구하는 의욕이 느껴지네. 좋은 일이지. 난 막연한 길을 쫓고 있지만 자네는 나보다 조금은 근접해 있는 것 같네."

"그것이 무엇인지 알겠소?"

"나와 같은 길일세."

마검노인은 숫돌이 든 바랑을 어깨에 메고 몸을 일으켰다.

"나가세. 자네를 만난 기념으로 검을 갈아주겠네."

환유성은 의외롭다는 표정을 지었다.

"내 검을 말이오?"

"천하를 주유한 보람이 있어 현강(炫强) 숫돌을 구했네. 천하십대검으로 불리는 오대신검과 오대명검도 갈 수 있으니 능히 자네의 반검도 갈 수 있을 것이네. 일전에 갈지 못한 자네의 검이기에 꼭 갈고 싶구먼."

제47장

검이 무디어야 하는 이유

1

우물가에 자리 잡은 마검노인은 바랑에서 천으로 감싼 숫돌을 꺼내 들었다. 검푸른빛이 감도는 길쭉한 숫돌은 일견해도 범상치 않은 기운을 담고 있었다.

마검노인이 숫돌에 물을 뿌리자 마치 달군 쇠에 뿌려진 물처럼 치익 소리와 함께 뿌연 김이 피어올랐다.

"검을 주게."

마검노인이 손을 내밀자 환유성은 반검을 꺼내 그에게 건네주었다. 검을 받아 쥔 그는 신중한 표정으로 검을 살폈다. 검의 손잡이와 검신을 주의 깊게 살피던 그가 잔뜩 미간을 찌푸리며 중얼거렸다.

"예전보다 피의 냄새가 너무 짙군."

"최근에 좀 많이 죽인 적이 있소."

마검노인은 손끝으로 검날의 상태를 살폈다.

"소문에 들으니 무서운 살성이 난주성 밖에서 적풍사 전사들 팔십여 명을 일검에 베었다고 하더군."

"어쩔 수 없었소. 그 다음에도 수천 명이 날 죽이려 하기에 싸우다 보니 수백 명을 더 죽이게 되었소."

마검노인은 고개를 쳐들며 애꾸눈을 커다랗게 떴다.

"자네 혼자서 말인가?"

"그렇소."

환유성은 팔짱을 낀 채 지평선이 펼쳐진 들판을 바라보았다.

그도 인간이기에 수백 명의 적풍사 전사들을 살해한 일이 즐거울 수는 없었다. 아무리 생존을 위한 싸움이었다 해도 그토록 대량 살상을 벌인 사건은 기억에서 지우고 싶었다.

물론 그 자신이 용납할 수 없는 일이겠지만 그 하나의 목숨을 버려 수백 명을 살릴 수도 있었다.

그가 침중한 모습을 바라보던 마검노인은 반검의 검신을 손끝으로 어루만지며 고개를 저었다.

"자네에게 의(義)와 협(俠)에 대해 설교를 하고 싶지는 않네. 나도 그럴 자격이 없으니까. 하지만 한 가지는 말해 주어야겠네. 나도 한때는 수십 명의 비적들을 몰살한 적이 있지. 당시는 잔악한 비적들을 죽인 일을 의협이라 생각했네. 그들을 살려두면 많은 사람들을 괴롭히고 함부로 죽일 테니 오히려 선행을 했다 자부했지. 하지만 그것은 그릇된 판단이었네."

"……."

"사람의 목숨은 누구나 하나뿐일세. 그들이나 나나 마찬가지지. 목숨의 가치는 누구에게나 동일하네. 황제의 목숨이든 악인의 목숨이든

다를 바가 없어. 다만 죽은 자를 위해 슬퍼하는 사람이 많으냐 적으냐의 차이일 뿐일세."

마검노인은 현강 숫돌에 천천히 반검을 갈며 무거운 어조로 말을 이었다.

"검을 들고 무림에 뛰어들었으니 목을 베는 것은 피할 수 없겠지. 하지만 필요한 경우에만 목을 베게. 검에 많은 피를 묻힐수록 검은 마기를 띠게 되지. 결국 자네의 검도 마검이 될 것이네."

환유성은 팔짱을 낀 채로 여전히 지평선을 직시하며 반박하듯 말했다.

"난 기분에 의해 사람의 목을 베지 않소."

"물론 그렇겠지."

마검노인은 마른 천으로 반검을 닦으며 이리저리 살폈다.

"자네는 태양천주가 이십 년 가까이 천하의 절대자로 군림하면서도 왜 존경을 받는 줄 아는가? 사중악을 소탕하면서도 그가 살해한 자는 열 명도 되지 않았네. 그는 꼭 필요한 상황에만 검을 뽑을 뿐 여간해서는 무공도 함부로 펼치지 않네. 그는 진정한 인협(仁俠)일세. 무림사 이래 그런 사람은 다시 태어나기 힘들 것이야."

"모두가 태양천주처럼 될 수는 없지 않소."

환유성이 다소 억지스럽게 반박하자 마검노인은 검을 갈던 손을 잠시 멈추며 숫돌에 물을 뿌렸다.

"물론이지. 하늘에 태양이 하나이듯 태양천주도 하나뿐일세. 자네가 진정 태양천주와 검을 겨루고자 한다면 가급적 검에 피를 묻히지 말게나. 마검으로는 절대 그를 이길 수 없으니까."

"태양천주가 그토록 강하오?"

"어떻게 표현해야 할지 모르겠군."

잠시 손을 멈추었던 마검노인이 다시 반검을 갈기 시작했다. 검을 가는 그의 모습은 마치 하나의 예식을 치르는 듯 엄숙하기만 하다.

"무공으로만 논한다면 월영서시가 더 강할 수 있겠지만 그녀는 절대 태양천주를 능가할 수 없네. 내가 태양천주에게 두 번이나 패해서 하는 소리가 아니야. 태양천주는 지금보다 더 강해질 수 있는 사람일세. 하지만 그는 자신의 무공이 더 증진되는 것을 원치 않고 있네."

환유성은 언뜻 이해가 가지 않았다.

"왜 그렇소?"

"아무리 정의로운 자라도 절대무적이 된다면 교만해질 수밖에 없지. 사람의 욕심은 끝이 없어 욕심을 부릴수록 더 강해지려 하고 더 많은 것을 가지려 하네. 그는 그것을 깨달은 사람일세. 난 그에게 두 번씩이나 패하고서도 훨씬 많은 세월이 지난 후에야 깨달았네. 하기에 난 이미 마음에서 패해 다시는 그에게 도전할 수가 없게 된 것이네."

마검노인은 천으로 검을 닦고 살피더니 검신을 뒤집어 갈았다.

환유성은 물끄러미 그를 바라보다 석양으로 물들어가는 하늘로 시선을 돌렸다.

평지보다 무려 일천 장이나 높은 고원에 올라서 있지만 하늘은 여전히 높다. 이곳에서 천 장을 더 높이 올라간다 해도 하늘은 여전히 높은 저곳에 있을 것이다.

그는 마검노인을 만나 너무도 많은 것을 배우게 되었다.

그가 십수 년 후에나 깨닫게 될 검의 진정한 의미를 알려준 것이다. 그의 가슴에 가장 강렬하게 와 닿은 말은 교만에 대한 엄중한 경고였다.

'그래, 만상석부에서 기연을 얻은 이후 나도 모르게 교만에 젖었다. 천하 누구와 겨뤄도 지지 않는다는 자만심에 빠진 것이지. 그의 말대로 나의 검이 패검의 경지를 넘어섰다면 마검이 되었는지도 몰라. 피를 부르는 마검⋯⋯.'

그가 상념에 젖어들자 마검노인도 더는 말을 하지 않았다. 마검노인은 그를 만난 후 실로 많은 말을 한 것이다. 적어도 일 년치 분량은 될 것이다.

슥삭슥삭⋯⋯!

잠시의 침묵 속에 검을 가는 소리만 들려온다.

문득 다급히 다가서는 발걸음 소리에 환유성은 천천히 고개를 돌렸다. 토번족 무장이 군병들을 대동한 채 달려오고 있었다.

약간 거리를 두고 멈춰 선 토번족 무장은 잔뜩 경계하는 눈빛으로 환유성을 직시했다.

"귀하가⋯ 반검무적으로 불리는 환유성이오?"

"그렇소."

"적풍사 순찰당주와 팔십여 전사들을 일검에 몰살시킨 것도 사실이오?"

"그렇소."

토번 무장의 표정이 점점 공포로 젖어들었다.

"얼마 전에는 적풍사 삼천 전사들을 상대로 격전을 벌이며 수백 명을 죽인 것도 틀림없는 사실이오?"

"묻고 싶은 게 있거든 한꺼번에 물으시오."

환유성이 권태로운 표정을 짓자 토번족 무장은 사색이 되어 한 걸음 물러섰다.

"귀, 귀하는 왜 아직 떠나지 않고 있소?"

"검을 다 갈면 떠날 거요."

"왜 하필 이곳에서 검을 간단 말이오?"

토번족 무장은 숫돌에 검을 가는 마검노인과 환유성을 번갈아 보며 잔뜩 울상을 지었다.

"이보시오. 지금 적풍사의 무존과 최정예 전사들이 대거 몰려오고 있소. 우리 마을을 위해서라도 제발 떠나주시오."

"검만 갈고 떠난다 하지 않았소?"

환유성이 짜증스레 응수하자 토번족 무장은 사정하듯 말했다.

"반검무적, 적풍사 전사들이 밀어닥치면 이곳 청장원은 쑥밭이 되고 말 거요. 당신 하나 때문에 수많은 사람들이 고통을 당해야겠소?"

마검노인이 깨끗한 천으로 검을 닦으며 몸을 일으켰다.

"곧 떠날 테니 안심하게."

그 말에 토번족 무장은 비로소 안도의 한숨을 쉬며 중원식으로 포권의 예를 취했다.

"고맙소. 어서 떠나주시오. 적풍사 무리들은 남쪽에서 달려오고 있소. 서둘러 사천성으로 피신한다면 그곳까지는 쫓아가지 않을 것이오."

마검노인은 환유성에게 반검을 건네주었다.

"가세."

마검노인이 남쪽으로 방향을 잡고 걷자 환유성도 그를 따랐다.

토번족 무장이 놀라 외쳤다.

"이보시오, 적풍사 무리들이 그리로 온단 말이오! 어서 방향을 돌리시오!"

두 사람은 그의 우려를 귓전으로 흘리며 계속 걸어갔다. 주인보다 더 권태로운 모습의 소추가 터벅터벅 그들이 뒤를 좇았다.

토번족 무장은 어처구니가 없다는 듯 고개를 절레절레 저었다.

"미친놈들! 적풍무존이 친히 출동한 이상 너희는 이제 죽은 목숨이야."

2

구릉 뒤편에서 자욱한 흙먼지가 피어오르고 있었다. 대지를 질타하는 말발굽 소리가 요란하게 들려온다. 최소 수백 필의 말이 달리면서 내는 굉음이었다.

환유성과 마검노인은 무서운 적을 앞에 두고도 마치 산책을 나온 사람처럼 주변의 단조로운 경관을 감상하며 걷고 있었다. 하기는 지옥사자들이 떼거지로 몰려온들 눈썹 하나 꿈쩍할 그들이 아니었다.

환유성은 옆에서 따르는 소추의 목덜미를 다독여 주며 물었다.

"검을 갈기는 간 거요?"

"물론 갈았네."

"한데 왜 검날이 더 무디어졌소. 물론 예전에도 아주 예리한 검은 아니었지만 지금은 도끼 날보다 더 무디어진 것 같소."

마검노인은 의미심장한 미소를 머금었다.

"예리한 검을 원하는가?"

"그런 건 아니오. 공연히 검을 갈아 왜 무디게 만들었는지가 궁금할 뿐이오."

"검이 예리할수록 그 위력은 강하지만 정작 검술을 펼치는 사람에게는 하등 도움이 되지 않네. 오히려 검술을 퇴보시키지. 검성의 경지에 오르면 무딘 쇠막대로도 보검처럼 벨 수 있고, 검선에 등극하면 나뭇가지로도 무쇠를 자를 수 있네. 굳이 예리한 보검을 가지려 할 필요가 없지."

"……"

환유성은 또 한 번 신선한 충격에 젖고 말았다.

마검노인은 검에 대해 그보다 훨씬 많은 것을 깨우친 사람이었다. 그는 본능적으로 무도를 깨달아가고 있었지만 마검노인은 불도에 매진한 선승처럼 검을 화두(話頭) 삼아 검선의 단계를 밟아가고 있었다.

환유성은 만상백변식을 믿고 그와 대결하려 했던 자신이 부끄러워졌다.

그는 아직 만상백변식을 완전히 깨우치지도 못했으며 그 절학을 자신만의 검법으로 변화시키지도 못했다. 그저 전대 고인의 심득을 흉내내고 있을 뿐이었던 것이다.

마검노인은 그의 숙연해진 모습을 힐끔 보고는 가벼운 웃음을 터뜨렸다.

"허헛, 역시 변화가 있었던 게 확실해. 예전의 자네였다면 내 얼토당토않은 말을 귀담아듣지도 않았을 테니 말일세."

환유성은 자신의 속내를 드러낸 게 부끄러워 화제를 돌렸다.

"노인은 이제 다른 길로 가시오. 적풍사 무리들은 날 찾아온 것이니 이건 내 일이오."

"이번에도 그들 모두를 베어버릴 셈인가?"

"가급적 피하겠지만 도망갈 수는 없지 않소?"

"의롭지 않은 싸움을 피하는 건 부끄러운 일이 아닐세."

마검노인은 앞서 구릉 위로 올랐다.

그를 따라 완만한 구릉 위로 올라선 환유성은 지평선을 등진 채 몰려오고 있는 수백 필의 말을 내려다보았다. 커다란 깃발을 받쳐 든 그들은 적풍사 전사들이었다.

환유성은 덤덤한 표정으로 말했다.

"난 무엇이 의롭고 의롭지 않은지 분간할 수가 없소. 죽여야 할 자가 있거나 날 죽이려 하는 자와 겨룰 뿐이오."

"어렵게 생각할 필요 없네. 원치 않은 싸움이면 그것이 곧 의롭지 않은 대결이니까."

마검노인은 바랑을 고쳐 메고는 병기에 관한 자신만의 견해를 털어놓았다.

"천하인들은 오대신검과 오대명검을 최고라 평하지. 하지만 세상에는 그런 신검과 명검에 버금갈 병기들이 많이 있네. 태양천주의 의천검과 월영서시의 월환검, 일월도제(日月刀帝)의 쌍천도, 도황(刀皇)의 낙천신도(落天神刀) 또한 그에 못지않지. 자네의 반검도 그 부류에 드는 신검에 해당되네. 물론 병기는 주인을 제대로 만나야 빛을 발하는 법인데 자네의 반검은 오랜 세월 마음에 의해 단련돼 신검으로 화한 것이네."

"하면 평범한 장검도 신검이 될 수 있단 말이오?"

마검노인은 잔잔한 미소를 머금었다.

"천하의 어떤 신병도 처음에는 그저 쇳덩이에 불과했네. 훌륭한 장인을 만나 신병으로 변모한 것이지. 천고의 신검도 백정에 손에 들리면 소 돼지를 잡는 데 쓰일 뿐이니, 평범한 대장간에서 만들어진 장검도 의롭게 쓰여지면 신검으로 불리게 되지 않겠나?"

"내 반검이 신검이든 아니든 상관없소. 단지 내력이 궁금할 뿐이오."

환유성은 구릉 아래까지 바싹 접근해 온 삼백여 적풍사 전사들을 내려다보았다.

"나로서도 자네의 반검에 깃들어 있는 내력은 알지 못하네. 분명한 건 자네의 반검은 절대 마검이 될 수 없다는 데 있지. 반검의 주인은 검에 정의로운 기운을 주입시켜 놓았네. 자네는 그 정기를 훼손시키지 말게. 사악함과 살기가 지나칠수록 자네의 반검은 위력을 잃게 될 것이야."

말을 마친 마검노인은 휘적휘적 앞서 구릉을 내려갔다.

"그럼 또 보세나."

"노인!"

환유성이 그를 부르며 따르려 하자 그는 손을 내저었다.

"때로는 절세검법보다 한마디 말이 더 강할 때가 있네. 자네는 가고 싶은 길로 가게나."

"……?"

"참, 극검마왕의 황극검법은 건방(乾方)에 약점이 있네. 과거 극검마왕과 겨룰 때 그곳을 노려 겨우 평수를 이룰 수 있었지. 물론 그 이후 보완을 했겠지만 세상에 완벽한 검법은 없는 법일세. 힘으로 맞서지 말고 무도에 의한 심안으로 상대의 허점을 찾는다면 승산이 있을 것이네."

마검노인은 환유성을 위해 귀중한 조언을 남기고는 구릉 아래로 내려섰다.

적풍사 전사들이 좌우로 갈라지며 거대한 가마가 모습을 드러냈다. 스물네 명이 받쳐 든 가마는 지붕과 같은 덮개가 씌워졌고, 사방으로 망사 휘장이 드리워져 있었다. 휘장을 통해 비스듬히 기대앉아 있는 인물이 보인다.

마검노인이 가마로 다가서자 갑주와 투구로 무장한 친위 전사들이 그를 막아섰다.

"멈춰라!"

걸음을 멈춘 마검노인은 가마를 향해 외쳤다.

"적풍무존, 나를 몰라보겠소?"

일 수유의 정적이 흐른 후 가마 안에서 종이 깨지는 듯한 음성이 흘러나왔다.

"설마… 자네란 말인가?"

"저 청년은 내 친구니 이번 한 번은 그냥 돌아가 주시오."

"말도 안 되는 소리 말게! 우리 전사들 수백을 살해한 저 흉악한 놈이 어떻게 자네의 친구가 될 수 있단 말인가?"

"사실이오. 만일 내 친구를 해치려 한다면 나도 어쩔 수 없이 검을 뽑아야겠소."

마검노인의 외눈에서 강렬한 눈빛이 번득이자 총호법인 철환무적 가패륵이 앞으로 나섰다.

"무엄한 놈, 감히 뉘 앞에서 으름장을 놓는 것이냐!"

순간 가마 안에서 붉은 강기가 흘러나왔다.

퍼엉—!

"크헉!"

혈강에 적중된 가패륵은 피를 토하며 마상에서 나가동그라졌다. 그는 얼른 가마를 향해 부복하며 고개를 조아렸다.

"용… 용서하십시오, 무존."

"건방진 놈, 본좌의 오랜 친구에게 무슨 무례냐!"

가마가 내려지자 휘장이 벌어지며 붉은 신발이 모습을 드러냈다.

붉은 장포에 황금 피풍의를 두른 노인은 머리카락 한 올 없는 대머리였다.

안광이 번득이는 붉은 눈에서 간간이 번갯불이 피어올랐다. 호흡을 할 때마다 콧구멍을 통해 붉은 김이 뿜어져 나왔다. 허리춤에 보검을 차고 있는데 고색창연한 검집이 아주 돋보였다.

그가 바로 적풍사의 주인이며 새황사대천왕 중 하나인 적풍무존이었다. 강족(羌族) 출신으로 청해성과 신강의 드넓은 평원이 그의 관할 지역이었다.

그는 뒷짐을 진 채 꼿꼿하게 마검노인 앞으로 미끄러져 왔다.

"오랜만이오, 무존."

마검노인이 포권의 예를 취하자 적풍무존은 그의 어깨를 덥석 쥐며 종이 깨지는 듯한 광소를 터뜨렸다.

"카하핫! 과연 틀림없는 사공 아우로군. 한쪽 눈이 멀고 너무 늙어서 언뜻 못 알아봤네. 우리가 헤어진 지 어느덧 삼십 년도 넘은 것 같구먼."

"무존의 머리카락도 모두 빠졌소이다그려."

"아, 내 머리카락 말인가?"

적풍무존은 그에게 나직이 속삭였다.

"사실 젊은 계집을 만나 바람 좀 피웠다가 마누라한테 걸려 모두 뽑혔지 뭔가."

그는 한바탕 웃음을 흘리고는 구릉 위에 서 있는 환유성을 향해 외쳤다.

"네 이놈! 내 사공 아우를 만난 기념으로 이번만은 놓아주겠다. 또다시 본좌의 손에 걸리는 날에는 뼈도 못 추릴 것이다! 당장 사은숙배를 취하고 꺼져라!"

"……."

환유성은 물끄러미 그를 바라보다 소추의 안장에 올랐다.

만일 그가 마검노인을 만나지 않았다면 대결을 앞두고 먼저 발길을 돌리는 일은 없었을 것이다. 그것이 여태 그가 살아온 생활 방식이며 행보였다. 하지만 그는 마검노인을 만나 많은 것을 느끼고 깨달았다.

검을 맞대는 것만이 능사는 아니라는 사실이다.

여태 그가 대결을 회피하지 않은 건 자신의 무공에 대한 교만 때문일 수 있었다. 교만으로 인해 패검이 되고 마검이 된다면 그 또한 살성이 되고 마왕이 되고 만다. 결국 그가 추구하는 검신의 길과 점점 멀어지게 될 것이다.

'검을 단련하는 방법은 숱한 대결과 피가 아니라 마음이다. 마음으로 검을 갈고, 마음으로 검을 다스려야만 내가 원하는 길을 보게 될 것이다.'

환유성은 본능적으로 끓어오르는 도전 의식을 애써 억제하고는 구릉을 따라 천천히 소추를 몰아갔다.

적풍무존이 벼락같이 튀어 올랐다.

"이놈, 당장 대가리를 조아리지 못할까!"

그는 허공을 딛고 선 채로 쌍장에 공력을 운집시켰다.

마검노인의 눈빛이 잠시 동요되었다. 적풍무존이 그의 청을 거부했다 생각한 것이다.

하지만 그는 팔 소매 사이로 팔을 넣어 팔짱을 낀 채 잠시 관망하는 모습을 보였다. 적풍무존을 믿기로 한 것이다. 또한 환유성이 쉽사리 격동하지 않으리라는 것도 확신했다.

적풍무존은 환유성이 여전히 자신을 무시한 채 움직이자 삼십 장도 넘는 거리를 격한 채 쌍장을 발출했다.

"이노옴—!"

그가 연속적으로 쌍장을 내뻗자 적색의 광선이 꼬리를 물고 환유성의 주변으로 내리 꽂혔다. 밤하늘에 터지는 폭죽처럼 화려한 공세였다.

콰콰쾅—!

구릉의 능선이 폭발하며 자욱한 흙먼지가 피어올랐다.

한번 펼쳐지면 반경 삼십 장 이내를 초토화시키는 적풍무존의 절학 적풍혈륜강기였다. 뭉클뭉클 피어오른 먼지가 하늘에 거대한 먼지구름을 형성했다.

참으로 가공할 무공이었다.

환유성을 태운 소추가 딛고 선 일 장 주변을 제외하고 구릉 전체가 송두리째 뒤집혔다. 만일 환유성이 적풍무존의 공격을 피하려 했다면 가공할 적풍혈륜강기에 휘말렸을 것이다.

"가자."

환유성은 시야가 확보되자 소추를 몰아 파헤쳐진 함몰 지역을 건너 멀어져 갔다.

적풍무존의 코와 귓구멍을 통해 붉은 연기가 피어올랐다.

"으음, 이놈!"

그가 주먹을 불끈 쥐자 마검노인이 그를 올려다보며 나직한 웃음을 터뜨렸다.

"허헛, 무존의 적풍혈륜강기가 최고조에 이르렀구려. 가공할 강기를 펼쳐 내면서 살릴 자와 죽일 자를 가려낼 정도라면 이미 무신의 경지에 도달한 듯하오."

적풍무존은 마검노인이 자신을 한껏 치켜세우자 이형환위의 신법을 펼쳐 마검노인 앞으로 내려섰다.

"놈이 저렇듯 흔들림없는 오만함을 지녔다면 자네의 친구가 분명하군. 자네의 부탁으로 놈을 놓아주었으니 이제 어떻게 사례할 생각인가?"

"무존의 검을 갈아드리겠소."

"뭐야, 내 촉루검(蜀樓劍)을 말인가?"

적풍무존은 허리춤에 찬 촉루의 손잡이를 불끈 쥐었다.

고색창연한 검집에 숨겨진 검이 바로 천하오대명검 중 하나인 촉루검이다.

전국시대의 명장 구야자가 남긴 다섯 자루의 명검 중 반영(磐郢)과 촉루 두 자루는 새황으로 흘러갔다. 그중 하나인 촉루검이 적풍무존의 병기가 된 것이다.

마검노인은 바랑에서 천으로 감싼 현광 숫돌을 꺼내 들었다.

"어떤 신검도 갈 수 있는 현광 숫돌이 내게 있소."

"카하핫! 절대패검인 자네가 검이나 갈아주는 사람이 됐을 줄은 꿈에도 몰랐네."

적풍무존은 마검노인의 어깨에 다정하게 팔을 두르며 가마로 향했다.

"촉루검을 갈아준다니 내 별도로 사례하겠네. 대신 아주 날카롭게 갈아주어야 하네. 오대신검에 뒤지지 않게 말일세."

"무존은 예리한 검을 원하시오?"

"당연하지 않은가? 무딘 검으로 어디 짚단이나 하나 벨 수 있겠는 가?"

마검노인의 입가에 흐릿한 미소가 감돌았다.

"예리한 검을 원한다니 그리하겠소."

두 사람을 태운 가마가 스물네 명의 가마꾼에 의해 들려지자 적풍사 전사들이 겹겹이 호위하며 이동하기 시작했다.

두두두—!

그들은 한 덩이 먼지구름이 되어 지평선을 향해 멀어져 갔다.

환유성은 구릉 저편에서 적풍사 전사들이 일으키는 먼지구름을 바라보고 있었다.

아주 드물게 아쉬운 눈빛이 감돌았다.

그는 어느 누구와도 만나고 헤어지는 일에 무관심했다. 그의 아내가 된 벽소군과 헤어질 때도 눈길 한 번 돌리지 않았다. 그를 만난 모든 사람들이 그가 떠나가는 모습을 지켜보았을 뿐이다.

한데 그런 그가 마검노인의 떠나는 모습을 지켜보고 있었다.

오백여 일 만에 만난 해후치고는 너무 짧았지만 마검노인은 그에게 너무도 소중한 깨달음을 안겨주었다. 벽소군은 그에게 인간이 지녀야 할 감성을 일깨워 주었지만 마검노인은 무도의 높은 정신을 가르쳐 준 것이다.

그에게 사부는 없었다. 만상백변식을 남긴 만상존자도 그의 사부가 될 수 없었다. 그는 다만 고인이 남긴 절기를 배웠을 뿐이다.

적풍사 전사들이 일으키는 먼지구름이 완전히 사라진 후에야 그는 말머리를 돌렸다.

마검노인은 어느새 그의 마음속 스승이 되어버렸다. 무인으로서의 마음가짐과 검사로서 지녀야 할 정신을 깨닫게 해준 사람은 마검노인이 처음이었다.

그는 마검노인과 좀 더 많은 얘기를 나누지 못한 것이 못내 아쉬웠다. 청해호를 향해 소추를 몰아가면서 그는 나직이 중얼거렸다.

"다음에 만나면 조금 더 오래 술을 마십시다."

3

태양천후인 위지운설이 거처하는 예화전(藝花殿)은 온통 슬픔에 잠겨 있었다. 곳곳마다 애도를 기리는 흰 깃발의 조기(弔旗)가 세워졌다.

전각 별채에 마련된 제단 앞에서 소복 차림의 두 여인이 부복한 채 비통한 눈물을 흘리고 있었다.

"흑흑, 외증조부님."

위지운설은 머리를 산발한 채 고개를 조아리며 통곡했다. 그녀 옆에서 눈물을 뿌리는 여인은 벽소군이었다.

벽소군은 무림의 성현 쌍뇌천기자의 부음(訃音)을 전하기 위해 태양천을 찾아온 것이다.

그녀가 귀심신의로부터 어렵게 구한 반천속명독을 갖고 황산 검각에 당도했지만 천기동부의 입구는 이미 붕괴된 상태였다. 천기동부의 입구에는 쌍뇌천기자가 남긴 한 통의 유서가 있을 뿐이었다.

그녀로서는 하늘이 무너지는 충격이었다.

쌍뇌천기자는 그녀에게 있어 사부이자 부모와도 같은 존재가 아니었던가.

병든 몸으로 그녀를 길러주고 가르쳐 준 고마움은 백 번 죽어도 갚을 수 없는 은혜였다. 사부를 구하고자 위험을 무릅쓰고 귀심동까지 찾아가 약을 구해왔지만 모든 것이 허사가 되었다.

충격과 비통함을 이기지 못하고 천기동부 앞에서 혼절한 그녀는 반나절이 훨씬 지난 후에야 깨어나 비로소 사부의 안배를 깨닫게 되었다.

쌍뇌천기자는 이미 자신의 죽음을 예견하고 있었기에 일부러 그녀를 멀리 보낸 후 동부의 입구를 허물고 홀로 임종을 맞은 것이다.

두 개의 뇌를 갖고 태어나 고금 제일의 현자로 불리웠지만 그로 인해 평생토록 두통과 광증에 시달려야 했으니 이는 축복이 아니라 천형(天刑)이기도 했다. 결국 회한에 서린 이 갑자의 오랜 삶을 마감했으니 그에게는 오히려 편안한 영면일 수 있었다.

단정학은 벽소군을 검각 밖으로 데려다 준 후 아쉬운 작별을 하며 하늘 높이 날아올라 갔다. 그를 부리던 주인이 죽었으니 더 이상 방문객을 태우고 검각을 오갈 일이 없어졌기 때문이다.

위지운설은 겨우 충격에서 벗어나 서럽게 흘리던 눈물을 소매로 닦았다.

"달리 남기신 유언은 없었느냐?"

"소녀에게 한 통의 유서를 남기셨지만 단 한 구절이 적혀 있었을 뿐입니다."

"뭐라 하셨느냐?"

"가연(佳緣)을 맺었으니 십 년을 은인자중하라는 말씀이셨습니다."

위지운설은 잠시 생각에 잠기다 길게 한숨을 내쉬었다.

"과연 신인이시구나. 가연이라 함은 너와 환유성의 백년가약을 말하는 것이 아니겠느냐? 어른께서는 네가 반려자를 만나 혼례를 올릴 것임을 예견하셨고, 임종에 이르기까지 너만을 생각하신 게야. 십 년을 은인자중하라 일러주셨으니 어르신의 유시대로 낭군과 더불어 중원을 떠나 있는 것이 좋을 것 같구나."

"천후, 당금 천하가 위기에 처했는데 어찌 소녀의 안위만을 생각할 수 있겠습니까?"

벽소군이 단호히 말하며 고개를 젓자 위지운설은 그녀의 손을 꼭 쥐었다.

"그래, 네 생각이 그렇다면 천주의 무거운 짐을 덜어달라 부탁하고 싶구나."

두 여인은 절을 올리고는 제단을 나섰다.

강남의 겨울은 북방만큼 춥지 않았지만 곱게 물든 단풍이 모두 지고 앙상한 가지만 남아 다소 을씨년스러웠다.

두 여인은 나란히 회랑을 걸었다. 지붕이 씌워진 긴 복도는 제단이 마련된 별채에서부터 예화전 본채까지 연결돼 있었다.

똑같이 소복을 입었지만 두 여인은 모습은 너무도 비교되었다. 여인으로서는 더할 수 없이 추한 위지운설과 더할 수 없이 아름다운 벽소군.

위지운설은 잠시 망설이다 어렵사리 입을 열었다.

"소군, 이런 말 하기는 부끄럽지만 이제 고백해야겠구나."

"무슨 말씀이시온지……."

"솔직히 네가 너무 뛰어나 연아와 무영의 혼사에 지장이 있지 않을까 우려가 되기도 했어. 정말 미안하구나."

"아니옵니다, 천후."

벽소군은 양 볼을 붉히며 자신의 속내를 고했다.

"그리 말씀하시니 소녀 또한 부끄러움을 무릅쓰고 말씀드리지요. 소녀도 잠시 강 공자를 연모한 것이 사실입니다. 천하의 어느 여인이 강 공자 같은 분을 마다하겠습니까? 하지만 강 공자는 태양천을 계승할 분이며 누구보다 비연 동생과 어울리는 한 쌍이지요. 소녀가 환랑을 만나 가약을 맺은 것은 소녀뿐 아니라 모두에게 잘된 일이라 사료되옵니다."

"그래, 그렇게 생각해 주니 정말 고맙구나."

위지운설은 다정하게 그녀의 손을 쥐었다.

"환유성이란 사람은 한 번도 만나보지 못했지만 천주께서도 극찬하는 청년 영웅이니 소군의 배필이 되기에 충분할 거야. 부디 행복하길 바란다."

"고맙습니다, 천후."

"한데… 그의 가문 내력은 어떻게 되지?"

위지운설이 넌지시 묻자 벽소군은 일순 당황하고 말았다. 그녀는 부끄러운 표정을 지으며 음성을 낮추었다.

"사, 사실 소녀도 잘 모릅니다. 환랑은 자신에 대해 전혀 얘기하지 않았어요. 묻는다 해도 얘기해 줄 사람이 아니지요. 성격적으로 조금은 까다로운 사람입니다."

"그랬군. 뭐, 다정한 사람은 아니라 들었다. 하지만 소군은 현명하니 그를 바꿀 수 있겠지. 천하를 뒤집을 지혜가 있는데 무엇을 못하겠어?"

"예, 천후."

벽소군은 고개 한 번 돌리지 않고 떠나간 환유성을 떠올리자 가슴이 무거워졌다.

생각해 보니 그에 대해 아는 것이 너무 없었다. 그의 태생과 과거 내력 하나 그녀가 아는 것이 없었다. 평생을 함께 살아야 할 반려자이건만 그의 부모가 누구인지도 모른다. 최소한 기일이라도 알아야 제사라도 올릴 수 있지 않은가.

두 여인이 회랑을 벗어나 예화전 정원으로 향하고 있을 때 단목휘가 들어섰다. 두 여인이 급히 예를 올리자 단목휘는 벽소군의 손을 쥐며 애도를 표했다.

"소군, 어떻게 위로해야 할지 모르겠구나. 천기자 어른께서 타계하셨으니 이는 천하인 모두의 슬픔이야."

"사부님의 임종을 지키지 못한 것이 가슴 아플 따름이옵니다."

"후우, 그분의 뜻을 받들어 무림의 평화가 유지돼 왔는데 이제 천하의 짐을 홀로 짊어지는 것 같아 너무도 힘겹구나. 애통한 마음을 금할 수 없어."

위지운설이 공손하게 청했다.

"천주, 소첩 잠시 친정에 다녀올까 합니다. 문중의 가장 높으신 어른께서 임종을 맞으셨으니 친지들과 더불어 제사를 올리고 돌아오겠습니다."

"당연히 그리해야겠지만 천후까지 천을 나선다면 본 천이 텅 비게 될 것이오."

"하오면 천주께서도 출타할 계획이십니까?"

단목휘가 고개를 끄덕이며 다소 음성을 낮추었다.

"황궁에서 밀사를 왔소. 폐하께서 은밀히 날 뵙자 하셨소."

"폐하께서요?"

"자세한 내막은 폐하를 뵈어야 알겠지만 아무래도 북방에 심각한 문제가 발생한 듯싶소."

단목휘가 낯빛을 흐리자 벽소군이 심각한 표정으로 말을 받았다.

"큰일이 너무도 갑작스레 닥치는군요. 암흑마국이 공공연하게 아미파에 봉문첩까지 보낸 상황인데 북방에 변란까지 생긴다면 천하가 위태롭습니다."

단목휘는 잠시 주저하다 어렵게 입을 열었다.

"소군, 비통함에 젖어 있는 네게 부탁을 청할 계제는 아니다만 상황이 너무 다급하구나. 무영이 무사히 회복될지도 궁금하고 무상이 아미파의 위급함을 제대로 막아낼지도 걱정된다."

"하교하십시오, 천주. 소녀가 할 수 있는 일이라면 마다하지 않겠습니다."

"만일 견융의 오랑캐들이 다시 황도를 침공한다면 암흑마국을 비롯한 사중악도 함께 준동할 것이다. 본 천의 힘으로 그들 모두를 상대하기가 너무 벅차구나. 만일 그런 사태가 발생한다면 무림은 무영에게 맡길 수밖에 없는데 네 지략이 절실히 필요하구나. 물론 반검무적이 협력해 준다면 더할 나위가 없겠지만."

벽소군은 태양천주가 이렇듯 환유성의 존재를 높이 평가해 주자 내심 가슴이 뿌듯해졌다. 그녀는 활기 찬 어조로 대답했다.

"알겠습니다, 천주. 소녀가 아미산으로 가 상황을 알아보겠습니다.

연후 환랑을 찾아가 어떻게든 소녀가 설득해 보겠어요."

단목휘는 뒷짐을 진 채 노을에 물든 서쪽 하늘을 올려다보았다.

"그보다 청해호로 먼저 가봐야겠다. 감숙지부장의 통문에 의하면 반검무적이 청해성으로 갔다더구나. 무영을 격상시킨 극검마왕을 상대하겠다는 의도라는 것이야."

벽소군은 가슴이 덜컥 내려앉았다. 그녀의 슬기로운 눈빛이 심하게 동요되었다.

"환랑 혼자서 말입니까?"

"그래. 귀신동을 나온 이후 그의 무공이 급증했다 들었지만 극검마왕과 대적한다는 것은 아직 무리야. 더군다나 백마성은 아직도 세 명의 마왕과 수십 명의 마장들이 건재한 상황이다. 아마도 그를 말릴 사람은 소군밖에 없을 것 같구나."

단목휘가 심각히 우려하자 벽소군은 붉은 입술을 깨물었다.

환유성의 안위가 너무 걱정되었다. 극검마왕은 불립마제에 버금갈 대마왕이다. 한때 천하제일검으로 불렸던 자로 오대명검 중 하나인 보광검까지 지닌 절세고수가 아닌가. 환유성의 능력을 누구보다 잘 아는 그녀였지만 입 안이 바싹바싹 말라붙었다.

그녀는 환유성의 무모한 고집에 눈물마저 감돌았다.

"바보 같은 사람… 대체 어쩌자고……."

위지운설이 두 사람을 번갈아 보다 걱정스럽게 물었다.

"천주, 청해호까지는 만 리 길도 넘는데 소군이 어떻게 그를 저지할 수 있겠습니까?"

"그 문제는 내가 해결하겠소. 천후는 문상을 찾아가 천기자 어른의 조문 예식을 상의토록 하시오. 상황이 급박하니 당분간 천하에 조문령을 내리는 일은 삼가는 게 나을 듯도 하오."

"알겠습니다, 천주. 소첩은 천에 남아 별채의 제단에서 조문을 받도록 하겠습니다."

"그리 이해해 준다니 고맙소."

단목휘는 위지운설의 배려에 감격하여 다정한 미소를 지었다.

그녀가 예화전을 나서자 단목휘는 벽소군과 나란히 정자에 올랐다. 세상이야 어떻게 돌아가든 수면 위를 떼 지어 유영하는 물오리들은 한가롭기만 했다.

단목휘는 물오리 떼를 바라보며 입을 열었다.

"반검무적의 존재는 당금 천하에서 무영만큼이나 소중하다. 극검마왕과의 대결은 반드시 말려야 한다. 그가 천병무도에 올랐다 해도 아직 극검마왕은 이길 수 없어. 내가 나서고 싶어도 폐하의 밀명 때문에 청해로 갈 수가 없구나."

"아, 학공이 있었다면 만 리 길도 이틀이면 갈 수 있건만… 천주, 어찌하면 좋겠습니까?"

"내 소군에게 한 가지 경공술을 전수해 주겠다."

"아, 경공절기를 말씀이십니까?"

벽소군은 한쪽 무릎을 꿇으며 사의를 표했다. 환유성의 무모한 대결을 저지할 수 있다는 희망에 가슴이 부풀었다.

"감읍할 따름이옵니다, 천주."

"자, 일어나거라."

단목휘는 벽소군을 일으켜 세우고는 경공 구결에 대해 설명해 주었다.

"네 공력으로는 상승경공인 육지비행술이나 어풍비행술을 펼칠 수가 없을 것이야. 펼친다 해도 멀리 갈 수가 없지. 내 지난번 연아를 구하기 위해 섬북으로 가던 중 한 가지 심득을 얻게 되었다. 공력을 최소한 소진시키며 비행술과 같은 빠른 경공법을 펼칠 수 있는 방법을 깨닫게 된 것이지."

그는 모두 마흔여덟 자의 구결을 일러주었다. 연후 구결에 대해 상세히 풀이해 주자 영특한 벽소군은 이내 삼할 정도를 깨우칠 수 있었다.

"이름은 현허비천술(弦虛飛天術)로 정했다. 맞바람을 받아도 파도처럼 넘어갈 수 있고, 뒷바람을 받으면 한 모금의 진기로 새처럼 날 수 있지. 공력 소모가 심하지 않으니 잠깐씩 휴식을 취하면 닷새 안에 청해성까지 당도할 수 있을 것이다."

"아, 과연 신묘한 경공술이군요. 하지만 청해성이 워낙 광대해 환랑을 어떻게 찾아낼 수 있을지 걱정됩니다."

벽소군이 우려를 표명하자 단목휘는 비찰각을 통해 입수한 정보를 말해 주었다.

"일단 청해호를 찾아가라. 백마성 잔당들이 은신해 있는 곳이 청해호 북변이라 했으니 단서를 찾아낼 수 있을 것이다."

"알겠습니다, 천주."

벽소군은 한 마리 새가 되어 동정호 수면 위를 가로질렀다.

새처럼 양팔을 펼친 그녀는 발끝으로 수면을 찍고는 삼 장 높이로 솟구쳤다. 현천비천술은 도약의 높이는 낮추었지만 최대한 멀리 날아갈 수 있도록 고안되었기에 그녀는 한 번에 삼십 장을 건너뛸 수 있었다.

겨울의 세찬 바람이 그녀의 귀를 얼리고 볼을 붉게 물들였지만 추위를 느낄 겨를도 없었다. 그녀로서는 일각이라도 빨리 청해성에 당도하고픈 마음뿐이었다.

'환랑, 제발 죽지 말아요. 당신이 죽으면… 소녀도 살고 싶은 생각이 없어요.'

■ 제48장
또 하나의 악마지공

1

청해호는 중원과 새황을 통틀어 가장 거대한 호수다. 게다가 염분이
함유돼 있어 내륙의 바다로 불린다. 높은 천장고원 위에 자리한 광대
한 호수 앞에 서면 마치 만경창파로 넘실대는 바다를 대하는 듯 숙연
해지고 만다.

청해호 주변의 마을은 강족과 토번족이 어우러져 살고 있다.

여느 곳과 달리 내해에 인접해 있기에 목축과 더불어 배를 타고 나
가 물고기를 잡는 일도 겸하기에 비교적 정착된 마을이 형성돼 있다.

정착민들은 이동 성향이 강한 유목민과는 달리 비교적 성격이 온순
해 호변의 부락들은 안정된 삶을 영위하고 있었다.

청해객반(青海客飯)은 청해호가 내려다보이는 구릉 위에 세워져 있
는데, 이동식 파오와는 달리 나무 기둥을 깊이 파서 묻은 천막이라 제
법 견고했다.

천막 위에는 고원 위로 불어오는 찬바람을 막기 위해 들소 가죽과 양 가죽을 덮어씌웠기에 겨울 나그네들의 안락한 쉼터로 부족함이 없었다.

천막 안에는 원형 화덕이 지펴져 있어 훈훈하기까지 했다.

환유성은 통나무 탁자 앞에 앉아 구유주로 목을 축이고 있었다. 마검노인과 헤어진 후 청해호를 찾아오기는 했지만 백마성 잔당들의 은신처는 오리무중이었다.

수평선이 보일 만큼 넓은 청해호는 소추의 날랜 발걸음으로도 보름은 달려야 겨우 한 바퀴를 돌 수 있을 정도로 광대했기에 주변의 산지와 협곡은 이루 헤아릴 수 없을 만큼 많다. 그 어느 곳에 백마성 마인들이 숨어 있을지는 마른 섶 속에서 바늘 찾기였다.

환유성은 나무를 깎아 만든 술잔을 내리며 잠시 생각에 잠겼다.

'달리 방법을 찾아야겠어. 이런 식으로는 반년이 지나도 놈들의 소굴을 찾아낼 수 없을 것 같아.'

추적술의 달인인 그였지만 낯선 땅에서 단서 하나 없이 백마성의 은신처를 찾아내기는 역시 무리였다. 더군다나 토착민들과 말도 제대로 통하지 않아 의사 소통에도 어려움이 많았다.

천막 밖이 잠시 어수선해졌다.

다수의 나그네들이 찾아온 듯 말 울음소리가 요란했다. 귀에 익은 한어(漢語)가 몇 마디 들려오기는 했지만 많은 사람들의 방문치고는 지나치게 조용했다.

두터운 휘장이 젖혀지며 세 사람이 들어섰다.

긴 천으로 머리와 얼굴을 감싼 여인과 호위로 보이는 두 중년인이었다. 중년인들의 표정은 얼음 조각상처럼 차가웠고 진회색 눈빛에는 감정 하나 실려 있지 않았다. 허리춤에는 각기 묵도가 꽂혀져 있었다.

두 중년인이 천으로 전신을 감싼 여인을 화덕 근처의 탁자로 안내했다. 여인은 무릎도 굽히지 않은 채 미끄러지듯 움직였다.

환유성은 입으로 가져가던 술잔을 멈추었다.

"……?"

주변에 대해 도무지 관심을 표명하지 않는 그였지만 이 순간만은 피가 본능적으로 싸늘하게 냉각되었다. 그는 두 가지 기운을 동시에 느끼게 되었다. 하나는 칼날처럼 차디찬 살기였고, 다른 하나는 음습한 마기였다.

등을 돌리고 있어 상대를 볼 수 없지만 그는 무도에 의한 심안으로 그들의 존재를 어느 정도 파악하였다.

'고도의 수련을 거친 살수들이군. 과거 날 노렸던 살수들과 유사한 살기야. 다른 한 명의 마기는 백마성 마왕들보다 훨씬 강렬하다.'

그는 고기를 굽고 있는 주인을 향해 빈 술병을 들어 보이며 힐끔 세 사람 쪽으로 눈길을 돌렸다. 공교롭게도 천으로 몸을 감싼 여인이 소매로 먼지를 털어내다 그와 시선이 마주쳤다.

순간, 눈만 드러낸 여인의 동공이 더할 수 없이 확대되었다.

환유성은 너무도 매력적인 여인의 눈매에 일순 현혹되었지만 별빛 같은 눈망울에서 뿜어지는 충격과 분노, 그리고 깊이 잠재된 사악함에 절로 눈살을 찌푸렸다.

그는 먼저 눈길을 돌리지 않는 성격이었지만 생면부지의 여인을 계속 직시할 수도 없기에 자연스레 고개를 돌리며 양 고기를 한 점 집어 들었다.

그는 양 고기를 우물거리다 문득 기이한 생각에 젖게 되었다.

'이상하군. 분명 어디선가 보았던 눈빛인데……?'

천으로 감싼 여인은 두 호위에게 뭔가 지시를 하고는 몸을 일으켰다. 그녀는 사뿐히 걸음을 옮겨 환유성 앞으로 다가섰다.

"잠시 자리를 함께해도 될까요?"

촉촉이 젖은 듯한 음성은 꿀처럼 감미로웠지만 다분히 도전적인 기운을 담고 있었다.

환유성은 천천히 고개를 들어 여인을 응시했다. 그는 여인의 눈에서 언뜻언뜻 뿜어지는 요사한 기운을 직시하며 물었다.

"우리 구면이오?"

"그래요. 예전에 만난 적이 있지요. 내 옥신까지 본 적이 있을 텐데 날 못 알아보다니 섭섭하군요."

여인이 마주 앉자 그는 비로소 그녀의 정체를 간파할 수 있었다. 그는 냉소를 지으며 물었다.

"고귀한 군주가 머나먼 새황 땅에는 어쩐 일이오?"

여인은 머리와 얼굴을 가린 천을 풀어 내렸다.

여인으로서 더 이상 아름다울 수 없을 만큼 완벽한 미모가 드러났다. 매화처럼 붉은 미소를 함빡 머금고 있는 여인은 바로 화옥군주 주화령이었다.

"환 공자, 이렇게 만나게 될 줄은 꿈에도 생각지 못했어요. 진심으로… 정말 진심으로 만나고 싶었어요."

그녀는 전혀 예기치 못한 상봉에 감정을 추스르지 못하고 가늘게 전율했다. 그녀의 음성은 주체할 수 없는 격동과 흥분으로 긴 여운마저 일으켰다. 반가움에 젖은 해후라기보다는 오랫동안 찾아 헤매던 원수를 만난 사람의 격분이 여실히 느껴졌다.

환유성이 무심하게 응수했다.

"왜 날 만나고 싶어했소?"

"그 이유는 잠시 후에 말씀드리죠."

그녀는 환유성 앞에 놓인 술잔을 들어 벌컥벌컥 마셨다.

천막 안에 있던 강족 술꾼 세 사람은 주화령의 두 호위에 의해 쫓겨 나고 있었다.

두 호위는 주방을 겸한 긴 화덕 앞에서 고기를 굽던 주인 부부마저 몰아냈다. 물론 그들의 손에 큼지막한 은덩이가 주어졌지만 그들은 손에 쥐어진 은덩이가 탐나서가 아니라 두 호위의 차디찬 눈빛에 쫓겨난 것이다.

넓은 천막 안에는 환유성과 주화령 둘만 남게 되었다.

주화령은 더위를 느낀 듯 앞자락을 살짝 벌렸다. 젖 가리개도 하지 않아 풍만한 육봉이 반쯤 드러나 보였다. 그녀는 환유성을 대하는 순간부터 시종 미소를 잃지 않았다. 가슴속에 맺힌 한과 분노가 타오르는 사악한 미소였다.

"당신… 날 보고 싶은 마음은 없었어요?"

"전혀."

"섭섭하군요. 난 한시도 당신을 잊은 적이 없었는데."

주화령이 가볍게 어깨를 흔들자 비단 옷이 미끄러지며 백설처럼 흰 목덜미와 동그란 제비 어깨가 드러났다. 몸의 일부만 드러냈건만 색기가 물씬 풍겨나는 농염함과 폭발적인 관능은 가히 살인적이었다.

그녀의 눈빛에 은은한 핏빛마저 감돌았다. 마교비전의 미안색심마공(美顔色心魔功)이 펼쳐진 것이다.

"호호, 환 공자. 이래도 날 보고 싶지 않았어요?"

그녀는 옷 속에 손을 넣어 자신의 육봉을 어루만지며 감미로운 신음을 흘렸다.

"아… 난 당신을 얼마나 그리워했는지 몰라요."

그녀의 봉긋한 젖가슴이 옷을 헤집고 드러나자 미안색심마공의 강도는 훨씬 고조되었다.

미안색심마공은 무림 사상 가장 강력한 색공으로 백 년 면벽한 선승마저 파계시킬 마력을 지니고 있었다. 더군다나 그녀의 용모는 워낙 빼어나 철의 심장을 가진 자라도 그녀의 악마적 유혹 앞에 무릎을 꿇지 않을 수 없는 일이었다.

환유성은 물끄러미 그녀를 응시하다 씹던 고기 뼈를 내뱉었다.

"역겹군. 그새 창녀가 되었소?"

"……!"

주화령은 뇌전을 맞은 듯 전신을 와들와들 떨었다. 그녀는 입술을 질끈 깨물며 옷고름을 여몄다. 잠시 전 꽃처럼 화사한 미소를 짓던 그녀의 표정이 야차처럼 일그러졌다.

그녀는 씹어뱉듯이 외쳤다.

"환.유.성! 네놈의 가슴을 갈라 심장을 보고 싶구나! 감히 내 색공을 이겨내다니!"

환유성의 입가에 희미한 조소가 맺혔다.

"도적놈과 놀아나던 군주의 알몸까지 보았는데 그 정도로는 어림도 없지. 중산왕의 딸만 아니었다면 그 역겨운 짓거리에 목이 달아났을 거다."

"오호호호!"

요사한 웃음을 터뜨린 주화령은 냅다 통나무 탁자에 일장을 가했다.

"죽을 놈은 너다!"

펑―!

통나무 탁자가 폭발하며 파편 조각이 하나하나 암기가 되어 환유성의 전신 요혈로 날아들었다.

워낙 가까운 거리에서 펼쳐진 기습이라 환유성을 피할 겨를도 없었다. 다행히 만상심법이 본능적으로 운기돼 호신강막이 펼쳐지며 파편 조각을 가루로 만들었다. 동시에 그의 절세적 쾌검이 허공을 갈랐다.

번― 쩍―!

지극히 쾌잔한 섬광이 주화령의 몸을 세로로 길게 베어버렸다. 그녀의 형상이 미간을 따라 가슴까지 베어지며 좌우로 갈라졌다. 베어진 머리카락 몇 올이 소리없이 바닥으로 내려앉는다.

"……?"

환유성은 몸을 일으킨 채 쾌검을 전개했던 손을 내렸다.

분명 베었지만 참혹하게 쪼개진 주화령의 형상이 연기처럼 사라지고 있었다. 그것은 단지 잔상일 뿐이었기에 피 한 방울 흘러나오지 않았다. 그녀는 전설적인 이형환위 신법을 펼쳐 환유성의 쾌검을 피해낸 것이다.

그녀는 섬섬옥수를 들어 베어진 머리카락을 쓸어 넘겼다.

"호호, 소문대로 네놈의 쾌검이 최고조에 이르렀구나. 하지만 그 알량한 수법으로는 절대 날 이길 수 없지."

환유성은 내심 놀라움을 금할 수 없었다.

비록 그녀를 죽이고자 전력을 다한 것은 아니었지만 그의 절세적 쾌검식을 감당할 자는 흔치 않다. 그는 숱한 강적들과 겨뤄봤지만 이렇듯 가볍게 그의 쾌검을 피한 자를 만난 적이 없었다.

"제법이군."

"호호, 네놈은 큰 실수를 했어. 만일 내 색공을 거부하지 않았다면 죽기 전에 그나마 지극한 쾌락을 맛보았을 텐데 말이야. 사실 네놈을 꼭 굴복시키고 싶었지."

"네 추한 몸뚱이는 관심없어."

자존심을 여지없이 긁어대는 그의 냉담한 응수에 주화령은 이를 부득부득 갈았다.

"발칙한 놈. 네가 날 이렇게 망가뜨린 거다! 네가 내 말대로 고결한 군주로서의 면모를 증언해 주었다면 난 여전히 화옥군주로 남아 있었을 것이야!"

"난 사실을 말했을 뿐이다."

"닥쳐! 요동의 오랑캐 따위가 감히 황족인 날 능멸하고도 살아남을 것 같으냐! 내 오로지 네놈을 찢어 죽이고자 혈경을 수련한 것이다!"

주화령의 전신에서 피처럼 붉은 마기가 화르륵 피어올랐다.

불꽃 같은 형상이었지만 열기는 느껴지지 않았다. 대신 회전하는 톱날처럼 예리한 기운이 그의 전신으로 파고들었다. 가히 압도적인 악의 기운이었다.

그 강렬한 마기는 지옥삼흉 중 하나인 잔황혈신도 미치지 못할 정도였다. 외견상 그녀가 너무도 아름답기에 색기가 더 강렬하게 발산되는 듯 보였지만 내면에 숨겨진 마기는 환유성이 여태껏 대적해 본 누구보다 가공했다.

"천마혈인(天魔血印)!"

그녀의 손바닥이 핏빛으로 화하며 장인(掌印)을 뻗어냈다.

장인의 형상이 서른여섯 개로 불어나며 환유성의 전신을 향해 쏟아져 내렸다. 광풍노도와 같은 기세였다. 마치 팔이 여섯 개 달린 삼두육비의 마신이 일시에 공세를 펼친 듯 지상은 온통 핏빛으로 물들었다.

'이런 마공이 있었단 말인가?'

환유성은 감히 방심하지 못하고 양손으로 반검을 쥐었다.

장인은 장법과 달리 진기를 강기로 응축시키는 상승무공이다. 하나의 장인을 형성하는 것만도 절정급 수법인데 무려 서른여섯 개의 장인을 동시에 발출한 것을 감안한다면 그녀의 무공 수위는 화경에 달한 듯싶었다.

"묘유자결!"

환유성은 만상백변식을 전개했다.

피피핑―!

서른 개의 검형이 일시에 분출되며 주화령의 장인을 향해 뻗어 나갔다. 붉은 장인과 흰빛의 검형이 어우러지는 한판의 격돌은 극치의 무학이 보여주는 환상 같은 한 장면이었다.

콰― 콰쾅―!

엄청난 폭음과 함께 붉고 푸른 강기가 폭죽처럼 터지며 대형 천막을 갈기갈기 찢어버렸다. 마치 폭풍이 휩쓸고 간 듯 청해객반의 천막은 흔적도 없이 사라진 채 흉물스럽게 뒤집혀진 땅거죽만 드러났다.

'으윽!'

환유성은 반검을 통해 전해지는 극심한 반탄력에 손아귀가 파열될 것만 같았다. 전신 경맥을 타고 흐르는 진기가 심하게 들끓었다. 만상심법 덕분에 내상은 면했지만 워낙 강력한 충격으로 눈앞에서 별이 반짝거렸다.

주화령은 자신의 손바닥에 깊이 새겨진 검흔을 보며 입술을 질끈 물었다.

"으으… 혈경의 마공으로도 네놈을 쓰러뜨리지 못할 줄이야!"

그녀는 손바닥을 타고 흐르는 피를 혀로 핥았다.

피 냄새 때문인지 그녀의 눈빛은 인성이 말살된 악귀의 눈빛으로 화
했다. 그녀의 전신에서 뿜어지는 마기로 인해 주변 삼 장 이내가 시커
멓게 변색되었다.

"오호호, 네놈을 곱게 죽이지는 않을 것이다!"

그녀는 허공으로 둥실 떠올랐다.

"천마파뢰멸(天魔破雷滅)!"

어마어마한 뇌성벽력이 터지며 수십 가닥의 핏빛 뇌전이 지상을 향
해 내리 꽂혔다. 분노한 천신이 내던지는 핏빛의 번갯불이었다.

환유성은 반검을 곧추세운 채 한 발을 축으로 빙글 몸을 회전시켰
다.

"만상백변— 축미진술—!"

그의 신형은 사라진 채 무수한 검형이 일시에 폭발해 올랐다. 너무
도 강렬한 섬광에 주변은 암흑이 되었고 일순 세상이 정지했다. 보이
는 것은 마흔여덟 개의 검형과 내리 꽂히는 붉은 섬전뿐이었다. 실로
믿기 어려운 천지조화였다.

꽈— 꽈꽝—!

흡사 세상의 종말 같은 굉음이 터지며 붉은 마기와 백색의 검형이
파편처럼 으스러지며 사위를 휩쓸었다.

수백만 근의 폭약이 터진 듯 지표면이 연속적으로 폭발하며 돌개바
람을 일으켰다. 삼십 장이나 떨어진 청해호마저 준동해 높은 물기둥을
피워 올렸다.

격돌을 중심으로 십 장 이내는 완전히 뒤집혀져 암석마저 으깨졌다. 화산이 터진 듯 분화구와 같은 거대한 구덩이가 패인 것이다. 자욱한 흙먼지는 하늘 높이 솟구쳐 백 리 밖에서도 볼 수 있을 만큼 거대한 먼지구름을 형성했다.

"흐으윽!"

주화령은 온통 피투성이가 되어 비틀비틀 뒤로 물러섰다.

상의는 걸레 쪽처럼 찢긴 채 허리 위로 걸려 있었다. 본래는 백설처럼 흰 피부였지만 육봉과 어깨, 등판 할 것 없이 그물망처럼 베어진 것이다.

만약 그녀가 혈강지체를 연성하지 못했다면 이미 그녀의 육신은 산산이 조각났을 것이다.

"으으… 이럴 수가… 이럴 수가!"

그녀의 눈에서 붉은 핏물이 주르륵 흘러내렸다.

내상 때문이 아니었다. 자신의 모든 것을 바쳐 연성한 천마혈경의 마공으로도 상대를 제압하지 못한 비분으로 혈루를 뿌리는 것이었다.

양손으로 반검을 움켜쥔 환유성은 핏기 하나 찾아볼 수 없는 창백한 모습이었다.

반검을 쥔 그의 손이 여전히 떨리고 있었다. 흰 장삼은 여러 곳에 구멍이 났고 피부에 붉은 반점이 새겨져 있었다. 너무도 강력한 충격에 정신이 혼미해졌다.

치솟는 선혈을 애써 참으려 했지만 입가를 비집고 실낱같은 핏줄기가 흘러나왔다.

'으음, 실로 가공하군. 악마지공에 버금갈 마공이다.'

그가 만상심법을 운기해 들끓는 기혈을 가라앉히려 하자 주화령은 주먹을 불끈 쥐며 피를 뿜듯 외쳤다.

"죽여라, 죽여!"

그녀의 외침이 터지는 순간 지표면을 뚫고 여러 가닥의 검기가 솟구쳐 올랐다.

쐐애액―!

여덟 가닥의 검기는 정확히 환유성의 팔대사혈을 향해 날아들었다. 오로지 살인만을 위해 창안된 필살 수법이었다.

번― 쩍―!

환유성의 쾌검이 가볍게 주변을 휩쓸었다.

날아들던 검기는 그의 몸에 이르기도 전에 스러지고 바닥으로 여덟 구의 시체가 널브러졌다. 위장포로 은신해 있던 자들이 죽어서야 비로소 모습을 드러낸 것이다. 얼마나 혹독한 수련을 거쳤는지 그들은 죽으면서도 비명 한 번 발하지 않았다.

쐐애액―!

살수들의 공세는 계속해서 이어졌다.

주화령을 수행하던 청년들은 모두 가혹한 수련을 거친 살수들로 죽음에는 무관심했다. 그들은 상대가 누구든 명령을 따를 뿐이었다.

그들의 살인 수법은 쾌잔하기 짝이 없었지만 절세적 쾌검을 지닌 환유성에게는 그다지 위협이 되지 못했다. 또한 그들의 교묘한 은신술도 심안을 지닌 환유성에게는 별 효과가 없었다.

환유성의 쾌검이 번득이는 순간 다시 일곱 명이 베어지며 참혹한 모습을 드러냈다.

"물러서라!"

삭막한 외침과 함께 혈야쌍위로 불리던 두 중년인이 환유성의 좌우로 내려섰다. 그들의 눈빛은 환유성보다 더 무심했다. 동공마저 흐릿해 어느 곳을 주시하는지 모호하기까지 했다.

환유성은 그들의 전신에서 뿜어지는 살기를 감지하며 과거의 한 조각을 떠올렸다.

'이제야 알 것 같군. 과거 날 기습했던 자들 역시 이들과 같은 중산왕부의 살수들이었어.'

혈야쌍위는 묵도를 발출하기 위한 발도 자세를 취했다.

환유성은 두 살수를 좌우에 두었지만 그의 시선은 주화령에게만 고정돼 있었다. 그의 적수는 그녀뿐이었다. 그는 이미 웬만한 살수들의 살법으로는 옷자락 하나 베지 못할 불침지체에 올라 있었던 것이다.

무심하기만 한 두 살수의 회색 빛 눈망울에 심한 동요가 일렁였다.

그들은 절실히 느낄 수 있었다. 그들의 눈에 비친 환유성은 거대한 산이었다. 자신들의 살법이 도저히 미칠 수 없는 존재임을 깨달은 것이다. 그러나 영을 받은 이상 물러설 수 없는 것이 살수 조직의 율법이었다.

혈야쌍위는 동시에 몸을 날리며 환유성의 목과 심장을 노려왔다.

"섬쾌살!"

그들의 손이 허리춤의 묵도를 뽑으려는 순간 아찔한 섬광이 터져 나왔다.

번― 쩍―!

쾌검의 속도는 믿을 수 없을 만큼 빨랐다.

날아들던 혈야쌍위는 그대로 고꾸라졌다. 그들의 묵도는 허리춤에서 반쯤 뽑힌 상태에서 멈춰졌다. 목이 달아난 두 시체는 살수들의 피로 얼룩진 핏물 속을 데굴데굴 굴렀다.

주화령의 눈빛이 싸늘하게 빛을 발했다.

"무서운 놈. 혈야쌍위조차 상대가 안 되다니!"

살수들이 환유성을 상대하는 동안 기력을 회복한 그녀는 유령처럼 미끄러져 왔다.

그녀의 회복력은 놀라워 상반신에 그어진 혈흔이 거의 아물어가고 있었다. 탐스런 육봉마저 그대로 드러내 놓고 있었지만 전혀 개의치 않는 표정이었다.

환유성과 마주 선 그녀는 오히려 가슴을 벌려 봉긋한 육봉을 자랑했다.

"환유성. 네놈이 쉽게 죽지 않아 날 더 즐겁게 만드는구나."

"난 너 같은 계집을 일검에 못 죽여 짜증나."

"호호, 혈경의 마공은 무궁무진하다. 난 겨우 삼할만 연성했을 뿐이지. 그 정도만으로 충분하다 자부했는데 네놈을 만나 많은 것을 깨닫게 되었다. 네놈을 때려죽인 후 좀 더 연공해야겠어. 그런 면에서 네놈에게 고맙다 말하고 싶구나."

주화령은 가슴 앞에 쌍장을 교차시켰다.

"물론 그전에 네놈을 꼭 죽여야지."

그녀는 환유성을 향해 양 손바닥을 펼쳐 보였다. 그녀의 하얀 손바닥이 핏빛으로 붉게 물들었다. 너무도 선연한 핏빛이라 금세라도 터져 흐를 것만 같았다.

화르륵!

주화령의 전신에서도 핏빛처럼 붉은 불꽃이 피어올랐다. 뜨거움이 느껴지지 않는 불꽃이었다.

그녀를 수행해 온 살수들은 급급히 몸을 날려 백 장 밖으로 피신했다. 그들은 주화령이 펼쳐 낼 마공의 위력을 누구보다 잘 알고 있었던 것이다.

"……?"

환유성은 진홍빛 혈인으로 화해가는 주화령을 직시하며 소름이 돋았다. 본능적으로 전신 팔만 사천 모공이 바싹 오그라들었다.

주화령의 전신에 서린 악마적 기운은 이미 사위를 뒤덮고 있었다. 비릿한 냄새에 정신마저 혼미해졌다. 음습한 마기가 번득이며 그의 피부를 베어왔다. 쿵쿵 뛰는 심장의 고동 소리가 귀를 울린다.

환유성은 일순 귀명마공이 펼쳐 낸 가공할 위력의 악마지공을 뇌리에 떠올렸다.

'이건 악마지공이다!'

주화령의 전신으로 악귀의 형상들이 피어올랐다.

흉악한 몰골을 드러낸 채 아가리로 불을 뿜어내는 악귀들의 형상은 접하는 순간 전신의 피가 동결될 만큼 끔찍했다. 피와 죽음에 굶주린 악귀들은 괴성을 질러대며 불꽃처럼 꿈틀거렸다.

주화령은 인간의 형상을 지녔지만 더 이상 인간이 아니었다.

붉게 충혈된 두 눈은 동공마저 사라져 사악한 기운을 발했고, 드러난 피부는 투명한 핏빛으로 화했다. 머리카락이 붉게 변색되었고 송곳니가 도드라져 입술 밖으로 비집고 나왔으며 손톱까지 날카롭게 치솟았다.

"오호호! 겁황마극염!"

주화령은 요사한 웃음을 터뜨리며 양손을 쭉 뻗었다.

콰류류류—!

악귀 형상들이 불덩이를 내뿜으며 날아들었다.

하늘과 땅을 휩쓰는 가공할 불의 폭풍은 그야말로 악마의 분노였다.

불길이 닿는 곳마다 지표가 폭발해 올랐다. 지상의 모든 것을 불태우며 몰려드는 폭풍 앞에 모든 것이 소멸되었다. 흙은 재가 되었고 바윗덩이는 가루로 변했으며 들끓는 청해호 수면으로 뿌연 김이 용솟음쳤다.

환유성은 귀명마공과의 대결을 통해 악마지공을 한 번 경험한 바 있었다.

생각만 해도 끔찍할 만큼 지독히도 파괴적인 마공이었다. 그러나 악마의 숨결로 불리는 지옥마겁풍의 위력은 겁황마극염에 비하면 그저 강렬한 마공에 불과할 뿐이었다.

주화령의 악마지공은 훨씬 높은 단계에 이르렀고, 겁황마극염은 오대악마지공 중 세 번째로 가공할 파괴력을 지닌 대마공이었다. 게다가 그녀는 마공절학의 최고봉이라는 천마혈경까지 연공했기에 악마지공의 위력을 배가시킬 수 있었다.

환유성은 역겨운 비린내에 속이 뒤집혔다.

그는 지그시 이를 문 채 하늘과 땅을 새까맣게 뒤덮은 채 몰려드는 악귀 군단을 직시했다.

철의 담력을 지닌 자라도 진저리를 칠 만큼 흉포한 광경이었다. 악신이 인간을 멸절시키기 위해 은밀히 내려보낸 마공이지 도저히 인간의 능력으로 창안될 무공이 아니었다.

환유성은 폭발하는 악마지공 속에서 눈을 반개했다. 화두를 돌리는 선승처럼 하나의 석상이 되었다.

악마지공의 파괴력은 그의 무공을 압도한다. 그가 전력을 다해 맞선다 해도 악귀들이 내뿜는 극마지화에 한 줌 재로 화할 것이다. 어떤 무공으로도 악마지공과 맞설 수 없다.

하지만 그는 백척간두의 위기 속에서도 얼음처럼 냉철한 정신을 유지했다.

만상백변식을 완성시켜야 한다. 일초십이식백팔변의 무궁한 변화를 일검에 실어 날려 보내야 한다. 그의 뇌리 속으로 만상석부의 십이지신상이 환영처럼 솟아오른다.

묘유자오 축미진술까지는 무리없이 전개할 수 있다. 나머지 후사식인 인신사해마저 연결할 수 있어야 한다. 그래야만 만상백변식을 완벽히 펼쳐 낼 수 있다.

아주 찰나지간 그는 십이지신상이 펼쳐 내는 초식의 동작을 정확히 떠올릴 수 있었다. 안개처럼 모호했던 동작 하나하나가 눈앞에서 재현되듯 선명하게 떠오른 것이다.

동시에 그의 신형이 팽이처럼 회전하며 열두 개의 방위를 갈랐다.

"차아앗!"

맑은 기합성과 함께 무려 백팔 개의 검형이 동시에 분출되었다.

폭발하듯 치솟은 검형은 호선을 그리며 서로 교차하였고, 각각의 검형은 극마지화를 뿜어내는 악귀들을 하나씩 찾아 관통했다. 요란한 폭음이 연속적으로 터져 나왔다.

보이는 것은 시뻘건 마화와 백색의 검형뿐이었다.

반경 오십 장 이내를 뒤덮은 적백의 기운은 서로 충돌하며 하늘을 무너뜨리고 땅을 뒤집었다. 인간 한계를 넘어서는 대결은 천신과 악신의 격돌이었다. 엄청난 폭풍이 지상을 강타하며 맹렬한 돌개바람을 일으켰다.

꽈— 꽈꽝—!

어마어마한 대폭발과 함께 어우러진 적백의 기운이 눈부신 섬광을 발하며 지상을 훤히 밝혔다. 하늘과 지표를 강타한 폭음은 십 리 밖까지 메아리쳤고, 줄기줄기 퍼져 나간 섬광의 파편으로 반경 백 장 이내의 모든 지표가 뒤집어졌다.

마치 태초의 혼극을 찢어낸 거신 반고의 재현처럼 보였다.

일 다경이 흐르자 간헐적으로 검형과 불꽃의 파편이 피어오르는 가운데 광란하던 폭풍도 점차 잦아들었다. 청해호는 난데없는 폭풍에 휘감겨 거대한 해일을 형성한 채 수평선을 향해 사납게 밀려 나갔다.

"흐으윽!"

고통스런 신음성과 함께 섬세한 인영이 흙더미 속으로 처박혔다. 본래의 모습으로 돌아온 주화령은 전신 곳곳에 심한 자상을 입은 채 버러지처럼 꿈틀거렸다.

"으으… 이럴 수가! 어, 어떻게 악마지공을 격파할 수 있단 말인가!"

환유성은 양손으로 반검을 움켜쥔 채 여전히 석상처럼 굳어져 있었다. 머리카락은 누렇게 그슬리고 피부 곳곳에서 불꽃이 피어오르고 있었지만 표정은 변함이 없었다.

주화령은 울컥 피를 쏟고는 힘겹게 몸을 일으켰다.

"이럴 수는 없어. 세상에 악마지공을 능가할 무공은 없다!"

발작적으로 외친 그녀는 수하 살수들을 향해 명했다.

"죽여라!"

백 장 밖까지 물러서 있던 살수들이 일제히 몸을 날렸다. 삽시간에 당도한 그들은 환유성의 주변에 이르자 은신술을 펼쳐 몸을 감추었다.

주화령은 피투성이가 된 자신의 몸을 살피며 진저리를 쳤다.

"으으, 무서운 놈. 하지만 내가 이 정도라면 네놈도 성치 못할 것이야."

소리없는 검기가 지표 아래에서 솟아오르며 환유성의 사혈을 향해 날아들었다.

번— 쩍—!

아찔한 섬광이다. 환유성을 공격했던 네 명의 살수들이 모습을 드러낸 채 바닥으로 굴렀다. 또다시 다섯 줄기 살식이 펼쳐졌지만 환유성의 쾌검이 보다 빨랐다.

한순간에 살수들 아홉이 쓰러지자 주화령은 주춤주춤 뒷걸음을 치며 외쳤다.

"물러서!"

은신술을 해소한 살수들은 주화령 뒤로 내려섰다.

삼십 명에 달하던 살수들이었지만 이제 일곱만 남은 상태였다. 게다가 혈야쌍위까지 죽었으니 그녀는 이번 대결에서 얻은 것 없이 너무도 많은 것을 잃은 셈이다.

주화령은 수하 살수의 도움을 받아 겨우 말안장에 오를 수 있었다. 그녀는 가쁜 숨을 몰아쉬며 환유성을 향해 외쳤다.

"요동의 촌놈! 기필코 네놈의 심장을 씹어 먹고 말리라!"

"……."

환유성은 반검을 쥔 채 한 걸음 내디뎠다.

"아앗!"

주화령은 질겁하며 얼른 말머리를 돌렸다. 그녀는 양 발로 힘차게 박차를 가했다.

"가자!"

그녀가 앞서 달아나자 살수들도 제각기 말에 올라 뒤를 따랐다. 그들은 청해호를 끼고 달리며 삽시간에 멀어졌다.

천천히 걸음을 내딛던 환유성이 갑작스레 앞으로 고꾸라졌다.

털썩!

모든 위험이 해소되자 그를 지켜온 의지가 무너지며 다리가 풀린 것이다.

악마지공의 위력은 과연 무서웠다.

겁황마극염의 일부가 그의 만상백변식을 뚫고 전신을 강타했다. 만일 그가 만상심법을 터득하지 못했다면 진작에 재로 변했을 것이다. 백 년 수위에 달하는 내공으로 호신강기를 펼쳐 악마지공을 막아냈지만 그 충격은 엄청났다. 기경팔맥이 뒤틀리고 요혈을 다쳐 공력이 폐쇄된 것이다.

그가 살수들의 공격을 막을 수 있었던 건 공력과 무관하게 펼칠 수 있는 쾌검 덕분이었다. 하지만 두 차례 쾌검을 펼치느라 그의 기력은 완전히 소진되었다.

만일 주화령이 살수들 모두를 소모할 작심으로 그를 죽이려 했다면 결국 살수들 손에 쓰러지고 말았을 것이다.

주화령은 천재일우의 기회를 놓친 셈이고 환유성으로서는 벼랑 끝에서 회생한 셈이었다.

이히힝……!

달려오는 소추의 울음소리를 들으며 환유성은 참고 참았던 선혈을 울컥 토해냈다. 그는 혼몽 속에서도 반검을 회수해 검집에 꽂았다.

그는 자신이 토한 피 속에 얼굴을 처박으며 신음하듯 중얼거렸다.

"젠장… 번번이 계집한테 당하는군."

■ 제49장
철의 심장을 녹이는 눈물

1

난주성 감숙지부에서 월영궁 검화들을 맞이한 단목비연은 생면부지의 여인을 보고는 의아한 표정을 지었다.

"누구시죠?"

"난 월영궁 총령이에요. 일 년 전 월영궁 제자가 되었죠."

"아, 그렇군요. 소매보다 손위 분이시니 언니로 칭하겠어요. 소매도 월영궁 제자니까요."

"좋아. 언니가 되지 뭐. 한데 강 공자의 상세가 위중하다면서?"

사내처럼 건장한 체격의 여인은 허리춤에서 비단 주머니를 끌러 단목비연에게 건넸다.

"설삼과 빙련실이야. 다른 약재는 당도했어?"

약재를 받아 든 단목비연은 눈물을 글썽이며 감격해했다.

"오, 이제 사형을 구할 수 있게 되었어요. 정말 고마워요, 언니."

"사례는 궁주님께 해."

"물론이죠. 잠깐 계세요. 성수 할아버지한테 약재만 전해주고 곧 돌아올게요."

단목비연은 서둘러 접견실을 나섰다.

월영궁 총령은 힐끔 휘장이 드리워진 내실로 고개를 돌렸다. 그녀는 잠시 생각하다 몸을 일으켜 내실로 들어섰다. 기력을 회복시켜 주는 향이 피워져 있는 내실은 훈훈했다.

침상에는 강무영이 반듯이 누워 있었다.

의독성수의 의술 덕분에 기경팔맥이 자리를 잡고 막힌 혈도가 타통되어서인지 아주 편안한 모습이었다. 그는 잠시 전 약 한 사발을 거뜬히 비우고는 곤히 잠들어 있었다.

총령은 침상에 걸터앉으며 강무영을 내려다보았다.

"……."

그의 준수한 용모에 꽂힌 그녀의 시선에 정감의 파문이 일어난다. 그녀는 살포시 미소 지으며 그의 볼을 손끝으로 어루만졌다.

"강 공자… 이렇게 다시 만나게 되었군요."

그녀는 몸을 굽혀 그의 가슴에 얼굴을 묻었다. 맺어질 수 없는 인연이었지만 한때나마 그를 연모했던 그녀가 아닌가.

"사부님께 단정(斷情)의 맹세를 했지만 쉬운 일은 아니더군요. 잊으려 할수록 떠오르는 두 사람이 있어요. 한 사람은 당신이고… 다른 한 사람은 정말 못된 놈이죠."

그녀는 내실 밖에서 들려오는 발걸음 소리에 얼른 몸을 일으켰다.

휘장이 열리며 단목비연이 들어섰다. 그녀는 총령에게 다가서며 덥석 손을 쥐었다. 그녀의 눈망울이 진주처럼 반짝였다.

"함께 온 검화를 통해 얘기를 들었어요. 환 가가의 친구인 금류향 언니라면서요?"

그러했다. 당당히 월영궁 총령의 신분으로 찾아온 그녀는 바로 금류향이었다.

그녀는 여인으로서는 드물게 좋은 근골을 지녀 월영궁의 절기를 빠른 속도로 습득할 수 있었다. 게다가 그녀는 월영서시의 직전제자였기에 일 년도 안 돼 월영궁 검화들을 총괄하는 총령의 직위에까지 오르게 되었다.

금류향은 그녀가 강무영의 정혼녀이기에 별반 호감을 갖지 않았다.

"환유성 그놈과는 무슨 관계야? 그리고 가가라니?"

"환 가가는 소군 언니와 백년가약을 맺었어요. 소군 언니는 소매와 의자매라 형부가 되어야 하는데 그런 호칭이 징그럽대요. 그래서 가가로 호칭하기로 합의를 봤죠."

"뭐, 뭐야, 환가 놈이 결혼을 했어?!"

금류향은 너무도 충격적인 소식에 얼굴이 해쓱해졌다.

단목비연은 잠들어 있는 강무영의 용태를 살피고는 그녀의 손을 잡아끌었다.

"나가서 얘기해요, 언니."

접견실로 들어선 금류향은 다그치듯 물었다.

"대체 무슨 말을 하는 거야? 환유성이 어떤 놈인데 결혼을 해? 여자라면 그저 필요할 때 하룻밤 자고 내치는 무심한 인간이 결혼을 했다고? 그것도 만박옥혜와 말이야?"

금류향이 지나치게 흥분하자 단목비연은 그녀를 자리에 앉히며 싹

싹하게 말했다.

"진정하세요, 언니. 소군 언니의 배필이 될 사람은 무영 사형 외에 오직 환 가가뿐이에요. 언니도 축하해 주세요."

금류향은 내심 이를 부득 갈았다.

'나쁜 새끼, 내가 그렇게 함께 살자고 해도 귀찮다며 달아나던 놈이 결혼을 해?'

그녀는 강무영과 함께 만난 적이 있는 벽소군을 떠올렸다. 같은 여인으로서도 시샘을 느낄 만큼 어여쁜 용모다. 게다가 천하제일현자의 제자라 지혜롭기까지 하다.

'쳐 죽일 놈! 그래도 보는 눈은 있다니까.'

금류향은 벽소군과는 비교도 안 되는 자신을 생각하며 내심 한숨을 쉬었다.

'그래, 어차피 월영궁에 입궁한 이상 사랑 따위는 없어. 오히려 잘된 일이지.'

그녀는 애써 자위하려 했지만 가슴 밑바닥에서 끓어오르는 질투심은 쉽게 가라앉지 않았다.

그녀는 끓는 속을 달래려 단목비연이 건네는 차를 단숨에 들이켰다. 뜨거운 차가 목구멍을 타고 넘어가자 가슴이 뜨거워지며 온몸에 땀이 확 돋았다.

"앗, 뜨거워!"

그녀는 연신 가슴을 두드리며 가쁜 숨을 몰아쉬었다.

"어마, 어쩌죠? 그 뜨거운 차를 한번에 마시면 어떻게 해요."

금류향은 찬물을 한 사발 들이켜서야 겨우 목구멍을 태울 듯한 열기를 씻어낼 수 있었다. 그녀는 공연히 단목비연을 질책했다.

"내 강 공자를 위해 삼천리 길을 달려왔는데 뜨거운 차로 날 골탕먹여?"

"언니도 참. 조금 천천히 드셔야지요. 음식을 준비시켰으니 푹 쉬시면서 여독을 푸세요. 성수 할아버지가 영단을 제련해서 먹이면 사형은 금세 회복된대요. 사형도 아마 언니를 보면 무척 반가워할 거예요."

"그럴 시간 없어. 곧 돌아가 봐야 돼."

"그런 법이 어디 있어요? 지체한 죄는 소매가 받을 테니 언니는 걱정 마세요."

단목비연이 워낙 붙임성있게 나오자 금류향은 짐짓 생각을 바꾸었다.

'그래, 워낙 규율이 엄한 궁에만 있다 나오니 정말 살 것 같아. 이참에 두루 구경이나 하고 돌아가지 뭐.'

그녀는 단순한 성격이라 마음을 고쳐 먹자 이내 예전의 쾌활함을 되찾았다.

"비연 동생, 그동안 궁에만 있어서 세상 소식을 잘 몰라. 어디 자세히 좀 말해 줘."

"알았어요."

단목비연은 그녀가 입궁한 후의 상황에 대해 간략히 말해 주었다.

환유성과 벽소군이 함께 귀심동에 갇혀 죽었다는 소문, 귀심동을 나선 이후 암흑마국의 귀명마공을 격파한 놀라운 전공, 강무영을 위해 악중잔을 죽이고 의독성수를 구해온 협행, 그리고 강무영을 격상시킨 극검마왕과 대결하기 위해 청해호로 떠난 우정……

금류향은 벌컥 화를 내며 탁자를 탕 쳤다.

"미쳤어? 백마성 마왕들이 얼마나 흉악한 놈들인데 혼자 가게 내버려 두었단 말이야?"

"소매도 지금은 너무 후회하고 있어요. 하지만 언니도 가가의 고집을 잘 알잖아요? 막을 수가 없었어요."

"그놈 정강이뼈를 분질러서라도 막았어야지! 이제 꼼짝없이 죽었어."

금류향이 분연히 자리에서 일어서자 단목비연이 얼른 그녀의 손을 쥐었다.

"언니, 사형이 회복되는 대로 달려갈 생각이에요. 백마성 잔당들의 은신처는 본 천의 비찰부에서도 찾아내지 못할 만큼 깊이 숨겨져 있어요. 광활한 청장고원에서 쉽게 그들을 찾아내지는 못할 거예요."

"그런 소리 마. 녀석은 사람 찾는 데 귀신이야. 직업이 현상범 추적자라고. 녀석이 마음만 먹으면 못 찾을 놈이 없어."

"그래도 언니가 나서면 안 돼요. 월영궁의 율법이 얼마나 엄격한지 언니도 잘 알잖아요? 사부님께서 진노하시면 언니는 화를 면치 못해요."

금류향은 잔뜩 미간을 찌푸렸다.

단목비연의 말대로 월영궁은 천하에서 가장 엄격한 규율을 지닌 방파다. 월영서시의 허락 없이 행로를 바꾸는 것은 용납되지 않는다. 규율을 어기는 제자는 가차없이 소환돼 감금된다. 만일 이마저 어길 시에는 죽음뿐이다.

단목비연은 금류향을 자리에 앉히며 위로했다.

"태양천의 전서통문에 의하면 소군 언니가 환 가가를 막기 위해 청해호로 갔대요. 소군 언니는 영특해 환 가가를 저지할 수 있을 거예요. 사형이 회복되는 대로 태양천 정예들과 함께 출동하면 백마성과 한판 승부를 겨룰 수 있어요."

"소군이 제때에 찾아낼 수 있을까?"

"소군 언니의 별호가 만박옥혜예요. 강족과 토번족의 언어에도 능통하죠. 틀림없이 환 가가를 찾아낼 수 있을 겁니다."

"그래, 소군을 믿어야겠군."

금류향은 겨우 마음을 진정시킬 수 있었다. 그녀는 마시기 적당하게 식은 차를 입으로 가져가다 내던지듯 내려놓았다.

그녀는 자신이 생각해도 한심한 듯 나직이 중얼거렸다.

"그런데 내가 왜 그 인간을 걱정하는 거지? 이미 다른 여자의 서방이 된 놈인데 말이야."

2

청해호에서 삼십 리 떨어진 곳에 위치한 유괴산(幽傀山)은 금세라도 무너져 내릴 듯 가파른 산세라 웬만한 사람은 접근도 할 수 없다. 계곡은 좁고 깊으며 계단과 같은 벼랑이 줄지어 있어 들짐승조차 오르기 힘들다.

건기를 맞아 계단식 벼랑을 타고 흘러내리는 폭포수는 거의 말라붙어 있었다. 그나마 흐르는 물도 청장고원을 강타하는 찬바람에 모두 얼어붙었다.

계곡의 안쪽도 가파른 벼랑으로 둘러져 있는데 자연스럽게 형성된 동굴이 드문드문 보인다. 마른 칡넝쿨이 얼기설기 뒤엉켜 있어 여간해서는 눈에 띄지 않는 곳도 있다.

이때 계곡 바닥에서 오 장 높이에 위치한 산동 입구로 언뜻 그림자가 비쳐 보였다.

흙먼지를 뒤집어써서 수레를 끄는 하급마보다 못한 몰골의 말은 바로 소추였다. 소추는 계곡의 동정을 살피고는 다시 동굴 안쪽으로 고개를 돌렸다.

안장을 펼쳐 깐 가죽 모포 위로 환유성이 단정하게 누워 있었다. 며칠을 굶었는지 눈이 퀭하니 들어갔고 양 볼이 홀쭉했다.

그는 눈을 게슴츠레 뜬 채 간간이 눈까풀을 깜빡였다.

소추는 주인이 정신을 차렸는데도 도무지 일어날 기미를 보이지 않자 몹시 초조한 기색으로 그의 발치에서 왔다 갔다 걸었다.

환유성은 만상심법을 운기해 한 가닥 진기를 돌리고 있었다.

기경팔맥이 뒤틀려 일 주천시키는 데도 무척 고통스러웠다. 진기가 요혈을 지날 때마다 바늘로 콕콕 쑤셔대는 고통에 이를 악물어야 했다. 겨우 일 주천을 마쳤건만 그는 식은땀으로 축축하게 젖고 말았다.

주화령과의 대결 이후 얼마나 지났는지도 알 수 없었다.

배가 몹시 고픈 것으로 미루어 족히 사나흘은 지난 듯싶었다. 일단 뭐라도 먹어 기력을 회복해야 했지만 손가락 하나 까딱할 수가 없었다.

그는 눈알만 움직여 소추의 우수 어린 눈망울과 마주 대했다.

"소추, 뭐라도 좋으니 먹을 것을 찾아와. 네가 먹을 수 있는 거라면 나도 먹을 수 있으니까."

영특한 소추는 귀를 쫑긋거리다 말귀를 알아들은 듯 고개를 끄덕이고는 산동 입구로 나섰다. 소추는 오 장 높이의 가파른 벼랑을 그대로 치달리며 계곡 바닥으로 내려섰다.

봄이면 꽃이 있고, 여름이면 무성한 풀, 가을이면 향긋한 열매라도 있겠지만 풀은 모두 시들고 나무마다 앙상한 가지만 남아 있어 먹거리는 눈을 씻고 보아도 찾아낼 수 없었다.

소추는 계곡 입구로 달려갔다. 민가에 가면 먹거리를 찾을 수 있다는 생각에서였다.

환유성은 억지로 몸을 일으키려 했지만 내상이 도져 선혈이 목구멍을 타고 치솟았다. 그는 피를 삼키며 거동을 포기했다.

"역겨운 계집……."

그는 너무도 아름다워 절로 색기를 뿜어내는 주화령을 떠올렸다.

"야적들 소굴에서 펑퍼짐한 엉덩이를 돌릴 때부터 타고난 색녀임을 짐작했건만 이리도 강해졌을 줄이야……."

그는 과거 그의 가벼운 일검도 감당치 못한 여인에게 이토록 엄중한 내상을 입은 것이 몹시 자존심이 상했다. 게다가 만상심법과 만상백변식이라는 광세절학까지 수련한 상태에서 그녀보다 심한 부상을 당했다는 사실이 너무도 부끄러웠다.

주화령이 비록 악마지공을 연성했지만 그는 충분히 그녀를 죽일 자신이 있었다. 전대의 흉마인 귀명마공이 펼친 악마지공을 격파한 그가 아니었던가.

"강해… 정말 강했어. 월영서시에 버금갈 만큼 강한 계집이야."

환유성은 스르르 눈을 감으며 뇌리에 새겨진 만상백변식의 변화를 하나씩 되짚어보았다.

만상존자가 스스로 고금 최강의 절학임을 자부하던 만상백변식이다. 그는 위기 때마다 하나씩 깨우쳐 마침내 일초십이식의 모든 변화를 터득했다. 그 위력이라면 어떤 극악한 마공이라도 제압했어야 옳았다.

"뭐가 잘못되었지? 소군이 일러준 순서는 확실했는데……."

그는 자신상(子神像)부터 해신상(亥神像)에 이르는 십이지신상의 자세를 하나하나 구분해서 되새겨 보았다.

"어장검을 뽑았을 때 펼쳐진 십이지신상의 공격과 수비는 소군이 분석한 순서대로 이어졌다. 그것을 바탕으로 만상백변식을 완성했지만 위력이 약간 강해졌을 뿐이야."

그는 혹시 자신의 내공이 부족해서가 아닌가 반추해 보았지만 그 때문은 아니라 확신했다.

만일 공력의 문제라면 만상존자가 그에 대해 언급해 놓았어야 옳다. 게다가 그는 만상백변식을 펼치면서도 공력이 부족해 초식을 전개할 수 없는 거북한 느낌은 전혀 받지 않았다.

만상절학은 그가 반검을 휘두르는 대로 움직였던 것이다.

"마검노인이라면 알아낼 수 있지 않을까? 역시 그와 일초 대결을 벌였어야 했어."

그는 쓴 입맛을 다시며 스르르 눈을 감았다.

그가 비몽사몽의 잠에 젖어들 때, 계곡을 울리는 날랜 말발굽 소리가 산동 입구를 통해 들려왔다. 한데 소추의 말발굽 소리는 산동 아래서 뚝 그쳤다.

"……?"

심안을 통해 인기척을 감지한 환유성은 바닥에 놓인 반검의 손잡이를 불끈 쥐었다.

겨우 쥐기는 했지만 과연 쾌검을 펼쳐 낼 수 있을지 스스로도 자신할 수 없었다. 지금 그의 몸 상태는 삼류고수의 가벼운 일검조차 받아 내지 못할 형편이었다.

다행히 살기는 느껴지지 않았다. 코끝으로 느껴지는 그윽한 체향으로 미루어 여인인 듯싶었다.

그가 산동 입구로 눈길을 돌리자 입구를 가로막은 섬세한 인영이 보였다. 밝은 광선을 등지고 있어 용모는 알 수 없지만 어딘가 눈에 익은 체형이었다. 생각해 보니 여인의 몸에서 풍겨지는 체향도 아주 친근했다.

"소군……?"

놀랍게도 산동으로 들어선 여인은 그와 백년가약을 맺은 벽소군이었다.

중원에 있어야 할 그녀가 머나먼 새황 땅까지 왔을 줄은 꿈에도 생각지 못한 일이었다. 우연이라 하기에는 너무도 극적인 운명적 해후였다.

그녀는 환유성 옆으로 미끄러져 오며 무너지듯 주저앉았다.

"흑. 환랑, 살아 계셨군요."

그녀는 그의 가슴에 얼굴을 묻으며 벅찬 감격의 눈물을 뿌렸다.

"흑흑, 얼마나 걱정했는지 몰라요. 이렇게 건재하시니 정말 다행이에요."

환유성은 그녀를 물끄러미 응시하다 참으로 멋대가리없이 중얼거렸다.

"소추 녀석… 먹을 걸 구해오라 했더니… 먹지도 못할 사람을 데려왔어."

벽소군은 이슬 머금은 배꽃처럼 화사한 미소를 지었다.

"당신… 살아 있는 게 분명하군요. 오랜만에 만난 아내에게 이토록 정나미 떨어지는 말을 할 수 있는 사람은 당신뿐이죠."

"아내……?"

"그래요. 벌써 소녀를 잊었단 말인가요?"

벽소군은 그의 뺨에 볼을 비비며 연신 눈물을 흘렸다.

"소녀는 오로지 당신만 생각하며 일만 수천 리 길을 달려왔어요. 극검마왕과 대결을 벌이고도 용케 살아 있었군요."

"지레짐작하지 마. 난 극검마왕의 그림자도 못 봤어."

"예에? 하면 어떻게 이런 부상을……?"

환유성은 잠시 주저하다 떨떠름한 표정으로 말을 받았다.

"당신만큼 어린 계집한테 당했어."

벽소군은 눈을 동그랗게 뜨며 깜빡였다.

그녀는 당금 무림의 절세고수들을 모두 떠올렸지만 아무리 생각해도 환유성을 쓰러뜨릴 젊은 여류 고수가 누구인지 짐작할 수가 없었다.

그녀는 피풍의를 벗어 그의 차디찬 몸을 덮어주었다.

"대체 누구였어요?"

환유성은 허옇게 마른 입술을 혀로 핥았다.

"배고파."

"어마, 어떡하죠? 강족 마을에서 기적적으로 소추를 만나 급히 오는 바람에 그 생각은 못했어요."

벽소군은 품속을 뒤져 약간의 건량을 꺼내 들었다.

"이것뿐인데… 안 되겠어요. 얼른 마을로 가 먹을 것을 구해올게요."

"그거라도 먹여줘."

"씹을 수 있겠어요?"

환유성이 물끄러미 그녀를 올려다보았다.

"당신이 씹어서 먹여주면 되잖아?"

"예에? 소녀가요?"

벽소군이 잠시 난처한 표정을 짓자 환유성은 처음으로 그녀를 향해 희미한 미소를 지어 보였다.

"우리 그런 사이 아니었나?"

3

벽소군이 씹어 입을 통해 먹여준 건량은 먹기에도 부드러웠다. 그녀의 타액은 감미로웠고 그의 입 안으로 씹은 건량을 밀어 넣어주는 혀는 뜨거웠다.

"맛이 괜찮군."

그가 능청스레 말하자 그녀는 다소 얼굴을 붉히며 피식 실소를 지었다.

"당신… 일부러 그런 거죠?"

"뭘?"

"스스로 씹을 수도 있는데 소녀와 입을 맞추기 위해서 먹여달라고 한 거잖아요?"

환유성은 시큰둥하게 응수했다.

"그게 뭐 중요한 문제인가?"

"하기는 당신이란 사람이 언제 다른 사람의 감정에 대해 깊이 생각해 보았을라구요."

벽소군은 그의 손목을 쥐고는 손끝으로 맥을 짚었다.

환유성은 자신을 진맥하며 심각한 표정을 짓는 그녀를 물끄러미 바라보았다. 언제 보아도 청초함이 묻어 나오는 용모다. 주화령의 미모는 너무 화려해 자극적이지만 벽소군의 자태에서는 난화와 같은 신선함이 느껴진다.

자신을 위해 일만 수천 리 길을 달려온 그녀의 각별한 배려가 너무도 사랑스럽기만 했다. 그는 그녀를 끌어안고 싶은 충동에 젖었다.

"오, 맙소사!"

벽소군은 눈을 커다랗게 뜨며 그를 직시했다.

"대체 어떻게 된 거예요? 이토록 엄중한 내상을 입었으면 진작 말을 했어야죠!"

"뭐, 죽을 정도는 아니잖아?"

"죽지는 않아도 불구자가 될 수 있어요. 내상이 악화되면 경맥이 폐쇄돼 공력까지 모두 상실되고 말아요."

벽소군은 잠시 생각하다 목에 건 구룡신주 목걸이를 끌렀다. 한 알한 알마다 신비로운 효험을 지닌 아홉 개의 구슬은 제각기 영롱한 빛을 발했다.

그녀는 구룡신주 중 하나를 끄집어냈다.

"웬만한 내상이라면 정령주를 입에 물고 운공조식을 하는 것으로 회복될 수 있지만 환랑의 상세가 너무 심해요."

그녀는 어장검을 뽑아 들고 정령주를 잘게 쪼갰다. 그녀는 잘게 쪼개진 정령주를 계속 검날로 내려쳐 미세한 분말로 만들었다. 산동 밖으로 나가 물을 구해온 그녀는 정령주 가루를 나뭇잎으로 만든 물그릇에 탔다.

"어서 마시세요. 환랑의 운기조식을 소녀가 돕겠어요."

"이거 마신다고 효과가 있겠어?"

"소녀가 예전에 구룡신주에 대해 말씀드린 적이 있잖아요? 정령주
는 천하칠대성약에 버금갈 효능을 지녔어요. 어서 드세요."

벽소군이 재촉하자 환유성은 짓궂은 표정을 지었다.

"이것도 당신 입으로 먹여주면 안 될까?"

4

운공조식에서 깨어난 환유성의 안색은 훨씬 안정적이었다.

"소군의 의술이 돌팔이보다 나은 것 같아."

"돌팔이요?"

"의독성수 말이야. 만일 당신이 옆에 있었으면 강 형의 부상은 금세
회복되었을 거야."

"훗, 별일이군요. 소녀를 다 칭찬해 주시다니. 하지만 의독성수의
의술은 확실히 소녀보다 뛰어나요. 환랑이 이렇듯 회복된 건 정령주의
효험 때문이지 소녀의 의술 때문은 아니에요."

벽소군은 환유성의 명문혈에서 장심을 떼며 호흡을 조절했다. 그의
운기조식을 돕느라 과도한 진력을 소모해서인지 안색이 다소 해쓱해
보였다.

내상의 고통을 깨끗이 씻어낸 환유성은 전신 가득 충만한 기운을 느
끼며 벽소군을 향해 돌아앉았다.

그녀는 그의 안색을 살피며 살포시 미소를 지었다.

"이제야 환랑답군요. 열흘만 꾸준히 운공조식을 취하면 정령주의 영기가 흡수돼 적어도 반 갑자 이상의 공력이 증진될 거예요."

"공력 따위는 중요치 않아. 만상백변식을 좀 더 연구해 봐야 돼. 십이지신상이 펼쳐 낸 모습대로 십이식백팔변을 전개했지만 그것은 기수식에 불과한 것 같아."

"그래요? 왜 그런 생각을 하게 된 거죠?"

"역겨운 계집이 펼친 악마지공과 격돌하는 순간 그런 느낌을 받았어."

"아, 악마지공이라고요?!"

벽소군은 하얗게 질리며 그의 손을 쥐었다. 그녀는 마른침을 꿀꺽 삼키며 물었다.

"대체 어떤 상황을 겪었는지 상세하게 말해 주세요. 환랑을 다치게 한 여자에 대해서도 말이에요."

환유성은 물끄러미 그녀를 응시하다 와락 끌어안았다. 그는 그녀를 부둥켜안은 채 바닥에 눕혔다.

"얘기가 길어질 것 같으니 일단 한번 하자고."

"안 돼요!"

벽소군은 화들짝 놀라 그를 힘껏 밀어냈다. 바닥에 엉덩방아를 찧은 그는 떨떠름한 표정이 되었다.

"싫어?"

"미안해요. 당분간은 삼가하겠어요."

"당신도 좋아하잖아?"

환유성이 다시 그녀를 안으려 하자 그녀는 숙연한 표정으로 눈물을 글썽였다.

"사부님께서… 돌아가셨어요."

"……."

환유성은 그만 꿀 먹은 벙어리가 되었다. 그는 잠시 동굴의 천장을 응시하다 그녀 옆으로 붙어 앉았다. 그는 그녀의 어깨에 팔을 두르며 가볍게 다독여 주었다.

그녀는 그의 가슴에 얼굴을 묻으며 어깨를 들썩였다.

"흑, 우리가 조금만 서둘렀다면… 사부님의 병세를 치유할 수 있었을 거예요."

환유성은 그녀의 어깨를 다독이며 뭔가 위로의 말을 건네려 눈알을 데굴데굴 굴렸다. 하지만 한 번도 남의 아픈 심정을 위로해 본 적이 없기에 어떤 말을 해야 할지 몰랐다.

그는 잔뜩 이맛살을 찌푸리며 적당한 말을 찾으려 애썼다. 예전 같았으면 여인의 눈물에 짜증부터 낼 그였지만 벽소군의 애틋한 눈물 앞에서는 그럴 수가 없었다.

한참을 고민하던 그는 나름대로 위로랍시고 한마디를 건넸다.

"그래도 오래 살았잖아?"

그러자 벽소군은 입술을 깨물며 고개를 들어 그를 쏘아보았다.

"차라리 말이나 하지 말아요!"

그녀는 그의 가슴을 힘껏 쥐어박고는 홱 돌아앉았다.

환유성은 멀뚱한 표정이 되었다. 갑자기 자신이 멍청이가 된 듯한 기분에 젖었다. 자신이 왜 그렇게 그녀를 위로하려 애써야 했는지 스스로 생각해도 어처구니가 없었다. 그녀의 질책대로 아무런 말도 하지 않는 것이 옳았다.

그는 산동 입구에 선 채 팔짱을 꼈다.

등 뒤로 들려오는 벽소군의 애틋한 흐느낌이 그의 심정을 무겁게 만들었다. 그가 건넨 위로의 말이 그녀를 더욱 가슴 아프게 만든 것이다.

환유성은 고개를 갸웃거리며 중얼거렸다.

"젠장, 내가 뭘 잘못한 거지? 오래 산 건 확실하잖아?"

■ 제50장
독한 자가 악인이다!

사천성 남단에 위치한 아미산(峨眉山)은 중원의 사대 불교 명산 중 하나다. 푸른 봉우리가 겹겹이 펼쳐져 있고 깊은 계곡 아래로 아스라한 운해가 드리워져 그 경치의 수려함은 천하에서 으뜸이라 칭송되기도 한다.

아미산의 정상은 높이가 일천 장을 넘는 고봉으로 금정(金頂)으로 불린다. 금정은 맑게 개인 날 태양 빛을 받으면 찬란한 금빛을 발해 보는 이로 하여금 절로 입을 다물지 못하게 한다.

아미산에는 보국사, 복호사, 만년사 등 유서 깊은 사찰이 많아 불교의 성지로서도 명성이 높다.

이런 아미산에 자리 잡은 아미파는 전통의 구대문파 중 하나로 뛰어난 불문절학을 보유하고 있다. 비록 백 년 이래 걸출한 제자를 배출하지 못해 그 명성이 다소 퇴색되었지만 강력한 복호장과 정교한 난화삼십육검법은 여전히 무림의 절학으로 손꼽힌다.

까악— 까악—!

아미산 주변으로 수많은 까마귀 떼가 날아들고 있었다. 겨울로 접어들기 전에 털갈이를 해 은은한 보랏빛을 발하는 깃털이 다소 이채롭다.

중턱부터 흰 눈이 수북하게 쌓인 아미산으로 오르는 길은 온통 피와 죽음으로 얼룩져 있었다. 매복에 당했는지 죽은 자들은 대다수 병기도 채 뽑지 못한 상태였다.

죽은 자들은 암흑마국으로부터 봉문첩을 받은 아미파를 구원하기 위해 달려온 천하 각처의 백도고수들이었다. 하건만 그들은 아미파에 채 들어서기도 전에 매복과 기습에 당하고 만 것이다.

과연 천하인들의 우려대로 암흑마국의 봉문첩은 간악한 술책이었다.

그들이 아미파를 접수하기에 앞서 봉문첩을 발부한 이유는 결코 당당한 대결을 벌이기 위해서가 아니었다. 삼삼오오 아미파로 몰려드는 백도고수들을 각개격파하려는 교묘한 계략이었던 것이다.

암흑마국의 마인들은 지형을 충분히 숙지하고 있었기에 그들이 펼쳐 놓은 함정에 빠져든 군웅들은 대다수 몰살을 당하고 말았다. 그들은 봉문첩을 발부한 이후 무려 오백에 달하는 백도군웅들을 까마귀밥으로 만들었다.

가장 엄청난 사건은 태양천의 무상인 사자천왕 연풍헌이 이끄는 건무전 정예들마저 패퇴했다는 비보였다.

중원 십팔만 리를 진동시킬 충격과 경악!

연풍헌이 누구인가. 중원십대고수의 일원으로 사십 년 이래 대륙을

호령한 개세고수가 아닌가.

비록 상대가 철강시로 화한 암흑마신이었다지만 사자천왕의 패배는 태양천의 일각이 무너지는 충격이 아닐 수 없었다. 게다가 건무전주와 일곱 당주가 죽었고 삼백 정예 고수들 중 절반이 목숨을 잃었으니 참담한 패배가 아닐 수 없었다.

연풍헌은 초절한 무공으로 암흑마신 중 하나인 지옥마신을 파괴했지만 그 대가는 엄청났다. 혼절한 그를 세 당주가 들쳐 업고 피신했는데 그들의 생사는 아직 분명치 않다.

이런 소문이 퍼지면서 아미파를 구원하기 위해 나선 백도고수들은 감히 아미산에 접근할 수가 없었다. 그들은 오백 리 밖의 낙산(樂山)에 집결하여 세력을 구축했다. 함정임을 뻔히 알면서 아미산으로 향할 수는 없는 일이었다.

모두들 태양천주가 나서주기만을 간절히 기원해야 했다.

결국 아미산은 암흑마국에 의해 봉쇄되었고 지원군을 받지 못한 아미파는 치욕스런 봉문을 당하고 말았다.

2

아미파의 현판이 박살났다. 유서 깊은 전각이 불태워지고 산문과 종루마저 무너졌다.

과거 천마제국의 침공 때도 이렇듯 참혹한 혈겁은 당하지 않았건만, 암흑마국의 마인들은 아미파 비구니들의 절반을 도륙했다. 아미파의 장문인 멸정 사태는 사지 근맥이 끊긴 채 감금되었고, 칠원로 중 넷이 참수되었다.

아미파 침공에 선봉으로 나선 자들은 악인궁 무리들이었다.

그들은 본래의 사악한 심보를 버리지 못하고 아미파 곳곳을 뒤지며 비급과 보물을 약탈하는 데 급급했다. 상당수 젊은 비구니들이 윤간을 당해 자진해야 했는데, 그런 추악한 짓거리는 모두 악인궁 악적들의 소행이었다.

잔악한 분탕질은 무려 닷새나 계속되었다.

"아악, 안 돼!"

희끗희끗한 잔설이 보이는 숲 속에서 여인의 날카로운 비명 소리가 튀어나왔다.

젊은 비구니의 아랫도리만 벗긴 채 올라타고 있는 인물은 악인궁주 악중악이었다. 그는 실눈을 더욱 가늘게 뜨며 음탕한 웃음을 흘렸다.

"흐흐, 백날 불도를 닦아봐야 지옥에나 떨어질 일이다. 이 어르신을 한 번 모시면 바로 극락에 이를 수 있지."

젊은 비구니는 양팔이 제압된 상태라 두 다리만 버둥거리며 외쳤다.

"더러운 음적! 부처님께서 용서치 않을 것이다!"

"흐흐, 내가 바로 부처님이시다. 이 부처님께 네 몸을 보시한다면 그것이 곧 해탈임을 왜 모르느냐?"

악중악은 거침없이 젊은 비구니를 정복했다.

충격과 고통을 이기지 못한 비구니는 그만 혼절하고 말았다. 백신의 몸으로 불제자가 된 이후 정갈히 몸을 지켜왔던 그녀에게 있어 순결을 잃는다는 건 죽음보다 더한 고통이었다.

악중악은 비대한 허리를 놀리며 욕정을 푸는 데만 전념했다.

사실 소문과 달리 그의 성물은 보잘것없고 정력도 시원치 못했다. 그가 주로 어린 처녀들만 겁탈하는 이유도 자신의 취약한 부분을 감추기 위해서였다.

세상에 알려지기론 계집질에 능한 색마였지만 그것은 허세에 불과했다. 과연 얼마 지나지 않아 축 늘어진 그는 비구니의 가슴에 얼굴을 묻었다.

그는 숨을 헐떡이며 입가에 흐르는 침을 닦았다.

"젠장, 하룻밤에도 계집을 몇 명씩 바꾸는 놈들은 대체 어떤 놈들이야?"

욕정을 해소했지만 뒤끝은 항상 허전했다. 너무도 빠른 방사에 아쉬움이 남아서였다. 마음 같아서는 좀 더 오래 쾌락을 즐기고 싶었지만 정력이 따라주지 않았다. 몸에 좋다는 갖은 약을 먹어도 마찬가지였다. 타고난 체질을 억지로 바꿀 수는 없는 일이었다.

그는 바지춤을 끌어 올리고는 비구니를 내려다보았다. 겨우 정신을 차린 비구니는 불제자의 몸으로 몸을 더럽힌 죄책감에 피눈물을 흘렸다.

"흐흐, 눈물까지 흘릴 만큼 즐거웠나 보군."

그는 키득거리며 돌아섰다. 행동과 심보 모두 악중악이란 이름과 딱 어울리는 자였다.

그가 숲을 나가자 비구니는 멀리 대전을 향해 삼 배를 올리고는 허리띠를 끌러 나뭇가지에 맸다. 화장기 하나 없는 얼굴이 애통한 눈물에 젖는다.

"대자대비한 부처님이시여, 스스로 목숨을 끊음은 크나큰 죄이옵니다. 빈니를 지옥에 떨어지게 하소서."

비구니는 스스로 목을 매 계율을 지키지 못한 죄를 씻었다. 악인은 그저 한 번의 욕정을 해소하는 정도였지만 그것은 사람의 목숨까지 앗아갈 잔악한 살인 행위였던 것이다.

숲을 나선 악중악은 주변에서 느껴지는 인기척에 잔뜩 경각심을 높이며 외쳤다.

"웬 놈이냐!"

겨울바람에 낙엽이 아우성치며 구르는 와중으로 여인의 빈정대는 음성이 들려왔다.

"흥, 짧게 끝날 줄 알았어."

악중악은 운집한 진기를 해소하며 투덜거렸다.

"썩을 년, 왔으면 상판대기를 내밀 것이지 왜 숨어 있는 것이냐?"

아름드리 나무 기둥 뒤에서 두 남녀가 모습을 드러냈다.

추운 날씨에도 불구하고 몸에 착 달라붙은 나삼 차림의 여인은 한눈에도 색기가 넘쳐흐르는 요녀임을 짐작케 해주었다. 옆의 왜소한 노인은 유난히 큰 머리통을 털모자로 감싸고 있었다. 바로 악인궁의 수괴 중 악중요와 악중뇌였다.

악중악은 자신의 부실한 정력을 놓고 악중요가 또 뭐라 비아냥댈까 봐 얼른 화제를 돌렸다.

"막내는 왜 안 보이는 것이냐?"

악중뇌가 침통한 표정으로 대답했다.

"환가 놈 손에 죽었소."

"그래?"

악중악은 수십 년 결의형제인 악중잔이 죽었다는 보고에도 별로 놀라워하지 않았다.

숲 속 공터에는 장작불이 지펴져 있는데 악중살이 불가에 앉아 술을 마시고 있었다. 그도 이미 악중잔의 죽음에 대한 얘기를 들었는지 표정이 밝지 못했다.

악중악은 지펴진 장작불 쪽으로 걸음을 옮기며 물었다.

"막내는 죽고 니들만 살아왔단 말이냐?"

악중요가 뒤를 따르며 표독스럽게 응수했다.

"악 오라버니가 그 자리에 있었다 해도 어쩔 수 없었을 거야. 놈의 무공이 전보다 몇 배는 강해졌는데 무슨 수로 당해?"

"우리가 언제 무공으로 상대를 죽였더냐? 요즘 둘째의 대가리가 시원치 않은 것 같구나."

악중악은 악중살의 손에 들린 호로병을 탁 빼앗아 들며 벌컥벌컥 들이켰다.

장작불을 사이에 두고 사대악인이 둘러앉았다. 여느 사람처럼 의형제를 잃은 깊은 상심에 젖어들지는 않았지만 기분이 좋을 수는 없었다.

악중살이 짐승에 가까운 눈빛을 들어 악중뇌를 직시했다.

"작은형, 놈을 죽일 방법은 생각해 봤소?"

"힘들어. 놈은 십 장 밖에서 쾌검을 발출해 막내의 목을 벴어. 귀심동에서 살아 나온 이후 초고수가 된 게 분명해. 암흑마국의 귀명마공으로 봉해진 잔황혈신마저 격파했다면 우리의 무공으로는 절대 죽일 수 없어."

"그래도 죽여야 돼!"

악중살은 자신의 목에 둘러진 천을 손으로 매만졌다.

과거 환유성과의 대결에서 당한 깊은 자상은 평생 지울 수 없는 상처였다. 환유성의 쾌검은 그의 목뿐 아니라 자존심까지 벤 것이다.

악중악은 악중살의 어깨를 다독이며 위로했다.

"진정해라, 셋째야. 둘째가 광심마정혈을 희세의 영단으로 변화시켰을 텐데 무슨 걱정이냐? 우리 모두 영단을 먹고 절세고수가 된다면 놈 하나쯤은 문제될 것 없어."

그는 악중뇌에게 시선을 던지며 간특한 미소를 지었다.

"둘째야, 어서 내놔라. 만일 아직 못 만들었다거나 광심마정혈을 잃어버렸다거나 하는 소리가 네 입에서 나오기만 하면 당장 네놈의 골통을 부숴 버리겠다."

악중요가 입술을 비죽거렸다.

"쳇, 냄새 하나는 귀신이라니까."

악중뇌가 품속에서 밀랍으로 봉해진 두 개의 약병을 꺼내 들었다.

"의독 늙은이의 처방을 받아 제련했소. 광심마정혈의 독기를 해소할 약재가 워낙 귀해 한 등급 낮은 약재로 제련했지만 효험은 충분할 거요."

"오오!"

떨리는 손으로 약병을 받아 쥔 악중악은 한껏 흥분에 젖었다.

그는 상상의 나래를 폈다. 가공할 공력을 보유한 개세고수가 된다. 숙적 단목휘를 거꾸러뜨리고 악인천하를 이룬다. 천하 일천 문파의 하례를 받으며 무림황제로 등극해 온갖 영화를 누린다.

문득 그는 의심스런 표정을 지으며 실눈을 통해 안광을 폭사시켰다.

"한데 왜 두 알뿐이냐? 너희들은 벌써 처먹었냐?"

"그게 전부요. 의독 늙은이에게 광심마정혈을 절반이나 뺏겼소. 두

알도 겨우 만든 거요."

악중요는 자신의 풍만한 젖가슴을 어루만지며 배시시 미소를 지었다.

"호호, 난 관심없어. 영단을 복용해 공력이 증진된다고 해서 천하제일인이 되는 것도 아니잖아? 공연히 자만심만 키우다 죽을 수도 있으니까. 난 그저 환음쾌락단이면 충분해."

"그래?"

악중악은 미심쩍은 표정으로 둘을 쓸어보다 약병 하나를 악중살에게 건넸다.

"둘째야, 우리 둘만 강해져도 악인궁을 천하 최강의 문파로 키울 수 있다. 물론 네가 마다한다면 나 혼자 다 먹겠지만."

약병을 쥐고 잠시 생각에 잠기던 악중살이 악중뇌를 향해 물었다.

"작은형, 효험은 확실한 거요?"

"솔직히 확신할 수 없다. 의독 늙은이는 워낙 음험하지. 하지만 내의학 지식으로 판단컨대 문제는 없는 것 같아. 의독 늙은이가 말해 준약재는 광심마정혈의 독기를 해소하기에 충분하다. 그 늙은이가 일러주지는 않았지만 약을 달이면서 약재와 정혈을 차례로 배합해 극렬지독은 완전히 해소했다."

악중악은 눈알을 굴리다 악중살의 손에 쥐어진 약병을 빼앗아 악중요에게 내밀었다.

"넷째야, 네가 먼저 먹어봐라."

악중요는 펄쩍 뛰며 거부했다.

"미쳤어? 먹어서 젊어지거나 예뻐지는 약이면 모를까 그거 먹고 몇날 며칠 운공조식을 해야 한다면 싫어."

"이년아, 반쪽만 먹어봐."

악중악이 강제로 먹이려 하자 그녀는 벌떡 일어서며 악을 썼다.

"제길, 정 그렇게 의심스러우면 내버려! 아니면 확신을 갖고 악 오라버니부터 먹던가!"

지켜보던 악중살이 다시 약병을 가로챘다.

"대형, 작은형의 능력을 믿고 동시에 복용합시다."

"셋째야, 난 속이 안 좋아서 나중에……."

"대형의 목이 떨어져도 말이오?"

악중살이 품에 안은 묵도를 가볍게 쥐자 악중악은 진땀을 흘렸다. 그는 누구보다 악중살을 잘 알고 있었다. 그의 칼이 자신의 악심보다 더 매서운 것은 분명했다.

"하핫, 당연히 먹어야지. 형제가 아니면 누구를 믿겠느냐?"

악중악은 나뭇둥걸에 걸터앉아 밀랍으로 봉한 마개를 벗겨냈다. 그 윽한 향기가 약병 안에서 흘러나왔다. 그는 향기만으로도 기력이 부쩍 솟는 기분에 젖었다.

"오, 정녕 세상에 다시없을 영단이로다!"

악중살이 그를 향해 턱짓을 해 보이자 악중악은 혀로 입가를 핥다가 약병을 기울여 입 안에 털어 넣었다. 악중살도 고개를 젖혀 영단을 복용했다.

악중요는 흥미로운 표정으로 둘을 살폈고, 악중뇌는 다소 초조한 모습이었다.

물론 잘못될 리가 없다는 확신이 강했지만 만에 하나 부작용이 생긴다면 모두 그의 실책이다. 악중잔이 죽은 상황에서 악중악과 악중살마저 목숨을 잃게 된다면 악인궁은 문을 닫아야 할 판국이었다.

악중살은 가부좌를 틀고 앉은 채 운공조식에 들어갔고 악중악 역시 정좌한 채 눈을 감으며 진기를 회전시켰다.

"……."

둘을 번갈아 보던 악중뇌는 적이 마음을 놓았다. 둘의 편안한 안색으로 미루어 우려하던 부작용은 없는 듯싶었다.

악중요는 냉소를 치며 술병을 입으로 가져갔다.

"홍, 재미없어. 악 오라버니가 절세적 공력을 지니게 되면 허구한 날 나를 들들 볶을 거 아냐?"

"일단 환가 놈부터 죽여 막내의 원한을 갚자. 놈과는 무슨 악연이 끼었는지 너무 자주 만나. 이 넓은 세상에서 그렇게 자주 만나기도 힘든데 말이야. 놈을 죽이지 못하면 우리의 목은 언제든 떨어질 수 있어."

악중요는 몸을 비비 꼬며 자신의 풍만한 젖가슴을 애무했다.

"물론이지. 그놈이 조금만 거칠지 않으면 연분을 생각해 하룻밤 정도는 품고 싶은데 말이야."

악중뇌가 정색을 하며 질책했다.

"요매, 다른 놈은 몰라도 놈과는 절대 살을 섞을 생각 마라. 아무리 강렬한 춘약에 취해 교접을 벌이다가도 제정신이 들면 바로 네 목을 벨 놈이니까."

"맞아. 놈은 인간도 아니야."

악중요는 환유성을 떠올리며 부르르 진저리를 쳤다.

구채구의 동굴에서 그녀가 간발의 차이로 목숨을 건질 수 있었던 건 정말이지 엄청난 행운이었다. 다시는 떠올리고 싶지 않은 아찔한 순간이었다.

악중뇌는 운공조식을 취하고 있는 둘을 살피다 갑자기 안색이 대변했다. 그는 눈을 부릅뜬 채 뒷걸음질을 쳤다.

"허억! 이, 이럴 수가?!"

그의 경악성에 힐끔 고개를 돌리던 악중요는 질겁하며 펄쩍 뛰어올랐다.

"아앗! 이게 어떻게 된 거야?"

운공조식을 취하고 있는 악중살의 표정이 고통스럽게 일그러져 있었다. 몸의 반신은 서리를 맞은 듯 허옇게 변색되었고 나머지 반신은 화상을 입은 듯 붉게 타올랐다.

"크으윽!"

그는 괴로운 신음을 흘리며 연신 피를 토했다.

악중요는 놀라 악중뇌를 와락 끌어안았다.

"뇌, 뇌 오라버니, 대체 어떻게 된 거야?"

"으음, 큰일이군. 광심마정혈의 독성이 완전히 해소되지 않았어. 네 가지 약재를 통해 분리되었을 뿐이야. 셋째는 지금 한독과 열독에 중독된 거다."

악중요는 울상이 되어 악중살을 응시했다.

"그럼… 죽는 거야?"

"모르겠다……. 하지만 살아난다 해도 양대극독 때문에 극심한 고통을 겪게 될 거다."

악중뇌는 주먹을 불끈 쥐며 이를 부득 갈았다.

"의독 늙은이, 감히 날 속이다니!"

상반된 독에 중독된 악중살은 견딜 수 없는 고통에 젖어 괴성을 질러댔다.

"카아아아!"

그의 반신은 얼음처럼 차게 변하고 반신은 불덩이가 되었다.

그는 괴로움을 이기지 못하고 바닥에 데굴데굴 굴렀다. 불덩이가 된 반신이 눈 속에 묻히자 삽시간이 눈이 녹으며 수증기로 화했다. 겨우 열기를 식혔지만 얼음덩이로 화한 반신은 칼로 저며지는 듯 고통스러웠다.

"으아아아!"

극도의 고통은 광증으로 화했다. 짐승에 가까운 그의 눈빛이 무서운 광기로 번들거렸다. 그는 단정히 앉아 운공조식을 취하고 있던 악중악을 향해 묵도를 내려쳤다.

쐐애액—!

가공할 위력을 담은 묵도가 세상을 쪼갤 듯 대지를 갈랐다.

"허억?!"

번쩍 눈을 뜬 악중악은 기겁하며 몸을 솟구쳤다.

콰앙—!

그가 피신한 자리가 폭발하며 거대한 웅덩이가 패었다. 그는 허공에서 몸을 빙글 회전시켜 악중뇌 옆으로 내려서며 악중살을 향해 외쳤다.

"셋째야, 네가 죽일 놈은 환가 놈과 의독 늙은이다! 의독 늙은이를 잡아야 네가 고통에서 벗어날 수 있어!"

"크아아아!"

악중살은 열기와 한기에 몸부림치며 수림을 향해 돌진했다.

콰콰— 쾅—!

수림이 폭발하며 좌우로 갈라졌다. 왼쪽으로 쓰러진 수목들은 허옇게 얼어붙었고, 오른쪽으로 쓰러진 수목들은 시커먼 숯이 되어버렸다. 실로 경이적인 공력이었다.

악중살은 미친 듯한 괴성을 지르며 아미산 기슭으로 날아갔다.

"크훗, 어쨌거나 개세고수가 된 건 확실하군."

악중악은 간특한 웃음을 흘리다 악중뇌의 멱살을 콱 쥐었다.

"대가리만 큰 놈, 내가 속을 줄 알았느냐?"

"오, 오해요, 대형."

"네놈이 일부러 독기를 해소하지 않은 것 아니냐? 나와 악중살이 광인이 되어버리면 네가 악인궁주가 될 수 있다는 속셈이겠지. 이 찢어죽일 놈!"

악중요가 그를 확 밀쳤다.

"시답지 않은 소리 마! 악 오라버니는 영단을 복용하지도 않은 주제에 왜 뇌 오라버니를 탓해?"

"세상에 믿을 놈이 누가 있겠냐? 먹는 체하면서 영단을 다시 약병에 뱉어냈지. 주는 영단이라고 내가 악중살처럼 납죽 받아먹을 것 같아?"

역시 악중악이었다. 영단의 약효을 확신하지 못한 그는 악중살을 통해 영단의 효험을 시험해 본 것이다. 잠시 늦게 복용한다 하여 문제될 일이 없기 때문이다.

그는 악중살만 광인이 되었다는 사실에 일말의 죄책감도 느끼지 않았다. 오히려 자신의 신중함을 자화자찬했다.

악중뇌는 심각한 표정을 지으며 잔뜩 이맛살을 찌푸렸다.

"아무래도 약을 제련하는 순서가 잘못된 것 같소. 의독 늙은이가 날 속인 것이오."

"쳐 죽일 늙은이!"

악중악은 약병을 품속에 갈무리하고는 바닥에 깊이 패인 구덩이를 내려다보았다. 악중살의 묵도가 스쳐 간 지표는 무려 일 장이나 깊이 파여져 있었다.

"셋째의 공력이 급증한 건 확실해. 누구든 그와 맞서는 놈은 돼지고 말 것이다."

그는 악중악에게로 시선을 돌리며 예의 간특한 미소를 지었다.

"둘째야, 독성을 해소하는 방법을 알아내라. 방법을 찾아도 굳이 셋째는 치료할 필요 없어. 내게만 알려주면 돼."

"무슨 소리야? 셋째 오라버니부터 치료해야지?"

악중요가 반박하자 악중악은 손가락을 세워 흔들어 보였다.

"셋째는 저런 상태로 놔두는 것이 더 좋아. 좀 괴롭기는 하겠지만 본래의 살심에다 광기까지 더했으니 누가 감히 셋째를 당해내겠느냐? 우리는 셋째를 적당히 꼬드겨 악인궁 최고의 살수로 삼는 데에만 주력하면 된다."

자신에게 득이 된다면 수단과 방법을 가리지 않는 악인 중의 악인답게 그는 끝까지 독심을 잃지 않았다.

악중요는 그의 악랄한 심보에 치를 떨었다.

"어떻게 그럴 수 있어? 셋째 오라버니가 너무 불쌍해."

"이년아, 셋째의 성격을 몰라 하는 소리냐? 만일 독성을 해소하고 제정신을 차리게 되면 독단을 먹인 너희 둘을 가만둘 것 같아? 녀석의 묵도는 가차없이 너희 둘의 목을 벨 것이다."

"……"

악중뇌는 골똘히 생각에 잠겼다.

악중악의 독심이 악랄하기는 했지만 나름대로 정확한 판단이었다. 악중살의 성격상 독성을 해소시켜 준다 해도 그와 악중요를 용서할지 장담할 수 없는 일이다. 그저 고통을 덜어주는 약이나 구해 그를 적절히 이용하는 것이 현명한 일일 수 있었다.

"뇌 오라버니, 정말 그래야 돼?"

악중요가 불안스런 표정으로 묻자 악중뇌는 신음 섞인 한숨을 내쉬며 고개를 끄덕였다.

"달리 방법이 없는 것 같구나."

악중악은 귀기 어린 미소를 짓고는 악중뇌의 머리 위에 손을 얹었다.

"둘째야, 난 암흑마국에 좀 더 머물면서 놈들의 내막을 알아보겠다. 놈들은 끔찍하리만치 강하지만 나름대로 약점이 있을 게다. 그것을 찾아내겠다. 넌 의독 늙은이를 찾아 독성을 해소하는 방법을 속히 알아내라. 연후 의독 늙은이를 죽여라. 그래야 셋째가 영원히 광증에서 벗어날 수 없으니까."

"알겠소."

"둘째야, 난 항상 너만 믿는다 했지?"

악중악은 악중뇌의 커다란 머리통을 으깰 듯 양손으로 힘껏 조이다가 훌쩍 몸을 날렸다.

"명심들 해라. 악인은 아무나 되는 게 아니야. 악인이 독한 게 아니라 독해야 악인이 될 수 있는 법이니까. 크크큭……."

그는 나뭇가지를 차며 이내 수림 밖으로 사라졌다.

악중요는 나뒹구는 나뭇등걸을 신경질적으로 걷어차며 물었다.

"제길, 무슨 수로 의독 늙은이를 또 납치해?"

악중뇌는 악중악의 손에 흐트러진 모자를 고쳐 썼다. 그는 새까만
쥐눈을 번들거렸다.
　"잡아야지. 대형 손에 내 머리가 깨져 죽을 수는 없는 일이 아니냐?"

■ 제51장
새로운 깨달음

1

그들 두 남녀가 유괴산을 나서기는 닷새 만이었다. 소추는 두 남녀를 태운 채 반쯤 졸린 눈으로 터벅터벅 걷고 있었다. 환유성이 권태로움에서 점점 벗어나는 데에 비해 소추는 더욱 게을러진 모습이었다.

벽소군은 환유성의 등 뒤에 바싹 붙어 앉은 채 볼을 기대며 포근한 표정에 잠겨 있었다. 그녀는 달콤하게 말했다.

"환랑, 당신 등이 이토록 듬직하고 편안한 줄 몰랐어요."

"괜한 소리 말고 내려."

"어림도 없는 소리 말아요. 화옥군주 따위한테 패한 무공으로 어떻게 극검마왕과 대결한다는 거예요? 소녀가 당신을 살렸으니 환랑의 목숨 절반은 소녀의 몫이에요. 당신 뜻대로 할 수 없다는 얘기죠."

"그럼 내 목을 반만 떼어가."

환유성이 건조한 음성으로 말하자 벽소군은 피식 실소를 지었다.

"훗, 이제 보니 당신 재미있는 사람이군요? 유복한 집안에서 자랐다면 교묘한 말솜씨로 여인네들을 후리는 풍류남아가 되었을 거예요."

그녀는 눈을 깜빡이다 조심스럽게 물었다.

"참, 환랑에 대해 좀 더 알고 싶어요."

"뭘?"

"뭐든 좋아요. 명색이 아내인데 환랑에 대해 아는 것이 너무 없어 문득문득 당신이 내 남편인가 하는 의구심에 젖을 때도 있다고요."

"나도 아직 소군이 내 아내인가 실감이 나지 않아. 그게 좋은 거 아닌가? 서로를 속박하지 않고 자유롭게 지낼 수 있으니 말이야. 부부라고 해서 평생 같이 붙어 다녀야 하는 법은 없잖아?"

환유성은 어떻게든 벽소군을 떨쳐 내려 했다.

극검마왕과의 대결을 목표로 하는 그에게 있어 벽소군은 아주 귀찮은 존재였다. 아니, 엄밀히 말하면 부담스런 존재다. 그녀의 털끝 하나 다치는 것을 원치 않기 때문이다. 하기에 단신으로 백마성으로 뛰어들어 대결을 벌이려면 그녀와 헤어져야 했다.

벽소군은 표현을 하지 않았지만 그가 자신을 얼마나 사랑하는지 절감하고 있었다.

유괴산 산동에서 지낸 며칠 동안 그는 확실히 변모된 모습을 보여주었다. 입으로 사랑한다는 말만 하지 않았을 뿐 그의 애틋한 배려와 어설픈 위로는 그녀에게 있어 커다란 행복이었다. 천하에 변란만 없었다면 그와 함께 말을 타고 세상을 주유하며 산수를 즐겼을 것이다.

그녀는 그의 등을 부드럽게 어루만졌다.

"소녀는 환랑을 자유롭게 해드릴 수 있지만 소녀에게는 약간의 구속이 필요해요. 그래야 방탕한 여인이 되지 않을 수 있죠. 소녀가 환랑이 아닌 다른 사내와 잠자리를 같이한다면 당신 마음이 어떻겠어요? 환랑이 소녀를 조금이나마 아내로 생각한다면 적당히 속박해 주세요. 그게 여인의 심정이랍니다."

"……?"

"환랑이 다른 여인을 사랑하고 운우지정을 맺는다면 몹시 속이 상하겠지만 소녀는 참을 수 있어요. 당신을 사랑하니까요. 하지만 소녀에게 그런 자유를 주면 안 됩니다. 소녀가 행여 악인들에게 겁탈이라도 당한다면 환랑은 소녀를 지금처럼 사랑할 수 있을까요? 아마 부정한 계집이라 여기고 멀리하게 될 겁니다. 그게 남자들의 심리죠."

벽소군의 정연한 논리에 환유성은 달리 반박할 말을 찾을 수 없었다. 그는 떨떠름한 표정을 지으며 궁색한 변론으로 맞섰다.

"소군의 혀는 너무 예리해. 하지만 당신 스스로 부정한 짓을 저지르지 않았다면 난 당신을 용서할 수 있어. 물론 그런 일이 있을 수 없겠지만, 정말 재수없게 당했다 해도 자결 따위는 하지 마. 난 미쳐 버리고 말 테니까."

벽소군은 다정스레 그의 등을 어루만졌다.

"그러니까 소녀를 지켜주서야죠. 왜 목숨을 걸고 극검마왕과 겨루려는 거예요? 강 공자와의 우정 때문이라면 잠시 사태를 관망한 후 강 공자와 함께 그를 상대해도 충분해요. 의독성수의 영단이 완성돼 강 공자가 회복되었다면 분명 이리로 달려올 테니까요."

"우정 때문만은 아니야."

두 사람을 태운 소추는 청해호를 낀 어촌 마을로 들어서고 있었다. 길 주변으로 물고기를 말리는 덕장이 펼쳐져 있어 비릿한 냄새가 코를 찔렀다.

벽소군은 내륙에서는 여간해서 볼 수 없는 이채로운 광경을 둘러보며 물었다.

"강 공자를 위한 복수가 아니라면 공명심 때문인가요?"

"난 그런 거 몰라."

"그러시겠죠. 하지만 명예도 아니고 그의 목에 걸린 황금도 관심없다면 왜 목숨을 걸고 그와 싸우려는 거예요?"

"선승들은 왜 토굴 속에서 수십 년간 고행을 할까? 천하의 검객이 왜 남의 칼이나 갈면서 사해를 떠도는 걸까? 도공들은 도대체 어떤 도기를 구하려고 숯가마 앞에서 수년을 땀흘리는 걸까? 어떤 악인은 왜 스스로 목숨을 끊으면서 자신의 가족들을 지키려 하는 거지? 의협이란 자들은 왜 자신과 무관한 싸움에 끼어드는 걸까? 악녀는 왜 군주의 자리를 버리고……."

단숨에 내뱉던 환유성은 자신이 왜 이런 말을 하나 싶어 말끝을 흐렸다.

"아……!"

벽소군은 샛별 같은 눈을 커다랗게 뜨며 감탄에 젖었다. 그녀는 손을 뻗어 그의 양 볼을 감싸 쥐며 고개를 돌렸다. 그녀는 감동 어린 어조로 중얼거렸다.

"당신… 정말 수십 명을 일검에 살해한 무지막지한 살성 반검무적 맞아요?"

"나도 요즘은 내가 누군지 잘 모르겠어."

"아니에요. 당신의 정신 무도가 한 단계 오른 거예요."

벽소군은 흰 비단결 팔을 뻗어 그의 목을 끌어안았다.

"소녀는 환랑을 만나 너무 행복해요."

2

강족의 어촌은 율격리 마을이었다.

비교적 순박한 어부들로 이루어져 마을의 분위기는 활기 차고 따뜻했다. 호수 주변으로 늘어선 덕장에서 물고기를 손질하는 아낙네들은 청해호에 반사된 강렬한 햇살로 검게 그을었지만 하나같이 표정이 밝았다.

환유성과 벽소군은 마을의 공동 집회장 같은 커다란 천막에서 식사를 하게 되었다.

마을 사람들은 벽소군의 능숙한 강족어에 놀라워하면서도 호의를 보였다. 그들은 이방인 남녀를 위해 성의껏 술과 안주를 내놓았다. 마을을 찾아준 손님으로 대우한 것이다. 그들은 자신들의 음식을 즐겨 먹는 두 남녀를 보며 흐뭇한 표정을 지었다.

벽소군은 환유성의 술잔에 구유주를 따라주었다.

"환랑이 그런 깊은 뜻을 지니고 있는 줄 몰랐어요. 맞아요. 누구나 각자 추구하는 길이 있죠. 소녀가 기꺼이 환랑을 돕겠어요. 주변에 사는 토번족과 강족들에게 물으면 백마성 마인들의 은신처를 찾아낼 수 있을 거예요."

"그렇겠군. 현지인들보다 주변 상황을 잘 아는 사람은 없을 테니까."

"대신 소녀도 동행하겠어요."

"안 돼."

환유성이 단호하게 거부하자 벽소군은 정색을 하며 반박했다.

"환랑, 당신이나 극검마왕 모두 검에 관한 한 최고의 경지에 오른 사람들이에요. 이런 대결을 관전한다는 건 무림인으로서 크나큰 행운이죠. 무림사에 길이 남을 엄청난 대결을 소녀도 꼭 보고 싶어요."

"……."

환유성이 잔뜩 미간을 찌푸리자 벽소군은 쾌활한 어조로 말을 이었다.

"소녀는 환랑을 믿어요. 소녀조차 파악치 못한 만상백변식의 심오한 무학을 새롭게 깨우쳤다면 극검마왕과도 좋은 승부가 될 거예요. 설사 패한다 해도 후회없는 한판 승부가 되겠죠."

"결과는 상관없어. 소군이 다칠까 봐 함께 갈 수 없는 거야."

그가 술잔을 탁 내리자 그녀는 잔잔한 미소를 머금었다.

"만일 환랑이 패한다면 소녀도 스스로 목숨을 끊어 환랑의 뒤를 따르겠어요. 죽어서까지 귀찮게 따라붙는다고 욕하셔도 좋아요. 마인들에게 잡혀 수치스런 꼴을 당할 수는 없는 일이죠."

"……."

"소녀는 환랑이 자랑스러워요. 그 높은 정신력이라면 반드시 검신의 반열에 오를 수 있을 거예요. 무림 사상 누구도 이루지 못한 고금 제일의 검신 말입니다."

극검마왕의 대결을 놓고 벽소군이 더 열띤 관심을 갖자 환유성은 잠시 곤혹스러워졌다. 이제는 그녀를 떨쳐 낼 명분마저 사라진 셈이다.

그는 떨떠름한 표정이 되어 생선 구이를 씹었다. 쓰디쓴 쓸개를 씹은 듯 입맛이 떨어졌다.

벽소군은 주변에서 자신들을 힐끔힐끔 보고 있는 강족 사람들을 두루 살폈다.

"소녀가 저들에게 물어보겠어요. 백마성 무리들이 오랜 세월 숨어 있었다면 단서를 찾는 데에는 어렵지 않을 거예요."

그녀가 일어서려 하자 환유성이 그녀의 손을 쥐며 다시 자리에 앉혔다.

"기다려."

"왜요?"

"……."

"아직도 소녀가 걱정되세요? 하지만 이건 승패와 관계없이 정말 의미있는 대결이에요. 다행히 극검마왕을 격파할 수 있다면 엄청난 명예도 주어지죠. 물론 환랑은 관심이 없겠지만."

"당신은… 나서지 않는 게 좋겠어."

환유성이 어렵사리 말하자 벽소군은 표정을 굳히며 냉소를 쳤다.

"환랑답지 않게 왜 이래요? 정말 실망이군요. 한갓 아녀자 때문에 검신의 길을 포기하겠다는 말인가요? 소녀가 정 우려가 된다면 이 자리에서 죽겠어요."

"닥쳐!"

환유성은 탁자를 내려치며 그녀를 직시했다.

그의 격분한 외침에 천막 안으로 싸늘한 냉기가 흘렀다. 떠들썩하게 술과 요리를 즐기던 강족 사람들은 일제히 환유성 쪽으로 시선을 돌렸다.

그러나 그의 전신에서 뿜어지는 분노의 불길에 질겁하며 고개를 떨구었다. 공연히 그와 눈길이 마주쳐 화를 자초할 필요는 없는 일이었다.

벽소군은 그의 이글거리는 눈빛에 다소 위축되고 말았다. 그가 이토록 화를 낸 모습은 본 적이 없었다.

"환랑……?"

"당신이 똑똑하다는 거 알아. 당신이 날 걱정하는 것도 알고. 하지만 그런 말투로 날 격동시키려 하지 마. 당신은 절대 대결을 원치 않아. 당신이 내 아내인 건 확실하지만 그런 식으로 내 길을 막으려 하지 마. 그리고 다시는 내 앞에서 죽겠다는 말은 하지 마. 당신은 천하를 위해서라도 반드시 살아 있어야 돼."

"환랑… 당신 없는 세상이 소녀에게 무슨 의미가 있겠어요?"

벽소군은 눈물을 글썽거리며 손을 뻗어 그의 손을 쥐었다.

"사부님마저 돌아가셔서 소녀는 천애 고아와 다름없어요. 소녀가 환랑을 얼마나 사랑하는 줄 잘 알잖아요? 소녀는 정말 환랑을 잃고 싶지 않아요."

"그래, 약속하지. 절대 죽지 않아. 반드시 살아서 돌아오겠어."

"흑… 환랑, 안 돼요. 아직 일러요. 대결은 뒤로 미뤄도 늦지 않잖아요?"

환유성은 그녀를 직시하며 강한 어조로 말했다.

"내가 말했잖아? 내가 지금처럼 강해질 수 있었던 건 숱한 고수들과의 대결에서 미처 몰랐던 구결을 하나씩 깨우쳤기 때문이야. 난 극한의 위기를 겪을 때마다 더 강해져. 월영서시와 대결하고서도 살아 있었어. 극검마왕이 그녀보다 더 강하다고는 생각지 않아. 또한 두 가지 악마지공과도 겨뤄봤어. 이래도 내가 패할 것 같아?"

벽소군은 소매로 눈물을 찍으며 격한 감정을 달랬다. 그녀는 긴 한숨을 내쉬었다.

"그래요. 당신 고집을 누가 말릴 수 있겠어요?"

강족 어부들은 한어를 알아들을 수 없어 그 내막을 몰랐기에 선녀처럼 아름다운 여인을 울리는 사내를 원망하였다. 그들에게 힘이 있다면 사내를 몰매 주고 싶은 심정이었다.

벽소군은 자신의 세 치 혀로도 그를 설득시킬 수 없다 싶어 최후의 배수진을 쳤다.

"좋아요. 하지만 환랑이 패하면 복수를 해야 하니 당신의 아들을 낳고 싶어요. 그래야 당신의 원한을 갚고 당신이 이루지 못한 길을 걸을 수 있으니까요. 소녀가 당신의 아이를 낳게 되면 마음대로 하세요."

"이처럼 힘들고 어려운 길을 자식에게 물려주고 싶지 않아."

환유성은 단호하게 말하며 몸을 일으켰다.

이때였다. 요란한 말발굽 소리가 천막 밖으로 몰려오더니 한어와 강족어가 뒤섞여 들려왔다.

잠시 후 얼굴에 회칠을 한 듯 창백한 면모의 청년들이 천막 안으로 들어섰다. 허리춤에 은검을 찬 그들은 거친 손짓으로 강족 주민들을 내쫓기 시작했다.

'앗……!'

벽소군은 청년들의 가슴에 수놓아진 글씨를 보고는 기겁하며 환유성의 팔에 팔짱을 꼈다.

"나가요, 환랑."

환유성은 강족 주민들을 마구 걷어차며 내쫓는 청년들을 쓸어보고는 눈살을 찌푸렸다.

"이놈들은 뭐야?"

벽소군은 줄지어 나가는 강족 주민들 사이로 끼어들었다. 그녀는 행여 그가 다툼을 벌일까 손목을 꼭 쥐며 나직이 말했다.

"환랑, 절대 나서지 말아요. 알았죠?"

"소군답지 않군. 이건 의(義)가 아니야."

벽소군은 연신 주변의 눈치를 살피며 눈을 치켜떴다.

"제발 평소처럼 무심하게 굴어요. 왜 갑자기 의협처럼 행세하는 거예요?"

"소군이 너무 비굴한 모습을 보이는 게 화나서 그래."

"때로는 몸을 굽히는 것도 삶의 한 방식입니다. 만용과 객기만이 능사는 아니에요."

벽소군은 환유성을 단단히 부여 쥔 채 강족 주민들과 섞여 천막을 나섰다. 그녀는 천막 밖에 운집해 있는 백 명도 넘는 진영을 보고는 내심 한숨을 쉬었다.

'후우, 참기를 잘했어. 마국의 수뇌급들이야.'

그녀의 판단대로 백 명도 넘는 진영은 암흑마국의 마인들이었다. 그들은 가슴에 '國' 자를 수놓았기에 쉽게 분별되었다.

네 마리 백마가 끄는 화려한 수레 주변으로 마치 군왕의 호위병 같은 차림의 무장들이 경호를 맡고 있었다. 수레는 진귀한 보석으로 장식돼 있었다.

그들 뒤로는 금검과 은검을 찬 검수들이 길게 도열했는데 암흑마국이란 글씨가 새겨진 기치와 번득이는 부월이 햇살을 받아 번득였다.

환유성은 비로소 벽소군이 왜 숨을 죽였는지를 알게 되었다.

'암흑마국 놈들 때문이었군.'

은근히 부아가 치민 그가 강족 주민들을 양 떼처럼 내모는 은검수들에게 시비를 걸려 하자 벽소군은 그의 팔을 바싹 감싸며 단단히 일렀다.

"나서지 말라고 했죠? 일단 빠져나가는 게 급선무예요."

환유성은 물끄러미 그녀를 응시하다 건성으로 고개를 끄덕였다.

"알았어. 소군만 건드리지 않으면 돼."

그러나 일은 그들 뜻대로 진행되지 않았다. 그들이 은검수들 사이를 지나는 순간 수레 안에서 날카로운 음색이 흘러나왔다.

"두 연놈을 끌고 와라."

음성만으로는 남녀를 분간할 수 없을 만큼 가는 목소리였다.

은검수들이 둘을 가로막자 벽소군은 난감한 표정이 되었다. 환유성은 다소 권태로운 표정으로 빈 허공만 응시했다. 그녀는 그를 대동한 채 수레 앞으로 다가섰다.

두터운 휘장이 둘러진 수레 안에서 코를 톡 쏘는 향기가 흘러나왔다. 여인의 규방에서나 흘러나올 법한 짙은 향 냄새였다.

벽소군은 공손히 포권지례를 취했다.

"무슨 연유로 저희 부부를 멈춰 세우셨습니까?"

수레 안에서 예의 날카로운 음성이 흘러나왔다.

"호호홍, 내 숱한 미희들을 보았지만 너처럼 아름다운 계집은 처음이구나. 네게는 총명함이 느껴진다. 난 얼굴만 예쁘고 머리는 텅 빈 계집을 아주 경멸하지. 진정한 아름다움은 조화니까."

음성의 주인공은 수하 무장들에게 거침없는 영을 내렸다.

"사내놈은 죽이고 계집을 수레로 들여라."

"존명!"

금포를 두른 중년인이 금검수 하나에게 지시했다.

"죽여라."

창백한 모습의 금검수가 나서자 환유성은 벽소군의 어깨를 감싸 한쪽 가슴에 안았다.

"이제 어쩌지?"

벽소군은 흔들리는 눈빛으로 그를 올려다보았다.

"환랑은 절대 달아나지 않겠죠?"

"물론."

"그럼 싸울 수밖에요."

벽소군이 결연한 표정을 짓자 환유성은 다가서는 금검수를 향해 한마디 던졌다.

"꺼져!"

금검수는 냉막한 눈빛으로 그를 직시하다 허리춤의 금검을 쥐어갔다. 영을 받은 이상 곧바로 어떤 상황에서든 행동으로 옮기는 것이 마국의 철칙이었다.

번— 쩍—!

아찔한 섬광이 허공을 갈랐다. 무심하게 관전하던 마국의 마인들 눈에 일순 당혹감이 배어 나왔다.

섬광이 스러지자 금검을 반쯤 뽑은 금검수의 모습이 드러났다. 워낙 빠른 쾌검이라 이미 발출한 검을 회수하는 동작처럼 보였다. 그러나 그는 채 검을 뽑지도 못한 것이다.

그의 목을 따라 혈흔이 새겨지며 핏물이 흘러나왔다. 수급이 핏물과 함께 솟구치며 그의 몸뚱이는 썩은 짚단처럼 풀썩 쓰러졌다.

순간, 마국의 검수들이 기민하게 움직이며 환유성과 벽소군 주변을 겹겹이 에워쌌다. 호위 무장들은 수레 앞을 철통같이 경호했다.

간단히 금검수의 목을 벤 환유성은 마치 아무 일도 없던 것처럼 벽소군과 함께 돌아섰다. 그는 앞을 막고 있는 검수들을 향해 한마디 던졌다.

"비켜."

그러자 수레 안에서 간드러진 웃음소리가 터져 나왔다.

"호호홍, 과연 세상은 넓고도 좁구나. 세상에 이런 쾌검을 지닌 자는 한 놈뿐이지. 반검무적, 네놈을 이곳 새황 땅에서 만나게 될 줄은 꿈에도 생각지 못했다."

환유성은 속이 매스꺼워졌다. 사내인지 계집인지 모를 중성적인 음성이 너무도 역겹게만 들린 것이다. 그는 벽소군의 어깨를 감싼 팔을 풀며 돌아섰다.

"소군의 미색을 탐한 것으로 보면 분명 사내놈인데 목소리는 꼭 계집 같군. 마검노인 말대로 한 놈만 죽여 해결하는 게 낫겠어."

그가 돌아서자 그녀는 우려의 눈빛으로 입술을 달싹거렸다.

"환랑, 마국의 마인들은 하나같이 무서운 자들이니 조심하세요. 소녀도 한 몸 지킬 능력은 있으니 소녀 걱정은 말구요."

"알았어."

환유성은 느릿하게 걸음을 옮겨 화려한 수레와 마주 섰다.

"나와 소군만 건드리지 않는다면 네놈들이 무슨 짓을 하든 상관 않겠다. 그러니 졸개들을 모두 물려라."

간드러진 음성이 말을 받았다.

"호호홍, 본좌의 한마디에 아미파가 괴멸되고 태양천의 사자천왕까지 패퇴했다. 항차 네놈이 무엇이기에 독보천하를 지껄이는 것이냐?"

"건방을 떠는 걸 보니 귀명마공이란 자보다는 높은 놈이군."

"큭, 귀명마공은 본국의 팔대마공 중 하나일 뿐이다. 본국에는 그만한 고수가 구름처럼 많지."

환유성은 팔짱을 낀 채 권태로운 표정을 지었다.

"그래 봐야 오합지졸일 뿐이다."

"호호홍, 대단한 호기야. 본국의 절세고수를 오합지졸이라고?"

간드러진 음성의 주인공은 금포중년인에게 영을 내렸다.

"호천금장(護天金將), 놈을 상대해 봐라. 금검총령과 귀명마공을 격패시킨 놈의 절학을 한번 보겠다."

"예, 태자마마."

정중히 복명한 금포중년인은 말에서 내려섰다.

벽소군은 중년인의 호칭에 등골이 오싹해졌다. 수레 쪽을 응시한 그녀는 입술을 달달 떨었다.

'맙소사! 저 안에 있는 자가 암흑마국의 태자란 말인가?'

그녀는 숨이 막혀왔다.

암흑마국의 태자라면 하늘을 깨뜨리겠다는 광오한 별호의 파천공자가 분명하다.

그는 검을 들고 태양천주와 칠 초나 겨뤄 세상을 놀라게 만들었다. 아직 그의 진정한 무공 조예가 드러나지 않았지만 검법 하나만으로도 천하오검을 능가할 것이라는 것이 천하인들의 공통된 견해였다.

'아, 이 일을 어쩌지? 저 사악한 자는 반드시 환랑을 죽이려 할 텐데?'

호천금장은 환유성과 오 장 거리를 두고 멈춰 서며 투명한 장갑을 꺼내 손에 끼었다. 장갑을 낀 그의 주먹이 기름칠한 무쇠처럼 번들거렸다.

벽소군이 빠른 어조로 설명해 주었다.

"환랑, 저자가 낀 장갑은 벽뢰철갑(劈雷鐵甲)이라는 마도병기예요.

교룡의 가죽에 백 가지 독물을 섞어 만든 신병으로 몸에 스치기만 해도 독상을 입죠. 또한 창검을 막아낼 만큼 질겨 웬만한 보검으로도 벨 수가 없어요."

수레 안에서 간드러진 웃음소리가 들려왔다.

"호호홍, 이제야 알겠군. 네년은 쌍뇌천기자의 제자인 만박옥혜 벽소군이구나? 용모만큼이나 뛰어난 지혜를 지녔으니 본좌의 애첩으로 자격이 충분하다. 내 기필코 널 취하리라."

환유성은 눈앞의 호천금장은 무시한 채 수레로 시선을 돌렸다.

"역겨운 놈, 세상에서 가장 추악한 게 남의 아내를 탐하는 짓이야."

순간, 호천금장이 미끄러지며 일권을 날렸다.

"철뢰폭!"

우우웅—!

사위를 진동시키는 굉음과 함께 엄청난 권공이 뇌전처럼 뻗어 나왔다. 공격의 속도도 엄청 빠른 데다 위력 또한 강맹했다. 벽뇌철갑의 마력은 과연 대단했다.

권공이 밀어닥치자 환유성은 마치 수천 근 바위 더미를 짊어진 듯한 중압감에 짓눌렸다.

"무흔쾌섬!"

환유성은 일갈을 외치며 절정의 쾌검을 발출했다. 지극히 쾌속한 검기가 발출되며 호천금장의 권공을 그대로 쪼개 버렸다.

차창—!

맑은 금속성과 함께 호천금장이 뒤로 날아가며 빙글빙글 회전했다. 그는 장갑 낀 손을 교차시킨 채 사뿐히 내려섰다.

환유성은 손에 들린 반검의 울림을 느끼며 내심 놀라지 않을 수 없었다.

'믿을 수 없군. 내 쾌검을 받아냈단 말인가?'

호천금장은 손에 벽뇌철갑을 끼고 있기에 양손이 신병처럼 강했다.

그는 자신의 권공을 가르며 날아드는 검기를 손으로 쳐낸 것이다. 만일 그의 손에 병기가 쥐어져 있었다면 환유성의 쾌검을 막아낼 만큼 빠르게 반응하지 못했을 것이다.

손 자체가 병기라는 사실은 쾌속한 승부에 있어 아주 효과적이다. 또한 상대가 노리는 부위가 목과 두개골, 심장으로 한정되었다면 방어하기가 더욱 용이하다.

수레 안에서 예의 간드러진 음성이 울려 퍼졌다.

"호호홍, 대단해. 정말 대단한 쾌검이야. 검이 이렇게 빠를 수 있다는 건 상상도 못했어. 과연 반검무적이란 별호가 과한 것이 아니군."

벽소군은 심각한 표정으로 생각에 잠겨 있었다.

'이자의 무공이 대단하긴 하지만 환랑의 능력이라면 충분히 격파할 수 있어. 문제는 파천공자다. 저 교활한 놈은 수하를 통해 환랑의 무공 수위를 가늠하고 있는 거야.'

호천금장은 가슴 앞에서 양 주먹을 교차시키며 한껏 공력을 운집했다. 그의 전신으로 검붉은 마공 강기가 피어올랐다.

"폭멸마권!"

그는 연속적으로 권공을 발출했다.

콰류류—!

권공은 먹장구름 속에서 줄기줄기 뻗어 나와 지상을 강타하는 수십 가닥의 섬전처럼 환유성의 전신으로 쏟아져 내렸다. 권공 한 가닥 한 가닥의 위력은 산악이라도 관통할 정도였다.

양손으로 반검을 비껴 쥔 환유성은 어마어마한 기세로 쏟아지는 권공 속에서 눈을 반개한 채 만상백변식을 떠올렸다. 그는 이미 만상백변식의 십이식백팔변의 초식을 모두 터득해 언제든지 절기를 펼쳐 낼 수 있다.

문득 그의 뇌리 속으로 서너 개씩 겹쳐진 십이지신상의 다양한 동작이 떠올랐다. 여태까지는 각 신상의 동작을 순서대로 펼쳤지만 갑자기 순서와 배열이 뒤섞였다.

'그래, 만상백변은 초식이 아니다. 검과 장법, 지법으로 펼쳐 낼 수 있듯 자유롭다. 십이지신상이 보여준 변화는 그저 무수한 변화 중 한 부분에 불과해. 여태 난 그것에 얽매어 독자적인 변화를 창안하지 못했던 거야.'

일순 그의 뇌리 속이 맑게 개인 하늘처럼 청명해졌다. 마치 겹겹이 깔린 두터운 구름을 뚫고 올라선 기분이었다. 호천마장의 권공이 한 자 이내로 쏟아지고 있었지만 압박감은 그다지 느껴지지 않았다.

"가랏!"

그는 반검을 거꾸로 올려 쳤다.

퍼퍼펑—!

엄청난 폭음과 함께 그를 향해 쏟아지던 수십 줄기의 권공이 보이지 않는 강벽을 강타한 듯 일제히 튕겨졌다. 이어 한줄기 검형이 꼬리를 물고 호천금장을 향해 뻗어 나갔다. 불꽃을 발하는 검형은 호천금장의 권공 강기를 그대로 관통했다.

"허억?!"

호천금장은 기겁하며 양손을 합쳐 검형을 막아냈다. 벽뇌철갑은 신병이기였기에 그의 두 손바닥은 강력한 방패가 되었다.

검형은 빛살이 되어 그대로 벽뇌철갑을 강타했다.

퍼억—!

둔탁한 폭음과 함께 권공과 검형이 어우러진 화려한 광휘가 연기처럼 소멸되었다.

"······?"

벽소군은 전혀 예상치 못한 변화에 눈을 동그랗게 뜬 채 호천금장을 응시했다.

벽뇌철갑을 낀 호천금장의 손바닥에 커다란 구멍이 뚫려 있었다. 어떤 신검도 막아낸다는 마도병기가 깨진 것이다. 환유성의 검형은 벽뇌철갑을 관통하고 호천금장의 심장까지 꿰뚫었다.

"크으윽!"

호천금장의 입에서 검붉은 선혈이 주르륵 흐르며 전신이 심하게 요동쳤다. 이어 가죽공이 터지는 폭음과 함께 그의 전신이 폭발하며 무수한 혈편으로 화했다.

일 수유의 정적이 흘렀다.

싸늘한 냉기가 암흑마국의 마인들을 휘감았다. 혹독한 수련과 율법으로 감정이 삭제된 그들이었지만 본능 밑바닥에서 꿈틀거리는 공포심까지 억제할 수는 없었다.

마도의 신병으로 무장한 호천금장이 이렇듯 어이없게 한 줌 핏물로 화할 줄은 누구도 생각지 못한 일이었다.

차분하게 반검을 회수하는 환유성을 바라보는 벽소군의 눈빛에 감동의 물결이 일렁였다.

'아, 환랑은 정말 무(武)에 관한 한 천재야. 만상백변식의 틀을 깨고 자신의 절학으로 탈바꿈시켰어!'

수레 안에서 나직한 침음성이 흘러나왔다.

"으음… 믿을 수가 없군. 세상에 이런 무학이 존재한단 말인가?"

휘장이 걷히며 한 사람이 허공을 미끄러지며 빠져나왔다. 그는 환유성과 오 장 거리를 두고 내려섰다.

화려한 꽃무늬가 수놓아진 화복 차림의 청년은 머리에 작은 금관을 쓰고 있었다. 여인처럼 섬세한 이목구비를 지녔지만 자주 흔들리는 눈빛이 음험한 심성을 대변해 주었다. 외견상 금빛 피풍의를 휘날리며 여유롭게 섭선을 젓고 있는 그의 자태는 귀공자로 보였다.

바로 암흑마국의 태자인 파천공자 을주환이었다.

〈제6권에 계속〉

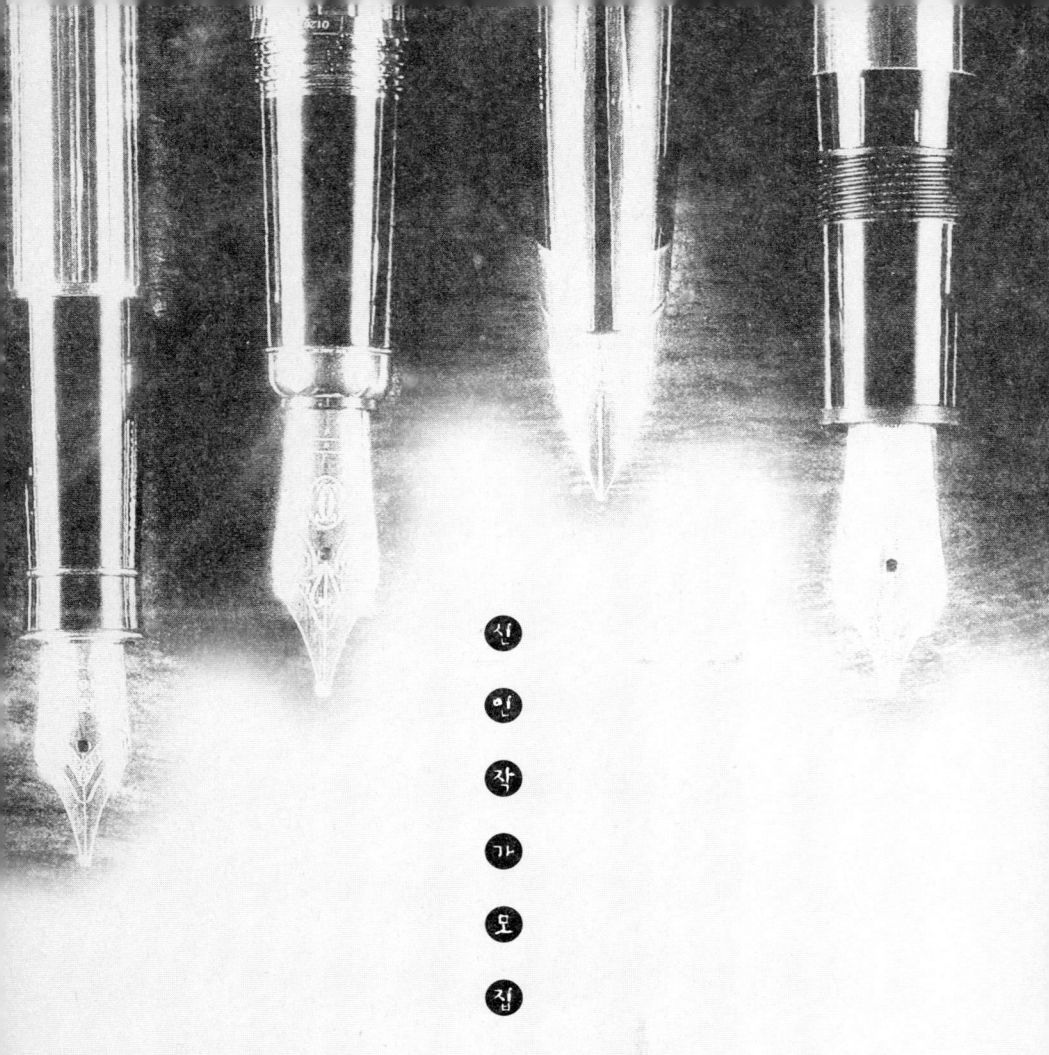

신
인
작
가
모
집

시작이 반이라고 했습니다.
작가의 길에 대한 보이지 않는 벽을 과감히 깨뜨리십시오!
청어람은 작가 지망생 여러분들의
멋진 방향타가 되어드리겠습니다.

저희 도서출판 청어람에서는
소설 신인 작가분들을 모집합니다.
판타지와 무협을 사랑하시는 분들의 많은 참여를 바랍니다.
소정의 원고(A4용지 150매)를 메일이나 우편으로 보내주시면
검토 후 출판 여부를 알려드리겠습니다.

주소:경기도 부천시 원미구 심곡1동 350-1 남성B/D 3F 우편번호420-011
TEL:032-656-4452 · **FAX**:032-656-4453
http://www.chungeoram.com
e-mail:chungeoram@chungeoram.com